U0525210

西北民族大学一流学科建设引导专项经费（甘肃省一流特色学科"中国语言文学"）项目（编号：11080304）、中央高校创新团队项目"中华多民族文学遗产整理与研究"项目（编号：31920180107）资助出版

中央高校基本科研业务费专项资金项目"张之洞与晚清宋诗派诗人研究"（编号：31920140025）阶段性成果

晚清诗坛中的诗人张之洞

米玉婷 ○ 著

调青草末终致沙石飞鼋鼍金堤高安知双穴危
习清晏五十年养此泯蚩蚩文吏吾公酔武宁市人嬉
江南信可哀河北守者谁挈欲括赤县与之作潢池
泰极否所伏剥穷复继之泰否乃天道剥复在人为
天道已板板人事仍熙熙

中国社会科学出版社

图书在版编目(CIP)数据

晚清诗坛中的诗人张之洞/米玉婷著. —北京：中国社会科学出版社，2021.5

ISBN 978-7-5203-8116-1

Ⅰ.①晚… Ⅱ.①米… Ⅲ.①张之洞(1837-1909)—诗歌评论 Ⅳ.①I207.227.52

中国版本图书馆 CIP 数据核字(2021)第 046334 号

出 版 人	赵剑英
责任编辑	田　文
责任校对	姜晓茹
责任印制	王　超

出　　版	中国社会科学出版社
社　　址	北京鼓楼西大街甲 158 号
邮　　编	100720
网　　址	http://www.csspw.cn
发 行 部	010-84083685
门 市 部	010-84029450
经　　销	新华书店及其他书店
印　　刷	北京君升印刷有限公司
装　　订	廊坊市广阳区广增装订厂
版　　次	2021 年 5 月第 1 版
印　　次	2021 年 5 月第 1 次印刷
开　　本	710×1000　1/16
印　　张	15
字　　数	216 千字
定　　价	85.00 元

凡购买中国社会科学出版社图书，如有质量问题请与本社营销中心联系调换
电话：010-84083683
版权所有　侵权必究

序

　　张之洞在晚清，自然是第一等的人物。他事功卓著，任朝官敢直谏，有清誉；任地方大员，在四川创设尊经书院、在广东复开广雅书院，培育学风；在湖北、广东办洋务，振兴军工，皆卓有实效。晚年为宣统帝的顾命大臣，惜未及施展而遽逝，所谓"朝年恢大略，末命瘁孤臣"（陈曾寿《张文襄公挽诗》），否则清廷或能在他手上开成一改革新局，亦未可知。这除了政事干练，还有他倡言"中体西用"的《劝学篇》为证。文襄晚年与袁世凯共事，读这一段史事，每令人感觉气短。但如果拉长历史来看，项城不过是一过客而已，南皮则不愧为首屈一指的政治家兼思想家，甚至还称得上是一位现代最早的改革设计师。所以当年陈寅恪先生即云他与湘乡、南皮的思想最为接近。以陈先生的识见，此言自有深意焉。

　　我于张香涛，虽喜读他的《劝学篇》《輶轩语》《书目答问》等书，然以术业故，用力稍勤的主要还是他的诗与诗学。昔陈曾寿曾记下一幅画面："樊樊山尝从容侍坐，问老师之学包罗万象，然平生以为用功最深者究何事？公默然久之，曰：'仍是诗耳。'"（《读广雅堂诗随笔》）犹忆当年读后的第一反应是震动，复又感动，这一画面遂挥之不去了。盖文襄一生仕途隆顺有成，不像李慈铭、王闿运乃至陈宝琛、陈三立等人，有长期赋闲的条件和以诗遣兴的需要，而他竟最用功于诗！态度虽不必然决定成败，但却是一块"息壤"，况且他还是汪辟疆《光宣诗坛点将录》中的"天威星呼延灼"呢。

　　文襄公的诗，晚清以来极受关注，得到较为充分的评论，似可以陈衍"古体诗才力雄富，近体诗士马精妍"一语尽之。这个"雄"字颇不易得。昔日香涛与李慈铭书信往还，曾以"明秀"一词评赞越缦堂的诗，然李大为不满，必改为"雄秀"方才罢休（《越缦堂日记》同治十一年四月初六、十九日），便可见当时诗坛风气之一斑，诗风（尤其是古体）不达"雄"字是不能称为大家的。不过比较来看，香涛的近体成就实较古体为高，其用事之精切可方驾东坡。这一特点，当年陈衍、陈曾寿、汪辟疆等都曾指出过，极表赞叹。

文襄论诗主张"唐意宋格"，自是全面。但这一主张具体到"清切"一说，不免有贫弱之嫌，郑孝胥即曾批评过（《散原精舍诗集序》）。如果我们结合上述他评价李慈铭诗的"明秀"一词综合观之，毋庸讳言，文襄的诗学，总的来说在晚清还是落于第二义的。

以上撷拾旧评，大抵即是对于张文襄的诗及其诗学的主要评价，也并没有什么新的意见。多年前米玉婷同学来求学，曾付以此题，嘱其作一次全面深入的疏理。她勉为其难，写成博士论文，上述各个问题大抵都有所论述，而如张之洞幕府与曾国藩幕府的合论等章，则又有新拓展。张幕多诗人，曾幕多文家，诚亦一有趣之现象也。当年所论有稍薄弱处，现在则予以补强，即将正式出版。我欣慰之余，略撰数语，对文襄既表敬意，对玉婷亦期以更上层楼。是为序。

张寅彭
己亥初夏识于上海大学清民诗文研究中心

目　　录

绪　论 …………………………………………………………（1）
　一　研究意义 ………………………………………………（1）
　二　研究现状 ………………………………………………（3）

第一章　张之洞诗歌创作分期及概况 ………………………（10）
第一节　四十岁之前的诗文创作活动 …………………（12）
　一　学习、考试时期的诗文创作（1841—1863）………（12）
　二　初入仕途时期的诗文活动（1863—1870）…………（23）
　三　同治年间张之洞在京师的诗文生活（1870—1873）……………………………………………………（26）
　四　任四川学政时期（1873—1877）……………………（32）
第二节　四十一岁至七十一岁的诗文创作活动 ………（34）
　一　清流时期（1877—1881）……………………………（34）
　二　任山西巡抚时期（1881—1884）……………………（37）
　三　督粤时期（1884—1889）……………………………（39）
　四　督鄂时期（1889—1907）……………………………（42）
第三节　七十一岁入都之后的诗文创作活动 …………（49）

第二章　张之洞的诗学主张 …………………………………（51）
第一节　崇雅尚正 …………………………………………（51）
　一　以性情、修身之正为基础 ……………………………（52）

二　张之洞平正的思想观念 …………………………………… (53)
　　三　"江西魔派不堪吟" …………………………………… (65)
第二节　宋意唐格 …………………………………………………… (70)
　　一　清人关于唐、宋诗分合关系的新认识 ……………………… (70)
　　二　"平生诗才尤殊绝，能将宋意入唐格" …………………… (71)
第三节　诗务清切 …………………………………………………… (75)
　　一　"清切"说之辩 ……………………………………………… (75)
　　二　"清切"说的局限性 ………………………………………… (76)

第三章　张之洞的诗歌创作及其特点 …………………………… (79)
第一节　张之洞诗歌内容 …………………………………………… (80)
　　一　写景记游 ……………………………………………………… (80)
　　二　悼亡怀旧 ……………………………………………………… (88)
　　三　记人咏史、咏物抒怀 ………………………………………… (96)
　　四　赠别、唱和诗 ………………………………………………… (107)
　　五　题画诗 ………………………………………………………… (110)
　　六　《连珠诗》 …………………………………………………… (112)
第二节　张之洞诗歌的特色 ………………………………………… (120)
　　一　用典精切 ……………………………………………………… (120)
　　二　诗中有人 ……………………………………………………… (127)
　　三　各体诗皆工绝 ………………………………………………… (128)
第三节　张之洞诗歌的语言艺术 …………………………………… (129)
　　一　写景明秀 ……………………………………………………… (129)
　　二　用语华实相宜 ………………………………………………… (130)

第四章　张之洞与光宣诗坛的关系 ……………………………… (132)
第一节　张之洞与其幕府中之诗人 ………………………………… (134)
　　一　张之洞与其幕府中之诗弟子 ………………………………… (134)
　　二　张之洞与其幕府中的其他诗人 ……………………………… (148)
　　三　张之洞幕府中诗人们的诗文创作活动 ……………………… (166)

第二节　张之洞与光宣诗坛中的诗人们 …………………（171）
　　　　一　张之洞与诗坛名流 ………………………………（171）
　　　　二　张之洞与清流健将 ………………………………（193）
　　　　三　张之洞与维新人士 ………………………………（201）
　　第三节　张之洞在光宣诗坛中的地位 …………………（209）
　　　　一　广泛的交游对象 …………………………………（209）
　　　　二　融通的诗学观念 …………………………………（212）

第五章　张之洞与曾国藩在文化层面的比较 ……………（215）
　　第一节　张之洞与曾国藩之间的比较 …………………（215）
　　　　一　张之洞与曾国藩的文化观 ………………………（215）
　　　　二　张之洞与曾国藩的人才观 ………………………（217）
　　　　三　张之洞与曾国藩的诗学主张 ……………………（219）
　　　　四　张之洞与曾国藩诗歌创作比较 …………………（221）
　　第二节　张之洞与曾国藩两个幕府间的比较 …………（222）
　　　　一　幕府人员特色 ……………………………………（223）
　　　　二　幕府文化特色 ……………………………………（224）

主要参考文献 ………………………………………………（226）

绪　　论

一　研究意义

晚清是中国历史上古今中西大碰撞的时代，社会动荡不安，战火频仍，灾难相继，诚乃多事之秋。而作为上承千年文明，下启新时代的晚清，其对于中国巨大而深远的影响不止体现在历史、社会层面，还体现在文化、学术上。

在较长的一段时期，论者在谈及诗学时，都高赞唐、宋，持着"诗必唐宋"之观念，将清代诗学一贬再贬，使得对清代诗学的研究在很长时间内举步维艰，严迪昌在《清诗史》的序中曾感慨地说："数以万计的诗人的行年、心迹，以至他们具体创作实践的氛围背景，由于陌生伴随缺略俱来，于是讹误和舛乱丛生。"但是，作为距今最近的王朝，清代留给我们的诗文材料、相关著述较前代任何一个朝代都要多。诚如张寅彭师所言："清代的大家、名家之作不仅比此前之各朝为多，更有数倍于前朝的出自普通作者之手的著述，各以本人的诗生活及诗意识之记载，将当年诗坛活动全景中由大家位居之中心留出的空白缜密地填补起来，前所未有地织成了一副可谓巨细无遗的诗坛图卷。"①

近年来，经过诸多学人的努力，清诗之魅力渐为人所知，清诗研究渐成一个活跃的学术领域，吸引着越来越多学者的关注，目前已经

---

① 张寅彭：《清代诗学考述》，《上海大学学报》（社会科学版）2005年第1期。

取得了有目共睹的阶段性成果。对张之洞诗歌成就的研究就是在这种氛围下一步步发展起来的。

张之洞（1837—1909）生于道光，卒于宣统，是道光、咸丰、同治、光绪、宣统五朝的历史亲历者，又是历任同治、光绪、宣统三朝的元老重臣，见证了晚清王朝在历史舞台上最后的演出。作为晚清重臣，张之洞为维护摇摇欲坠的清王朝统治而呕心沥血、殚精竭虑，他对晚清政治变革、思想嬗变、实业振兴、教育鼎革、文化承递、军队改制以及外交格局等方面，都发挥了极其重要的作用，产生了广泛且深远的影响，是中国近代史上举足轻重的人物。但在很长的一段时间里，他只被视为封建皇权的忠实捍卫者、"旧学的维护者"（翦伯赞《中国史纲要》）而颇受非议，认为他处世圆滑，"既为封建皇帝所称道，亦为帝国主义分子所欣赏"（汤志钧《戊戌变法人物传稿》）。此外，还需注意的一点是，或许是张之洞的政治身份过于耀眼，今人对其的研究，长久以来一直围绕在他的政治、经济、军事、教育等方面。其实，张之洞不仅是晚清政坛中的名臣能吏，亦是诗坛领袖人物和晚清学术思想界的一面大旗。对其诗文，民国时期虽已有人论及，但一直未得深入，近年来才始有进展。殊不知张之洞本人极以诗自重，以为自己平生用功最深者，"仍是诗耳"[1]。而且，张之洞在近代诗坛上，是"以诗歌领袖群英，颉颃湖湘、江西两派之首领王壬秋、陈伯严，而别开雍容缓雅之格局"[2]的人物，并被钱基博评为"晚清名臣能诗者"（《现代中国文学史》）。

《诗大序》云："诗言志。"所以，要全面而深刻地了解张之洞，对其诗文的研究是不可或缺的；要勾画出较完整的晚清诗坛面貌，作为"河北派"领袖，乃至整个晚清诗坛领军人物之一的张之洞更是不可不谈的。

---

[1] 陈曾寿：《读广雅堂诗随笔》，陈曾寿著，张寅彭、王培军点校《苍虬阁诗文集》，上海古籍出版社2009年版，第411页。

[2] 胡先骕：《读张文襄广雅堂诗》，转引自庞坚点校《张之洞诗文集》，上海古籍出版社2008年版，第505页。

二　研究现状

从张之洞同治二年（1863）科举中探花至今的100多年间，众多研究者们将对张之洞的研究从点推广到面，从浅推入至深，从片面发展到较为全面，从由个人主观视角出发调整为更加科学客观的分析评述。或论说其功过是非，或多角度地剖析其思想、行为，或探讨其诗文创作，成果颇丰。综观当今的研究现状，对张之洞的学术、文学的研究主要集中在以下几个方面：

其一，对张之洞学术思想的研究。

清末之时，中国传统的封闭式文化格局在西方工业文明的强烈冲击下趋于解体，而以张之洞为代表的恪守中国传统思想的人在这一历史性的文化裂变中扮演了怎样的角色，存在争论。汤志钧在论述近代经学的发展和消亡时指出，代表张之洞学术思想的《劝学篇》，诋击维新运动，和曾国藩一样汉宋兼容，利用经学锢蔽思想。而张之洞反对康有为今文经学，不是单纯的学术争论，更是一场政治斗争。[①] 麻天祥则提出另一种解说，认为在近代学术变迁过程中，张之洞的《劝学篇》立足于学术，倾吐了对社会无痕换骨的切盼。"中体西用"不仅表达了用西学"补阙""起疾"的愿望，而且由"泰西各国学校之法，犹有三代之义"的认识，建立了中西互补的学术基础，而使之成为中国学术近代化的先声。[②]

张之洞自幼受到严格的儒家教育，于学业十分勤勉。虽走的是封疆大吏的从政之路，但其本人对学术、诗文用功颇深，他晚年曾语亲故曰："吾生性疏旷，雅不称为外吏，自愿常为京朝官，读书著述以

[①] 汤志钧：《近代经学的发展和消亡》，《历史研究》1985年第3期。
[②] 麻天祥：《变徵协奏曲——中国近代学术统论》，《湖南师范大学社会科学学报》2000年第2期。在晚清新旧学更替的历史进程中，张之洞是一位关键性人物。彭国栋充分肯定张之洞作为清季学术领军人物的历史地位。参见彭氏《重修清史艺文志》，台北商务印书馆股份有限公司1968年版，第1、2页。人们通常认为张之洞的学术立场是"先新后旧"，王先明通过深入剖析张氏由旧趋新的学术思想历程及其学术思想的内在联系，对这一观点提出质疑。参见王先明《张之洞与晚清"新学"》，《社会科学研究》2000年第4期。

终其身。"① 何晓明对张之洞的学术思想进行了剖析和肯定，以为张之洞痛恶今文公羊说，对《春秋公羊传》的批评，虽言辞尖刻，但从学术上来说，却不失缜密笃实。而对于张之洞汉学、宋学兼宗的态度，认为他是在西学东渐，政局动荡，"名教奇变"的背景下，为了维护"中国数千年礼仪人伦、诗书典则"不至消殒，故兼采汉宋，"消融门户之见而各取所长，则私心怯而公理出"（《四库全书总目》经部总叙）。但一生治学不辍的张之洞之所以选择学兼汉宋，除去政治需要，更主要的是从学术本身所作的考虑。张之洞的学风特点，四字足以概括，即"经世致用"，他倡导"读书宜读有用之书"，并多次申言，"一切学术"，"要其终也，归于有用"。张之洞虽一生仕宦，但对于文章学术，始终未曾懈怠，并"以其宗旨宏达、思想淹通、学风朴实"，而在晚清学术史上占有重要的地位。②

龚书铎、黄兴涛对张之洞与晚清儒学的关系进行了较为透彻的分析。他们认为，因应变、救时之需，张之洞主张儒学不仅是汉宋两家的调和，还是儒学各派的兼采会通，是儒学和其他学派的兼容并蓄。除了政治思想外，张之洞与康、梁的分歧还有学术思想方面的因素，他长期不满于疑经的今文经学即所谓"公羊学"的某些治学方法。戊戌后期，颇能体现张之洞沉重的儒学忧思的，尚在于他提出的儒学"守约"主张。在新的形势下，封建儒学如何适应现实统治的需要，在适应过程中如何维护儒学自身？这是个时代难题。在晚清，张之洞无疑是统治集团中对这一问题关注最为持久，处理较为灵活，意见甚为王朝重视，于儒学也最有影响的代表人物。③

其二，对张之洞诗学思想的研究。

作为诗人的张之洞，虽然没有专门的诗学理论著述面世，但是他

---

① 张之洞：《抱冰堂弟子记》，苑书义、孙华峰、李秉新主编《张之洞全集》第十二册，河北人民出版社1998年版，第10632页。以下所引《张之洞全集》皆此版本，故再不列出作者、出版社及出版时间。

② 何晓明：《张之洞学术思想论》，《学术研究》1993年第4期。

③ 龚书铎：《晚清的儒学》，《北京师范大学学报》1992年第5期。龚书铎、黄兴涛：《"儒臣"的应变与儒学的困境——张之洞与晚清儒学》，《清史研究》1999年第3期。

的诗学观念和创作原则，较为集中地体现在了他为学子编写的《輶轩语》中，另外在他的一些诗作中也有所表述。这看似不够正式、系统，却自有他作诗、论诗的宗旨和核心在其中。考察其作诗的原则和论诗的言论，以及时人对其诗作的评价，我们不难发现其诗学思想主要集中在以下几点：

首先，是强烈的崇雅意识。从儒家正统思想出发，张之洞的诗学思想具有强烈的崇雅意识。其《哀六朝》诗乃"生平学术宗旨所在"①，有句云："政无大小皆有雅，凡物不雅必为妖。"汪辟疆在《光宣诗坛点将录》中对张之洞的评语正是"指挥若定，清真雅正"。并赋诗云："抱冰堂上坐人豪，时复商量一字高。尽扫淫哇归雅正，不妨苏海得韩涛。"② 此外，还有一些论说均指出了这一点，如集益书局有一小引云："南皮张文襄公，为清季风雅之宗，仰之者如泰山北斗。"③ 又胡先骕评张诗："宏肆宽博，汪洋如千顷波，典雅厚重，不以高古奇崛为尚，然复不落唐人肤浅平易之窠臼。"（《读张文襄公广雅堂诗》）对雅正之崇尚必致对轻浮之厌恶，张之洞"最恶六朝文字，谓南北朝乃兵戈分裂、道丧文敝之世，效之为何？"（《抱冰堂弟子记》），批"攘臂学六朝"为"白昼埋头趋鬼窟"（《哀六朝》）。香涛之室名曰"广雅堂"，诗集、散体文、骈体文皆以"广雅堂"为名，与此不无干系。袁祖光在《绿天香雪簃诗话》中便以为张之洞："论诗以雅正为音，故初刻诗集以《广雅堂》名之。"④

其次，作诗主"清切"。汪辟疆曾论张之洞"以力辟险怪之故，颇不满意于同光派之诗。尝云：'诗贵清切，若专事钩棘，则非余所知矣。'"（《近代诗派与地域》）郑孝胥亦云："往有巨公与余谈诗，务以'清切'为主"（《散原精舍诗序》）。这是与其崇雅尚正的诗学

---

① 陈曾寿：《读广雅堂诗随笔》，陈曾寿著，张寅彭、王培军点校《苍虬阁诗文集》，上海古籍出版社 2009 年版，第 418 页。
② 汪国垣：《光宣诗坛点将录》，张寅彭《民国诗话丛编》第五册，上海书店出版社 2002 年版，第 329 页。
③ 《张文襄公诗集小引》，庞坚《张之洞诗文集》，上海古籍出版社 2008 年版，第 430 页。
④ 另参《清诗记事》同治朝卷，江苏古籍出版社 1989 年版，第 11751 页。

乃至文学主张相承袭，并与其"雍容雅缓"的审美理念相统一的。但郑孝胥对之洞所言之"清切"持有异论："世事万变，纷扰于外；心绪百态，沸腾于内；宫商不调而不能已于声，吐属不巧而不能已于辞；若是者，吾固知其有乖于清也。思之来也无端，则断如复断，乱如复乱者，恶能使之尽合？兴之发也匪定，则倏忽无见，惝怳无闻者，恶能责以有说？若是者，吾固知其不期于切也。"① 张之洞以"巨公"的身份，蒿目时艰，隐忍自持，属意"清切"，力求让雅正之诗力挽乱世哀音之澜，故其主张也自不同于陈三立、郑孝胥等人。

　　复次，强调"宋意唐格"。张之洞诗学思想中最为重要的一点即"宋意入唐格"。"宋意入唐格"语出其《赠蕲水范昌棣》，诗云："平生诗才犹殊绝，能将宋意入唐格"②。本是褒美范生之诗，但后世论者多以为"宋意入唐格"乃张之洞"自道其所得"③，"自道甘苦"④。钱仲联在《中国近代文学大系·诗词卷》之《导言》中论及文襄诗时说："张氏明确提出了'宋意入唐格'的主张，所以具有唐人的藻采和宋人的骨力，又能言之有物，从其身世遭际抒写真性情。"受到为规避乾嘉诗坛末流貌为宗唐实多病于浮泛的现实而走向祧唐宗宋的晚清宋诗派的主张的濡染，故而张之洞既崇唐诗之体貌气格，又对宋诗意趣有自己的体认，遂在自己的诗学思想中将唐诗的格调与宋诗意趣糅合，提出"宋意入唐格"，以"宋意"救其时学唐而貌袭之弊。

　　今人对张之洞文学方面的研究素来不多，近几年方有所论及。其中要数庞坚在其点校的《张之洞诗文集》前言中所论最为具体、精到，有借鉴意义。庞文对张氏诗学思想的源流、特点做了较为细致的

---

　　① 郑孝胥：《散原精舍诗序》，陈三立著，李开军校点《散原精舍诗文集》，上海古籍出版社2003年版，第1216页。
　　② 《四生哀》之四。
　　③ 徐世昌《晚晴簃诗汇》，原句为：文襄诗不苟作，自订集仅二百余首，瑰章大句，魄力浑厚，与玉局为近。晚喜香山，有句"能将宋意入唐格"，盖自道其所得也。
　　④ 王潏《冬饮庐藏书题记》原句：公诗余事耳，然不翅专意者之工。其雄杰处，皆百年来所未有。集中《曾蕲水范昌棣》句云："平生诗才尤殊绝，能将宋意入唐格。"可谓自道其甘苦矣。

梳理，并有较为中肯的评论。此外，胡迎建、张修龄、马卫中、祝伊湄、夏秀华等人也都对此进行了程度不等的整理和论说。①

其三，对张之洞诗歌创作的研究。

张之洞才大学富，清末民初的评论家大多对其在诗歌创作上的成就给予了肯定。民国刊行的《晚晴簃诗汇》和《近代诗钞》这两部具有总结性意义的诗歌总集，便收有不少张之洞的诗作，且评价颇高。诚如陈声聪所说："清末所谓清流，其骨干分子张孝达、张幼樵、宝竹坡、陈弢庵等四人，皆清一代大诗人。"②胡先骕更说张之洞是"独以国家之柱石而以诗领袖群英，颉颃湖湘、江西两派之首领王壬秋、陈伯严，而别开雍容雅缓之格局，此所以难能而足称也"，评价其诗是"宏肆宽博，汪洋如千顷波，典雅厚重，不以高古奇崛为尚，然复不落唐人肤泛平易之窠臼"。③

张之洞的诗歌创作始终遵循着他的诗学观，充分体现出其诗学思想。陈曾寿对张之洞的诗作，曾有极为精到的分析、品评："文襄学瞻才富，侔于纪、阮，而其诗心长语重，绝无炫耀之习。盖其立身行己，自有坛宇，非经生博士、文人才子所可同年而语。其诗用字必质实，不纤巧；造语必浑重，不轻浮；写景不虚造，叙事无溢辞；用典必精切，不泛引，不斗凑；立意必独出己意，不随世转。虽以风致见胜处，亦隐含严重之神，不剽滑。"④此外，不少时人也都给出了自己对张之洞诗歌的评价，如徐世昌《晚晴簃诗汇》谓张诗"皆黄钟大吕之音，无一生涩纤浓、枯瘦寒俭之气。"陈衍《近代诗钞》称赏张诗"古体才力雄富，今体士马精研，以发挥其名论特识。"并指出张诗"用事精切"，"可以方驾坡公、亭林。"袁祖光《绿天香雪簃诗

---

① 张修龄、马卫中：《新旧交替社会中的复古诗家——评晚清诗人张之洞》，《苏州大学学报》（社会科学版）1992年第2期；夏秀华：《张之洞其人其诗》，硕士学位论文，苏州大学，2007年；胡迎建：《论张之洞的诗学主张及其诗作》，《学术研究》2008年第9期；祝伊湄：《张之洞诗学及其诗歌创作研究》，博士学位论文，华东师范大学，2010年。
② 陈声聪：《兼于阁诗话》，庞坚《张之洞诗文集》，第518页。
③ 胡先骕：《读张文襄广雅堂诗》，庞坚《张之洞诗文集》，第495页。
④ 陈曾寿：《读广雅堂诗随笔》，陈曾寿著，张寅彭、王培军点校《苍虬阁诗文集》，上海古籍出版社2009年版，第411页。

话》推张诗为"淹博沉丽，平易近人，具休休有容气象。"林庚白《丽白楼诗话》言张诗"能自道艰苦与怀抱"，"负盛名，领重镇，出将入相，而不作一衿夸语"。

论者在分析张之洞诗歌内容时，主要将其分作三大类，即感时咏怀诗、写景记游诗、题咏诗。其中写景记游类诗作中最多佳构，如《重九日作》《登眉州三苏祠云屿楼》《江行望庐山》《四月下旬过崇效寺访牡丹花已残损》等，都是脍炙人口的佳篇，以《春秋》笔法行之，有老辈风骨。题咏诗中的咏物诗正面写最难，但是张之洞的《咏蜀葵花》《济南行宫海棠》等诗，"皆从正面写，切当不移，似易实难"①。今人对张氏具体诗篇进行评论者尚不多见，只有庞坚等个别研究者为之。这是一个亟待开发的领域，在研究的深度和广度、系统性上都亟待增强②，现在尚属起步阶段。而华东师范大学祝伊湄的博士学位论文《张之洞诗学及其诗歌创作研究》（2010），对张之洞的诗学及诗歌创作进行了较为详细、深入的研究和论述，颇有借鉴意义。此处还要提到的一点是当今对张之洞作品的收集整理成果，现有河北人民出版社的《张之洞全集》（1998）、上海古籍出版社的《张之洞诗文集》（2008）、武汉出版社的《张之洞全集》（2009）等。而值得关注的是，现在终于有笺注张之洞诗歌的成果于2018年问世，分别是赵寿强的《张之洞诗稿详注》（河北人民出版社）和蔡永贵的《张之洞诗笺注》（中华古籍出版社），为张之洞诗歌的进一步研究提供了助力。

此外，还有一些张之洞的传记，除了旧有的《清史稿·张之洞传》《清史列传·张之洞传》《大清畿辅先哲传·张之洞传》《清诰授

---

① 陈曾寿：《读广雅堂诗随笔》，陈曾寿著，张寅彭、王培军点校《苍虬阁诗文集》，上海古籍出版社2009年版，第421页。

② 今人相关论述，主要有张修龄、马卫中：《新旧交替社会中的复古诗家——评晚清诗人张之洞》，《苏州大学学报》（社会科学版）1992年第2期；唐浩明：《从诗歌看张之洞的真性情》，《历史月刊》1997年第5期；夏秀华：《张之洞其人其诗》，硕士学位论文，苏州大学，2007年；胡迎建：《论张之洞的诗学主张及其诗作》，《学术研究》2008年第9期；刘倩：《张之洞叙事诗研究》，硕士学位论文，沈阳师范大学，2013年；谢斐：《广雅书院文人群体诗歌研究》，硕士学位论文，暨南大学，2013年，等等。

光禄大夫体仁阁大学士赠太保张文襄公墓志铭》等外，当代还有马东玉的《张之洞大传》、冯天瑜的《张之洞评传》、谢放的《张之洞传》、孙广权的《南皮香帅》、胡晓曼的《张之洞传》等，甚至还有关于张之洞的历史演义作品，如李建良的《张之洞》、唐浩明的《张之洞》等。另外，在张之洞门人许同莘、胡钧先后编撰的《张文襄公年谱》外，今人吴剑杰于2009年出版了更为详细的《张之洞年谱长编》（上海交通大学出版社）。这些基本都属于文献整理范畴。

张之洞凭借其诗作，在晚清诗坛占据重要一席。民国印行的具有总结性意义的诗歌总集，如徐世昌的《晚晴簃诗汇》和陈衍的《近代诗钞》不仅收录了较多张之洞的诗，同时还给予了较高评价。而汪国垣在《光宣诗坛点将录》中将张之洞点为天威星双鞭呼延灼，位列马军五虎将的重要地位。钱仲联则在《近百年诗坛点将录》中把张之洞点为天竞星船火儿张横。[①] 可见，无论是时人，还是后学，都对张之洞的诗歌成就予以了肯定。

[①] 庞坚对此认为："钱录四寨水军头领皆点'于近时诗学有存旧之格'的人物，阮氏三雄点湖湘派三杰王闿运、邓辅纶、高心夔，浪里白条张顺点张佩纶，故以张横点张之洞而不以马步军大头领点之，并非存有贬意。"参《张之洞诗文集》，上海古籍出版社2008年版，第20页。

第一章　张之洞诗歌创作分期及概况

张之洞（1837—1909），字孝达，一字香涛，晚自号抱冰，中年后号壶公、香岩（崖）、香严。督两广时号"无竞居士"①，在粤创广雅书院、广雅书局，故又称广雅。任湖广总督时又号"抱冰老人"，名其室为"抱冰堂"②。直隶南皮人（今河北省南皮县），故世又称"张南皮""南皮香帅""南皮制军"，殁后谥"文襄"。同治二年一甲三名进士。其人"治闻强记，淹贯群书，尤究心经世之务，以天下为己任"，"以文章道德主盟坛坫者数十年"③，"起自儒臣，扬历中外几三十余年"④，"历官国子监司业，詹事府左中允，司经局洗马，翰林院侍讲、侍读，詹事府右庶子、左庶子，翰林院侍讲学士。擢内阁学士，出为山西巡抚。擢两广总督，移湖广，再权两江"⑤，最后入阁拜相，凭借其卓越的学识、政术，"忠能结主，信能示人，廉能洁己，勤能率属"⑥，一路披荆斩棘，攀上仕途的高峰，最终成为中国

---

① 取张九龄"无心与物竞，鹰集莫相猜"诗意。
② 取越王勾践"冬抱冰，夏握火"之意。
③ 《大清畿辅先哲传·张之洞传》，转引自庞坚《张之洞诗文集》，上海古籍出版社2008年版，第377、412页。以下所引《张之洞诗文集》皆此版本，故再不列出出版社及出版时间。
④ 汪国垣：《光宣以来诗坛旁记》，《民国诗话丛编》第五册，第402页。
⑤ 《清诰授光禄大夫体仁阁大学士赠太保张之洞文襄公墓志铭》，《张之洞诗文集》，第413页。
⑥ 胡钧：《清张文襄公之洞年谱·后序》，台湾商务印书馆1978年版，第290页。以下所引均简称为"年谱"，且如无特别说明，均为该版本。

晚清史上"身系朝局疆寄之重者四十年"（许同莘《张文襄公年谱·序》）的名臣。

张之洞一生扮演了封建官僚、洋务领袖、教育家、学者、诗人等多重角色，为官期间，其活动涉及政治、经济、军事、外交、教育、思想文化以及学术等诸多领域，成就斐然。但张之洞作为儒臣，以"有学"自负，尝语亲故曰："吾生性疏旷，雅不称为外吏，自愿常为京朝官，读书著述以终其身。"① 所以立言也是张之洞的一大人生追求，他刊行于世的作品有：《书目答问》《輶轩语》《劝学篇》《张香涛学使学究语》《天香阁十二龄课草》《广雅碎金》《张文襄公诗集》《广雅堂四种》② 等，以及为数众多的奏议、电稿、公牍等公文。由于种种客观因素的制约，以及诗不苟作的创作态度，使得张之洞的诗作在其遗墨中不能算多，但是在其弟子樊增祥问起他平生最得意事为何时，张之洞沉吟良久，回答道："是诗耳。"③ 张之洞之诗作为当时诗坛不可或缺的一个有机组成部分，亦为时人所传诵称道，所谓"官愈大，诗愈好"④。其诗歌从另一个方面给我们展示了张之洞一生的学识、政见、精神、情感，让我们看到了一个更为生动、立体的达官名士。所以，张之洞不仅是在中国历史上留名的晚清名臣，也是中国文学史上占有一席之地的诗人。

张之洞弟子樊增祥在《张文襄公全集诗跋》中对张之洞的诗歌创作活动作了一分期，并有所评价，其文云：

> 公自光绪丙子冬由蜀还京，作诗甚少，自己卯至壬午，殚心国事，有封奏四十余件，更无余力为诗。壬午秋出抚晋疆，明年夏移督两广，荏苒八年，吟事都废。在粤时仅有《贺子青宫相子

---

① 张之洞：《抱冰堂弟子记》，《张之洞全集》第十二册，第 10632 页。
② 《广雅堂四种》包括《广雅堂散体文》《广雅堂骈体文》《广雅杂著》《广雅堂论金石札》。
③ 陈曾寿：《读广雅堂诗随笔》，陈曾寿著，张寅彭、王培军点校《苍虬阁诗文集》，上海古籍出版社 2009 年版，第 411 页。
④ 易顺鼎语，见《海藏楼诗集》，上海古籍出版社 2003 年版，第 197 页。

入学》诗二首。督鄂十八年，自庚寅至癸巳，中间惟赠俄太子及希腊世子二律，然系幕僚拟作，公稍润饰之。直至乙未自两江还鄂，始一意为诗，如《忆蜀游》十首、《忆岭南草木诗》十四首，皆督楚时作，即《挽彭刚直》诗亦在鄂补作也。盖公于词章之学最深，四十以后，内赞吁谟，外修新政，公忠体国，不遑暇食，诗学捐弃几二十年。六十以后，吏民相安，新政毕举，乃复以理咏自娱，而识益练，气益苍，力益厚，境地亦愈高愈深，以《五北将》诗与《四生哀》较，以《连珠》诗与《学署草木》诗较，划然如出两手。至光绪癸卯《朝天》以后诸作，则杜陵徙夔、坡仙渡海，有神无迹，纯任自然，技也神乎，叹观止矣。[①]

据樊氏之说，再结合张之洞的仕宦生涯，本书把张之洞的诗歌创作分为三大时期，即：四十岁之前的诗文创作时期、四十岁至七十一岁的诗文创作时期、七十一岁之后的诗文创作时期。

第一节 四十岁之前的诗文创作活动

一 学习、考试时期的诗文创作（1841—1863）

祖廷琛，字献候，贡生，四库馆誊录，议叙福建漳浦东场监大使，题补古田县知县。乾隆季年，福建将军。魁伦兴大狱，闽中官吏系狱者督、抚、藩、臬、道、府十余人，厅、县以下七十五人，漳浦公以监场官署侯官县，又兼署近省某县及省城首领佐二等官，凡绁九篆囚系之官皆属焉，所以调护拯救者甚至，识者以为有阴德，其后必昌。[②]

道光十七年（1837）八月初三，贵州兴义府（今贵州安龙县）

[①] 庞坚：《张之洞诗文集》，第438页。
[②] 胡钧：《年谱》，第7、8页。

官舍内，一男婴呱呱坠地了①，这正是廷琛之孙，也就是那个验证南皮东门张氏"其后必昌"预言的人。他，便是张之洞，一个在没落的晚清社会中熠熠生辉的封疆大吏，一个陪伴着晚清政权走完最后日子的封建儒臣，一个能诗的晚清名臣。

据胡钧《年谱》载，张之洞"先世山西洪洞县人，明永乐二年迁山右民实畿辅，始祖本，自洪洞徙潞县；本子立；立子端，官南直隶繁昌县荻港巡检，自潞县徙天津府南皮县东门之印子头，是为东门张氏。"②可见天津府南皮东门张氏是正宗的书香门第，世代为官，且多以廉惠留名。出生在这样的家庭，张之洞的未来似乎也是可以预知的。只是，他比他的先祖们的人生书写得更加辉煌。

道光二十一年（1841），张之洞"入塾，从何养源先生受读，详询字义，必索解乃止"③。五岁的张之洞，正式开始了他的求学生涯，一路倍道而进，九岁读完《四书》《五经》，十岁看完《九经》，并"学为诗古文词"。年少的张之洞即十分勤奋好学，朝斯夕斯，读书颇能到废寝忘食的境界，这对他后来的生活作息也多有影响，胡钧便记载说："公童时读书非获解不辍，篝灯思索，每至夜分。倦则伏案而睡，既醒复思，必得解乃已。其后服官，治文书往往达旦，自言乃幼时读书好夜坐思之故。"④

张之洞不仅有先天的良好禀赋，勤勉的学习精神，还有后天的得当教育。其父张锳少贫苦，久处于田间，耕读持家，故知民间疾苦。也正因此，他为官廉洁奉公，明断决狱，积尽赈灾，办学育才，宦绩显著，在贵州兴义连任知府十三年，是贵州近代知名的清廉官吏。张锳为人也是"刚介鲠直，不阿上司"，但对下却是平易近人。政事之余，他常把精力放在"谈学论艺"或"编纂府志"这样的文化事务上，也是一代儒臣。此外，张锳还着力于保护文物、古迹，以为后世存留传统的人文精神财富和物质文化遗产。张之洞自小受其父品行之

---

① 本书采用胡钧《年谱》对张之洞出生地之记载。
② 胡钧：《年谱》，第7页。
③ 胡钧：《年谱》，第9页。
④ 胡钧：《年谱》，第9页。

濡染，在以后的为人、行事中也可见乃父身影。张锳极为重视对子弟的教育，不管在精神引导上还是在读书条件上，他都倾其全力地投入。胡钧尝记："赠公（即张锳）训子以'俭约知礼'为宗，过庭授学，多乾、嘉老辈绪言。黔中僻远难得书，赠公竭俸金购书数十厨，置诸子学舍，令于日课之外听以己意观之。大率史部、朱子书及本朝说经之书为多。所亲或讽曰：'若辈童年，岂能解此？'赠公曰：'姑令纵观，不解无妨。浸淫既多，长大自能解。'又教诸子曰：'贫，吾家风。汝等当力学！'"① 张之洞就这样，在相对僻远闭塞的贵州，远离已经在向中国渗透的西学，在其父营造起来的浓厚的儒家文化氛围中，扎扎实实地打下了他的儒学根基。这也是张之洞从事洋务运动后，虽经历了各种西风洋雨的冲刷，在经世致用的实践方法上做出调整，但却一直坚定不移地以传统儒学为根本，秉持"中体西用"思想的一个重要原因。

张之洞性聪慧，好读书，邑人说他"才思敏捷，过目成诵"，誉为"神童"。道光二十七年（1847），十一岁的张之洞"作诗文工力日进，兴义府教授敖君为古风一篇，赠公命和，援笔立就"②，在当地才华初露。十二岁时更是学有小成，"诗文为塾师奖许，父执亦叹异之，乃裒为一册"③。张锳对张之洞在学业上的出色成绩很是欣喜，并将张之洞的这些诗文"寄示兄□于任所"，得到了对方"敛才勿露"的劝诫。张锳认为有理，于是"韪其言，加董戒焉"，而张之洞也对"敛才勿露"这四字终身诵之，并"后焚少作略尽"，诗不苟作。关于张之洞的师承，据胡钧的统计，他"先后受业师可考者：在十三岁以前有何养源、曾摺之、张蔚斋、贵西垣、黄升三、王可贞、敖慕韩、张肖岩、赵斗山诸先生；十四岁以后有丁诵孙、童云逵、袁燮堂、洪次庚诸先生。其年月不可知而得力于丁先生最多。又尝从胡文忠公问业。"④ 需要一提的是，张之洞经学受益于吕文节公贤基甚

---

① 胡钧：《年谱》，第9、10页。
② 胡钧：《年谱》，第10页。
③ 胡钧：《年谱》，第10页。
④ 胡钧：《年谱》，第10、11页。

多，其在《輶轩语》中即称："先师莳德吕文节教不佞曰：'欲用注疏工夫，先看《毛诗》，次及《三礼》，再及他经。'其说至精，请申其义。盖《诗》《礼》两端最切人事，义理较他经为显，训诂较他经为详。"① 可谓得其治经门径。张之洞自己亦说过："经学受于吕文节公贤基，史学、经济之学受于韩果靖公超，小学受于刘仙石观察书年，古文学受于从舅朱伯韩观察琦"②。一方面成长于传统的儒学家庭，一方面师从于这些儒家名师，加之他本身不仅聪慧，而且勤奋好学，因此其日后深厚的学术涵养和卓著的儒者风范不难想见也。

张之洞在兴义读书期间，曾写有《半山亭记》《吊十八先生文》《知足斋记》《天香阁十二龄课草》等诗文，其中尤以《半山亭记》知名。兴义县府北门外有招堤，乃清康熙三十三年（1694）中营游击招国遴所建，邑人称为招公堤。堤西头建有一阁，名"魁阁"（又名涵虚阁），民国《贵州通志·古迹志》中有招堤"垂杨夹岸，春深入画"③的记载。张锳任兴义府知府时，在捐资加高招堤堤面的同时，于招堤北端金星山上的魁阁旁依岩建了一亭，取名"半山亭"。亭成，可览全湖之胜景："面临莲池，池广数亩，花开十里荷香，选胜之士咸登亭延赏……亭中极目，则远山环拱，绿海澄波，景尤奇逸。"④是年七月十六日，张锳在半山亭大宴宾朋，于席间邀请群僚著文以记之。时年方十一岁的张之洞八百余字的一篇《半山亭记》挥笔而就，行文优美流畅，描绘生动，落笔有神，在座的宾朋称赏之余亦大为震惊，齐称之为"神童"。张锳随即命人将此文刻在一块大石碑上，嵌于半山亭内石壁中。这篇《半山亭记》虽是模仿了北宋欧阳修的《醉翁亭记》，并有范仲淹《岳阳楼记》笔法之痕迹，如《半山亭记》中"月白风清，水落石出者，亭之四时也"和"四时之

---

① 《輶轩语》一，语学第二，"治经宜有次第"。《张之洞全集》第十二册，卷二百七十二，第9782页。
② 张之洞：《抱冰堂弟子记》，《张之洞全集》第十二册，第10631页。
③ 贵州省文史研究馆古籍整理委员会编：《贵州通志·金石志·古迹志·秩祀志》，贵州大学出版社2010年版，第193页。
④ 贵州省文史研究馆古籍整理委员会编：《贵州通志·金石志·古迹志·秩祀志》，贵州大学出版社2010年版，第192页。

景无穷，而亭之可乐，亦与为无穷也"这样的句子，便有《醉翁亭记》中"水落而石出者，山间之四时也。朝而往，暮而归。四时之景不同，而乐亦无穷也"的身影。但虽是模仿之作，当时只有十一岁的张之洞在文中描写的景色人物，也是独具特色，自有作者的情感与领悟在内。全文竭力颂扬了其父张锳之政绩，表达了他要光耀门庭的志向，抒发了其豪气凌云的情怀。更为难能可贵的是，从文中可以窥见这个十一岁的少年心中，竟已然有了"德及则信孚，信孚则人和，人和则政多暇"这样有一定深度的政治见解，和"与民同乐"、和百姓休戚与共的仁政理想。

张之洞以早慧闻名乡里，其文名为当时贵州学童之冠，十二岁时所作四书文有：《离娄章论》《爱人章论》《桃应章论》《自取章论》《自暴章论》《道在尔章论》《居下章论》《求也章论》《恭者章论》，皆是阐发经典，自有体认，颇能得其精髓。张锳把张之洞十二岁之前所作的诗文裒为一册，名为《天香阁十二龄课草》①，这也是张之洞的第一本个人诗文集。后来，其父主持编写的《兴义府志》中收录了其中的部分作品。《天香阁十二龄课草》的自序有云：

> 窃洞生于道光丁酉之秋，至丙午甲干已周，四书九经俱诵讫，随学为杂作。戊申十二龄矣，东涂西抹，偶为塾师所奖许，同人闻之，每索阅辄携去。后父执亦渐来索取，教诲必须手抄以呈，不免夺诵读晷，因付剞劂，以代缮写，且便于就正。愿长者赐以指南，则洞也幸甚。
>
> 道光二十八年张之洞

道光二十九年（1849），十三岁的张之洞"从韩果靖公受业兴义府署。未几，韩公就胡文忠于黎平，公回籍就试"②。道光三十年

---

① 道光二十八年，张之洞十二岁时其父张锳自刻于贵州兴义。扉页有"道光乙酉年夏镌"，"版存黔省兴隆街孔天成刻字铺"等字。共两册，上册为时文及各类赠序、记、铭、墓志等共十八篇；下册为诗词及律赋，诗五十四首，词六首，律赋六篇。国家图书馆藏。

② 胡钧：《年谱》，第11页。

(1850)，张之洞与三位兄弟同应试，之洞考取秀才，入县学，当时的学政程侍郎廷贵对他颇为器重，期勉甚至。咸丰二年（1852），年仅十六岁的张之洞以一篇《中庸之为德也》应顺天乡试，中试第一名举人，"一时才名噪都"。当张之洞中举的消息报至贵州后，其师胡林翼欣喜之余，致书张锳："得令郎领解之书，与南溪（韩超号）开口而笑者累日。""是科主试者尚书满洲麟魁、萧山朱尚书凤标、旌德吕文节公贤基。旌德吕氏家世传经，文节湛深经术，公质疑请益，所学益进。"①

咸丰三年（1853），"三月，江宁不守，畿辅戒严。七月。出都，值霖雨兼旬，自通州乘舟至束鹿，赋诗纪行。所为诗入集自是年始"②。兼旬不止的大雨，让直隶变成一片泽国，时年十七岁的张之洞作《癸丑七月畿辅淫雨十日顺天天津保定河间正定深冀北方二千里间大水无际自通州乘舟至束鹿》一诗以记之。诗中先慨叹大雨使得"绮秀周原变水乡"，对百姓生活造成不便，但是旋即又转换角度，劝慰人们不要过于埋怨因雨造成的家园毁损，而应为大局着想。所以诗人最后充分肯定了这场大雨对阻止太平天国军队计划进攻京师的积极意义，"泽鸿休怨无安所，且限南来丑虏狂。"诗后有自注，曰："时发贼扰河北，畿辅戒严。"一个心怀天下的壮志少年的形象已经跃然纸上。

咸丰四年（1854），贵州遵义府杨凤昌率领的农民军与长江中下游的太平军遥相呼应，连克数县，包围兴义府城。张锳率部死守，命家小登楼备薪，下达"城陷，即自焚"③的命令。张之洞的兄弟及姐夫等人，都登城苦战，三昼夜不息。后来张之洞作《铜鼓歌》以记此事，有句云："咸丰四年黔始乱，播州首祸连群苗。列郡扰攘自战守，盘江尺水生波涛。"

咸丰五年（1855），张之洞北归，准备赴来年的春闱考试，自贵

---

① 胡钧：《年谱》，第12页。
② 胡钧：《年谱》，第13页。
③ 胡钧：《年谱》，第13页。

州入川，于泸州渡江，恰与三位南行的兄长在雨中栈道偶遇。与兄长分别后，在紫陌山留侯祠度岁。一路走来，忆及去年此日他还身在围城之中，凶险之极，不免心中怆然有感，先后写下了《泸州渡江》《雨行蜀栈遇诸兄》《宿宁羌州》《乙卯除夕宿紫柏山留侯祠》等诗，以遣心中情绪。张之洞自幼好山水，喜登临，受乃父影响，对先哲遗留文物古迹亦情有独钟，入川后作有《人日游草堂诗》《杜工部祠》等诗。

咸丰六年（1856），七月，张瑛卒于任上，张之洞在籍守制，直到咸丰八年戊午十月除服。但在张之洞现存诗中未见有悼念父亲的诗作。

创作于咸丰八年（1858）的《座主萧山朱尚书六十寿辰戒勿置酒命门人各赋诗时方以科场事挂误罢职闲居二首》一诗是作于朱凤标六十岁寿宴上的作品，当时朱氏刚因受科场案牵连而失官。在徐凌霄、徐一士《凌霄一士随笔》中有相关的创作背景记载："同治辛未会试，正总裁为体仁阁大学士朱凤标。……凤标，科举史中有名之咸丰戊午科场案副主考也。肃顺最为朝士嫉恨，源于此案。是科主考三人，正主考大学士柏葰被诛，副主考左副都御使程廷贵遣戍，惟凤标处分独轻，仅革职。未几即命以侍讲学士仍直上书房，因又擢至尚书，同治间遂等揆席，复掌文衡。比殁，得优恤，谥文端，历险而夷，身名俱泰，福命不为不优，要是谨饬一流耳。凤标为道光壬辰榜眼。……当凤标以戊午案黜罢，值六十寿，张之洞献诗云云。以凤标方失意，故多慰藉语。"① 此事在郭则沄《十朝诗乘》中亦有记载："（戊午）是科朱文端以大司马为副主试，关节案发，诏以文端不知情，从宽夺职，寻授侍读学士，仍直上斋。方黜官，值六十生日，张文襄为其门下士，献诗云……"②

咸丰九年（1859），本要应试的张之洞因其族兄文达公之万为同考官，循例须回避，故未能参加此次会试，无事居于家中，惆怅之下

---

① 钱仲联：《清诗纪事》，凤凰出版社2004年版，第2946页。
② 张寅彭：《民国诗话丛编》第四册，第547页。

于"秋日集亲朋赋诗赏菊"①,但是所赋诗歌尚未得见,不知是否早已被张之洞自己毁弃了。

白白错过了己未科,心焦的张之洞秋后便早早动身赶往京师,准备参加来年三月庚申科的考试。但是上天似乎专门和急于应试的张之洞过不去,又和他开了一个不大不小的玩笑,待他入都后才得知,族兄文达公竟又被任命为是科考官。于是,苦闷的张之洞不得不再一次放弃了会试的机会。心中郁闷的张之洞于当月就出都了。临行前,作《别陆给事眉生》一诗赠予好友陆眉生给谏,以示别意。陆眉生与张之洞有通家之好,在此次二人分别后的第二年,即同治元年(1862),陆眉生便卒于军中,然家贫不能归葬,只好由毛文达公昶熙经纪其丧,张之洞也出力不少。"八月,英法兵陷京师,文宗北狩热河。公感愤时事,作《海水诗》。秋冬间至济南,入中丞文煜幕府,即在济度岁。"②张之洞在济南时,时间和精力上都较有闲余,故而诗作亦多,诗集中收录的有《济南杂诗八首》《济南岁暮》等。

咸丰十一年(1861),张之洞从济南巡抚文煜幕府回乡,稍作调整后,又马上奔赴任丘,"为献县刘仙石先生教其仲子"③。这位刘仙石先生,正是之洞姐夫刘伯洵④之父。张之洞到任丘后,除了教授刘家仲子的课业,还"日与伯洵闭户读书,研究古今王伯得失之要"⑤,二人情志相投,都怀揣昂扬的入世之志,相互砥砺,誓做中流之砥柱,国家之栋梁,相信"金玉终当遇薛卞"⑥,满腹学问定能有用武之地。他们除了一起读书、论世,还吟诗唱和,交流情

---

① 胡钧:《年谱》,第23页。
② 胡钧:《年谱》,第24页。
③ 胡钧:《年谱》,第24页。
④ 刘肇钧,字伯洵。献县刘仙石书年(贵阳知府)之子,拔贡,年二十八岁即卒,有《樱宁斋诗草》传世,张之洞晚年辑《思旧集》收入。
⑤ 吴剑杰:《张之洞年谱长编》(上卷),上海交通大学出版社2009年版,第24页。
⑥ 《卯金子行赠姊夫刘伯洵》,《张之洞诗文集》,第9页。李白《与韩荆州书》有"庶青萍、结绿,长价于薛、卞之门。"薛,即薛烛,善识剑。卞,即卞和,献和氏璧的识玉专家。

感，互相勉励。刘伯洵著有《樱宁斋诗草》，张之洞的和作《君马黄》收入其诗集中。

另外《张香涛手稿》中还有几首赠刘伯洵之作：

得伯询书前韵却寄①

其一

春入青门柳乍丝，心情中酒费禁持。
更吟都尉鸳鸯句，忽梦秋灯动剪时。

其二

高冠襦具不周身，谁信延津信有神。
三十登坛殊未晚，与君同是少年人。

诗中表达了他与刘伯洵分别后，对其的想念之情，说会合有期，并慨然以功名相勉励。此外，《辛酉感春》与《济南行宫海棠》等也是创作于本期的。

同治元年（1862）正月，张之洞离开献县，入都参加当年三月的会试。在京师期间，张之洞接到姐夫刘伯洵的来信，得知其弟仲高，即他在任丘刘仙石家所教授的学生不幸夭亡。听闻噩耗的之洞又惊又悲，作《哭弟子仲高因寄伯洵》一诗悼之。同年九月，张之洞的族兄文达公按事河南，后署理巡抚。张之洞入其巡抚署，为文达草疏言事。"疏入，两宫皇太后动容嘉叹。"② 由此可见，张之洞也很擅长公文写作。在巡抚署时，张之洞得知"武进刘申孙、申受先生，逢禄之孙也，侨居豫省外县，因往访之，两日乃达，叩家学渊源甚悉"③。可见其好学之心也甚。

时人都说张之洞在科举路上蹭蹬直上，是科场宠儿，士林翘楚，但是他其实也并非是一帆风顺的。若说他有个如意的开始和结尾，过

---

① 赵德馨主编：《张之洞全集》第十二册，武汉出版社2009年版，第431页。
② 胡钧：《年谱》，第26页。
③ 胡钧：《年谱》，第26页。

程却有些辗转。张之洞中解元在咸丰二年壬子（1852，16岁），中进士却在同治癸亥（1863，27岁），历时十一年，中间历经了五科，即：咸丰三年癸丑科（1853）、咸丰六年丙辰科（1856）、咸丰九年己未科（1859）、咸丰十年庚申恩科（1860）、同治元年壬戌科（1862）。癸丑科（1853）之洞不知何故未赴试，丙辰科（1856）只考中了觉罗官教习，己未（1859）、庚申（1860）两科皆因族兄张之万任同考官而依例回避未入试。

同治二年（1863），张之洞入都参加会试，据年谱载，"中式第一百四十一名贡生，仍出同考官范鹤生先生门下，公以诗和范鹤生之诗，以示谢意。十四日，正大光明殿复试，列一等第一名。二十一日，廷试对策，指陈时政不袭故常行墨程式，阅卷大臣皆不悦，议置二甲末。文靖公宝鋆时以大学士为阅卷大臣，独激赏之，以为奇才，拔置二甲第一。试卷进呈，两宫皇太后拔置一甲第三。二十四日，胪唱，赐进士及第。二十五日，谢恩。二十八日，朝考列一等第二名。"① 时年二十七岁的张之洞，从十四岁开始应试起，参加了数次大大小小的考试，经历了层层筛选，终于登至科举的峰顶，敲开了仕宦的大门。

张之洞考取进士，其间还有个小插曲。赴壬戌试时，张之洞的答卷为房师范鸣龢所赏识，虽极力推荐，但终因额溢被落，只得了个誊录第三名，范颇为叹惋，竟至泣下。无巧不成书的是，张之洞次年（1863）中进士，竟然仍出范鸣龢门下，范欣喜不已，为之赋诗四首。张之洞有和作三首，名为《奉和房师舍人范鹤生先生鸣龢榜后见示之作》，俱载其诗集中。此事一时被传为科场佳话，时人多有将此事载入笔记者，如杨钟羲记曰：

> 武昌范鹤生舍人同治壬戌分校会试，得张文襄卷，亟荐上，以溢额被落，力争不得，深用愤悒。癸亥复与校事，填榜得文襄名，仍出舍人门下。出闱，王少鹤奉常贻书，有"此乐何止得

---

① 胡钧：《年谱》，第28页。

仙"之语。舍人喜极，赋诗四首……①

又徐一士记曰：

同治元年壬戌会试，张之洞卷在范鸣龢房，鸣龢奇赏之，荐诸副总裁郑敦谨，未中，挑誊录。翌年癸亥，鸣龢仍分校春闱，又得之洞卷，乃获隽，时称佳话。前曾述其事。兹承张二陵君寄稿云："科举时代，乡会试获隽者刊刻闱艺，分送亲友，名曰'朱卷'，相沿成风。其会试与顺天乡试出房未中者，尚有挑誊录一层，分送各馆。此项人员，书成时议叙外用。如成进士，翰林即可用作本馆协修，部曹则作为校对收掌。张之洞同治壬戌会试，出武昌范鹤生先生鸣龢房，荐至副总裁郑敦谨处，原荐批头场云：'笔力警拔，议论崇宏。次畅满中兼饶俊逸之致。三兴高采烈，有笔有书，诗雅饬。'二场云：'于群经注疏训诂及《说文》古韵诸子书，无一不烂熟于胸中，借题抒写，沉博绝丽，动魄惊心，场中当无与抗手。'三场云：'元元本本，殚见洽闻，尤妙在条对中曲证旁通，皆能自抒己见，不同钞胥伎俩。合观二三场十艺，淹博渊雅，推倒一切。风檐中具此手笔，洵属异才。'堂批云：'首艺气象发皇，风神朗畅；次三条达，诗稳秀，经策宏通淹贯，元元本本，不仅以撷拾见长，益征绩学。"终以额满见遗，挑取方略馆誊录，鹤生先生请而无效，至为叹惋。次年癸亥恩科，之洞入彀，仍出先生门下。先生喜出望外，赋诗征和。……一时名流和者甚伙。……当时之洞并刻壬戌之落卷，同获隽之朱卷送人，亦罕有之举也。其和诗如"天怜真宰诉，更遣作门生""沧海横流世，何人惜散材"等联，知遇之感，溢于言表。盖之洞自咸丰壬子领乡解，至癸戌始登第，蹭蹬公车十年有余矣。至"心知甄拔意，不唱感恩多"，则针对原诗之"清时济治正需贤""不独文章艳少年"，作自负语也。岁甲戌，予在鸣

---

① 杨钟羲：《雪桥诗话续集》，北京古籍出版社1991年版，第535页。

龢先生之孙心禅君处，见其装璜成帙，想见当年学士文人之聚会及师生遇合之盛事耳。①

二 初入仕途时期的诗文活动（1863—1870）

同治二年（1863），"五月初八日，引见，授职翰林院编修"②。二十七岁的张之洞得到了他人生中第一个官职，从此正式踏入仕途，与江河日下的晚清政府结伴，开始了他长达四十余年的仕宦生涯。

同治三年（1864），张之洞所作的《送同年翁仲渊殿撰从尊甫药房先生出塞》一诗之背景乃是翁同书（药房）因案③获遣，于同治元年被逮入诏狱。同治二年十二月被发往新疆效力赎罪，次年起行，同书之子翁曾源随侍出塞，张之洞赋此诗为之送行。张氏晚年在诗后加注曰："药房先生在诏狱时，余两次入狱省视之。录此诗以见余与翁氏分谊不浅。后来叔平相国一意倾陷，仅免于死，不亚奇章之于赞皇，此等孽缘，不可解也。"张之洞的幕僚曾多次劝其删去这段话，但他执意不肯，胡钧对此解释说："自注不满于文恭，乃有感而发，读者勿以词害意。"（《年谱》）不论张之洞是有感而发也好，是心怀怨恨也罢，总之张、翁二人的关系，从互相友好往来，终成了心生芥蒂。这其中的恩怨纠葛还要从同治二年（1863）说起，张之洞与翁同龢（叔平）的侄子翁曾源同科聚首，分摘探花和状元。当时因父亲翁同书吃了官司而被褫职逮问，翁曾源便住在叔叔翁同龢家。张之洞与翁同龢的交集始于科考，据胡钧《年谱》载："癸亥榜首、壬戌会试翁文恭同龢为同考官，见公试卷被摈，为之扼腕。及癸亥登第，引为快事。公抚晋时，疏陈口外七厅改制无碍游牧，文恭见之，称为典则博辩，欲低头而拜。入京相见，又称为'磊落君子'"，可见当初二人关系甚睦。"其后文恭获咎，宣统纪元开复原官，实公在枢府斡旋之力"④。翁同龢日记中所记与张之洞相关的记载有如："源侄于寅正入内"，"新进

---

① 徐一士等：《凌霄一士随笔》，《张之洞诗文集》，第 473 页。
② 胡钧：《年谱》，第 28 页。
③ 兵败被参劾。
④ 胡钧：《年谱》，第 32 页。

士行三跪九叩礼","龚淑浦、张香涛偕至。"（四月廿五日）"午后访张香涛，孙心田，均晤。"（廿七日）"源侄与张香涛之洞订兄弟之约。"（八月初一日）①等诸条。

张之洞初到京城时住在名士云集的宣南南横街，与翁同龢的好友，大名士李若农比邻而居。翁、张在共同的社交圈中，关系日渐紧密。同治四年之后，此二人或是一起出现在友朋的饮宴中，或是一起参与名士雅集，往来频繁。

而张之洞与翁氏有隙，或始于光绪初年，帝后两党交哄，帝党的领导人物翁同龢与后党之砥柱李鸿藻交恶。鉴于政治上的考虑，当时在清流中的张之洞，毫不犹豫地站在了李鸿藻一边。此后，在两党交锋中，翁同龢常扼制张之洞，据黄濬所闻，张之洞在光绪中叶就有入军机的机会，但终因遭翁氏强烈反对而作罢。后来张之洞的广东报销一案，也是翁同龢从中作梗。另据陈衍《张相国传》中相关记载，言张之洞"生平独立无奥援，惟高阳相国李鸿藻稍左右之。李卒，政府皆不以所为为然，刚毅、翁同龢尤恶之。戊戌，景帝招将内用，翁以留办教案阻之，中途折回。之洞天资稍迟钝，而精力过人，文章、经济之学，弗得弗措，思深忧长，眼光因之及远，长虑却顾，亦间坐此。宏奖知名士无不罗致，然不与谋政事，所用多杂流，奔走承意旨之人，亦无荐剡为公卿大臣者"。②

咸丰四年（1854），十八岁的张之洞迎娶了他的第一个妻子，滦州石氏。少年夫妻，感情甚笃。他们在是年贵州的围城之难中结发，随后相携还里，自贵州兴义至河北南皮，战乱频仍，一路艰险，患难与共。此后之洞为了功名而四处奔波，二人更是聚少离多。彼时的张之洞尚未中进士，家境不裕，石氏来归后，屡岁食贫，持家甚俭，让张之洞在奋斗的路上无后顾之忧。终于待到张之洞金殿传胪，甫点探花，夫妻二人眼看就要守得云开见月明，不料石氏竟不寿，于同治四年（1865）故去。石氏陪伴张之洞走过的这十个寒暑中，抚慰了张

---

① 陈义杰整理：《翁同龢日记》第一册，中华书局1989年版，第273、288页。
② 庞坚：《张之洞诗文集》，第418页。

之洞的丧父之痛，支撑着张之洞的科举拼搏，既是能相夫教子的贤内助，又是能忠言劝诫的良朋益友。石氏之逝，让张之洞痛彻心扉，作《悲怀》五首悼之，其深情和哀伤溢于言表。

同治六年（1867），张之洞奉旨充浙江乡试副考官，多取朴学之士，一时传为佳话。之后，又简放湖北学政。胡钧《年谱》对张之洞本期的生活、创作有较详细的记载："公性好登临，在杭久病不愈，舆疾遍游湖上诸山，冒雨秉烛，了无倦意。又搜求书籍若干种。自言此行有三愿，差为不负，谓'佳士、奇书、好山水'也。十月，离杭，舟中赋诗二十首。（按，此诗本集未载。）过苏州，游虎丘、沧浪诸胜。"可见这段时间张之洞的生活也是颇为惬意的，其收获除了他自己所说的佳士、奇书、好山水外，还创作了不少好诗。

同治八年（1869），张之洞按试德安，发现他所知的一个颇有才学的士子没有来应试，打听后才知其已英年早逝。惋惜之下，张之洞作《哭陈生作辅》以悼念之。诗有自注云："安陆县学生'经义治事'学舍高材生二十人之一也。文章最醇雅。今秋行部德安，作辅未赴试，问之校官，则曰：'作辅于九月间死矣。'惊懊累日，作诗哀之，以示其弟作宾、作彦。"①

张之洞一生倾力于教育事业，同治九年（1870），在湖北学政任上时，强调教育应重在固本培根，"疏云：'学政一官，不仅在衡校一日之短长。而在培养平日之根抵，不仅以提倡文学为事，而常以砥砺名节为先。'又撰试院楹帖云：'剔弊何足云难，为国家培养人才，方名称职；衡文只是一节，愿诸生步趋贤圣，不仅登科。'"②

对于学生中"有讲求经学，博闻强识者"，张之洞都"特加甄拔，悬牌奖励，并捐廉优奖……日以端品行、务实学两义反复训勉。"③张之洞还积极发展教育，创建经心书院，让品学兼优者入院读书。他非常珍爱学生，"经心书院高才生有物故者，曰贺人驹、陈

---

① 庞坚：《张之洞诗文集》，第44页。
② 胡钧：《年谱》，第33页。
③ 胡钧：《年谱》，第34页。

作辅、傅廷浩、范昌埭,以诗哭之,曰《四生哀》。"① 其《四生哀》下有题注:

> 按部所至,拔其尤异者,得高才生数十人,召来省会,为构精舍,俾读书其中。未及再期,物故者四人,皆上选也。方干赐第,无望于幽冥;敬礼遗文,罕传于生后。今肄业诸生得第若干人,而四生已矣。感念怆怀,不能已已。乃合光禄《五君咏》、工部《八哀》《七歌》之体,作《四生哀》以存其名。②

由是,胡钧《年谱》谓"公之爱才礼士,于此可见一斑"。张之洞又择本岁两试诸生中诗文雅驯者,裒为一卷,名《江汉炳灵集》,"四书艺为第一集,试律为第二集,府试古学之文为第三集,书院课士通经学古者为第四集,观风之作为第五集。"③ 并亲自撰古文为其作序,是为《江汉炳灵集序》。

是年,张之洞在武昌时,还作有《送妹亚芬入黔》,诗云:"人言为官乐,那知为官苦。我年三十四,白发已可数。"④ 短短二十字,道出为官之艰辛。同期所创诗歌还有《湖北提学官署草木诗十二首》,堪称佳构。

三 同治年间张之洞在京师的诗文生活(1870—1873)

同治九年(1870)十月,34 岁的湖北学政张之洞任满交卸,入京复命。此次在任上的出色表现,让载誉而归的张之洞吸引了不少京师名士前来订交,其中更有潘祖荫、王懿荣、吴大澂、陈宝琛这些才学名家。

---

① 胡钧:《年谱》,第 37 页。
② 庞坚:《张之洞诗文集》,第 42 页。
③ 胡钧:《年谱》,第 37 页。
④ 胡钧:《年谱》,第 39 页。

此次张之洞在京师过了三年①人生中少有的悠闲生活，但他并未沉溺于一片繁华，安于这眼前享乐而停下在仕途上奔跑的脚步，而是以文化学术为桥梁，借诗文酬唱为门径，积极地与京中前辈翰林和名士交结，一面切磋诗艺，一面为日后的发展搭桥铺路。当时张之洞所居之宣南南横街，恰是名士云集之所②，这对正在广结人脉的张之洞来说，实在是得了地利之便。

　　张之洞在京安顿妥当后，便开始投身于名士的游宴中了。仅从李慈铭和王闿运这一时期的日记中可以看到，张之洞参与的游宴集会就至少有五十余次，其中由张之洞发起的就有二十多次。相互的登门造访、书片往来就更是频繁。而在这些张之洞与京师名士游宴的集会中，最为有名的，当属同治十年（1871）的龙树寺名士雅集，人称"此咸、同以来，朝官名宿第一次大会也"③。其影响，历同光两朝至于民国而余音不绝，以至于与会的人数，被笔记作家们从实际的十余人，一路演义夸大到了一百多人。④此次雅集，虽为潘、张二人共同举办，但潘祖荫其实只是名义上的盟主，实际的倡导者和组织者正是张之洞。从张之洞写给潘伯寅的信函中，我们可以清楚地看到此事之始末：

　　　　目前四方胜流尚集都下，今番来者颇盛，近年仅有，似不可无一雅集。执事人伦东国，众流宗仰。晚拟邀集诸君，款洽一日，如以为善，便请示之。其谭谐辩论，必有可观。请大君子主持其间，题目而等差之，岂非快举？如有清兴，晚当往约诸君也。⑤

---

①　张之洞同治九年十月入京，于同治十二年六七月间赴四川充乡试副考官离京，此次居京时间约为三年。
②　同治元年壬戌（1862）张之洞入都即居于此，与大名士李若农比邻。那时便结交了前辈翰林翁同龢等。
③　刘禺生：《世载堂杂忆·龙树寺觞咏大会》，新华书店出版社1960年版，第87页。
④　李岳瑞：《春冰室野乘》，《清代野史》（第5辑），巴蜀书社1987年版，第139、140页；易宗夔：《新世说·纰漏》，上海古籍出版社1982年影印本，第20页。
⑤　张之洞：《致潘伯寅》，《张之洞全集》第十二册，第10100页。

张之洞先致信潘伯寅（祖荫），提出了想举办一次雅集的想法。潘祖荫赞同了张之洞的提议，并将集会地点选在龙树寺。得到支持的张之洞喜不自禁，故进而又小心试探潘祖荫，看是否可以将雅集之地由龙树寺改为他最为向往的万柳堂：

> 何不曰续万柳堂雅集乃云云耶？有大雅在，断不至此。若独晚等人为之，正恐不免耳。方今人少见多怪，使出自晚一人，则必姗笑随之矣。若翁丈到，更无讥矣。①
> 所谓续万柳堂者，乃是拟此局命意，非柬上如此书写也。执事为方今广大教主，即以拟之，亦不得为僭，岂必枚卜后方可耶。②

需知，万柳堂乃同光时期京城士大夫们眼中的"风雅胜地"，极负盛誉。清初皇帝于此"宴鸿博"，名臣阮元也曾在此种柳③，张之洞这是把潘祖荫抬高到了与乾嘉大名士兼大名臣阮元同等的地位。潘祖荫虽自视甚高，但也不肯轻易涉险惹来闲话和指摘，所以，雅集之地还是在龙树寺。最终，张之洞于"五月初一日，与潘文勤觞客于龙树寺，到者十六人。无锡秦谊亭作《雅图集》。"④ 与会者有：无锡秦谊亭，南海桂皓庭，元和陈培之，绩溪胡荄甫，会稽赵之谦，会稽李慈铭，吴许赓飏，湘潭王闿运，遂溪陈乔森，长山袁启豸，黄岩王咏霓，朝邑阎乃竑，南海谭宗浚，福山王懿荣，瑞安孙诒让，洪洞董文焕。⑤ 此外加上特邀嘉宾翁同龢以及潘、张两个主人，那么这次集会共计有19人出席，可说是四方名士雅聚一堂。张之洞在此次集会上大出风头，竟以一从五品的编修身份，邀遍了京师名流和各省公车名士到场，不仅翁同龢出席，就连冰炭不同炉的李慈铭和赵之谦这二人

---

① 张之洞：《致潘伯寅》，《张之洞全集》第十二册，第 10101 页。
② 张之洞：《致潘伯寅》，《张之洞全集》第十二册，第 10102 页。
③ 崇彝：《道咸以来朝野杂记》，北京古籍出版社 1982 年版，第 25 页。
④ 胡钧：《年谱》，第 38 页。
⑤ 此名单根据张之洞致潘伯寅同治十年五月初二日的信函中所具姓名列出。

也一同莅临。颇有诗名的王闿运就有"室中少年最风雅""就中潘、张各相知"① 的酬和诗句对此称赞。

　　自此，张之洞以编修的身份，跻身于名士的行列，参加的饮宴就更多了，其身影也频频出现在京师名士的交游聚会中，花之寺赏海棠、天宁寺观芍药、什刹海看荷花、慈仁寺登高、福兴居共饮、暑有消夏吟咏、冬有消寒小聚……甚至有时是朝朝宴饮，日日有约，忙得不亦乐乎。据李慈铭等人的相关日记材料统计，同治十年（1871）十一月到同治十一年（1872）二月这三个月，消寒集会就有八次之多，其中张之洞承办了一次，李慈铭在日记中有记："诣香涛消寒第三集谈宴，甚畅。"（同治十年十二月十四日）消寒第四集虽为谢麐伯主办，但"仍设饮香涛宅中"（同治十一年十二月二十五日）。消寒第八集时，张之洞借之以饯别朝鲜使者。张之洞还多次招饮，如李慈铭在日记中就记有"孝达柬订二十八日饮天宁寺"（同治十年三月二十四日），"同坐为湖南王孝廉闿运、黄孝廉锡焘、福建杨中书浚、江西许编修振祎及黄岩王子庄、归安钱振常"（同治十年三月二十八日），"孝达约仲彝、云门聚饮，至夜二更后始散"（同治十年四月四日），"孝达偕贵州李编修端棻，约直隶、楚、蜀、粤、黔等省公车三十人会饮福兴居"（同治十年四月四日），"得孝达片招夜饮福兴居"（同治十年四月十一日），"得香涛片，邀饮广和居。……夜剧即赴广和居，酒已毕矣。香涛邀同潘绂丈至其寓畅谈。夜饮香涛宅中。麐伯、木夫、廉生继至"（同治十一年二月二十七日），等等，除了时常的招饮，张之洞还好招人出游，或春来赏花，"伯寅、香涛柬订十四日极乐寺赏海棠"（同治十一年三月十一日）；或秋来登高，"得香涛书，约明日登高慈恩寺毘庐阁"（同治十一年九月八日）。

　　这些游宴活动中，列席者不仅有中土名士，还有海外来华使臣。单从李慈铭本期日记中便可检出张之洞参与的这种涉外集会至少有四次，分别为：同治十一年的消寒第八集，朝鲜使臣闵致庠、朴凤彬出

---

① 王闿运著，马积高主编：《湘绮楼诗文集·诗》，岳麓书社1996年版，第1413、1414页。

席（同治十一年二月三日）。"午诣松筠庵饯朝鲜使"（同治十一年二月五日）。"晡后诣之朝鲜使臣朴珪寿"（同治十一年十月二日）。"公宴朝鲜使臣朴瓛卿"（同治十一年十月九日）。而这年夏天，潘祖荫与京城诸名士吟诗消夏，张之洞已经稳跃李慈铭、胡澍（荄甫）、陈乔森（逸山）等老辈之前了。①

当时的张之洞正值壮年，精力旺盛，加之他性格外向，所以对于这些宴饮雅集准备时积极，参与时活跃，几乎是有约必到。《新世说》中这样描述张之洞："张香涛身材短小，面瘦如猿。其起居大异于人，尝终日不食，终夜不寝，而无倦容。无论寒暑，卧不解衣带；每观书，则睡眼矇胧。或两三时，或一昼夜，左右屏息环立，不敢须臾离，侍姬辈亦于此时进御。从者反扃其扉，遥立而已。"② 此论或有夸大，不过也可窥见张之洞确乎是有充沛的精力去接连参加频繁的集会。

集会既多，自然不乏诗作。如《年谱》同治十一年（1872）就记曰："正月初二日，独游慈仁寺，谒顾亭林先生祠，有诗。三月三日，修禊南洼。五月，和潘伯寅文勤《消夏六咏》。六月，游什刹海观荷花，又至上游泛舟坐渔家秦氏园，各纪以诗。七月五日，潘文勤为康成生日会，据汉人石刻画像摹写为图。公既与会，题诗其上。九月，恭逢穆宗大婚典礼，撰乐章四章。礼成，赏加侍读衔。"十月，"方略馆编纂《平定粤匪方略》《剿平捻匪方略》告成"，张之洞代撰恭进表各一，慈禧"览之，称为奇才"，"是岁清秘无事，作诗文甚多"。③ 在这一时期的张之洞，清闲无公事，交游谈宴，生活安逸，故而诗作内容也多涉风雅，以文人唱和赠答，交流情感为主。所作赠答诗有《和王壬秋五月一日龙树寺集诗一首》《和潘伯寅壬申消夏六咏》《和王壬秋孝廉食瓜诗三首》等；游宴诗如《新春二日独游慈仁寺谒顾祠》《极乐寺海棠初开置酒会客》《晓起至石闸海看荷花奇克

---

① 潘祖年：《潘祖荫年谱》，沈云龙主编《近代中国史料丛刊》（第19辑），台湾文海出版社1968年版，第63页。
② 易宗夔：《新世说·容止条》，上海古籍出版社1982年影印本，第32页。
③ 胡钧：《年谱》，第39页。

坦泰观察邀入水轩置酒素不识主人赋诗谢之》《九日慈仁寺毘庐阁登高谢麐伯何铁生陈六舟朱肯甫董砚樵陈逸山王廉生同游》《花之寺看海棠座中同年董兵备将有秦州之行》《重九日作》等；送别诗如《送王壬秋归湘潭》《南洼修禊送客》《送研樵前辈之官巩秦阶道》等，题画诗如《题彭侍郎画梅》《题李莼客慈铭湖山高卧图》《题董研樵太华冲雪图》《题潘伯寅侍郎极乐寺看花图卷》《同治十年仲冬消寒第三集岘樵前辈扮东老屋时前辈方钩校韵学因属木夫作此图居无何遂闻备兵秦阶道之命明年仲春图乃成使南皮张之洞题诗上方为作长歌纪之》《潘少司农嗜郑学名其读书之室曰郑庵属张掖张君据高密汉人石刻画像摹写为图以同治十一年七月五日康成生日置酒展拜会者十一人因题小诗二首》等。此外因逢同治帝大婚，撰《恭拟大婚乐章四章》，礼成得赏，加侍读衔。

  张之洞这个时期创作的诗歌已经开始得到一些诗坛前辈名家的称赞，从李慈铭日记中我们便可窥得一二："得麐伯书，属题彭侍郎玉麐所赠墨梅。画幅中有香涛七古一首，极警峭深婉之致。"（同治十一年二月十九日）说的正是张之洞的《题彭侍郎画梅》；"得香涛书，为予题湖塘邨居图长歌一首。……其情文婉转，音节啴舒，上可追香山，下不失梅村、初白。一时之秀出也。"（同治十一年五月二十八日）此即评张之洞的《题李莼客慈铭湖山高卧图》，李慈铭还专门把全诗抄录在日记中，可见李氏对此还是甚为喜爱的。"香涛送阅重九日所作七古，其诗甚佳。录之于此……"（同治十年九月十二日）李慈铭还几次请张之洞为其题诗："作书至孝达乞题萝庵黄叶团扇。……得香涛书，并题萝庵黄叶图五古一首，甚清新可喜。"（同治十一年五月二十七日）"作书致孝达，乞题沅江秋思图便面。……吴编修大澂所画有香涛七古一章，研樵、逸山五古各一章，皆佳。"（同治十一年三月二十日）可惜这几首诗并未收入张之洞诗文集中。在与朝鲜使臣的宴饮中，李氏还有"观诸君赠答诗，香涛为最"（同治十一年二月三日）的评语。李慈铭在《致孙子九汀州书》中就对张之洞的诗歌有个总体评价："辇下称诗，香涛最胜，由其学有经法，志怀忼慨，本末洞达，真未易才。"（同治十一年七月初二）张之洞的诗也得到了在诗坛享有盛誉的王闿运的赞赏，如其《和王壬秋孝廉食瓜诗三首》，王闿运便赞曰"甚佳"①。

至同治十二年（1873）六月，张之洞奉旨充四川乡试副考官，偕正考官钟侍讲宝华出都后，这种清闲雅望的生活就结束了。后面的三十余年，张之洞都在风险宦海中激荡，在艰难时事中勉强而行，耗尽心力。所以，他一生中再也没有哪个阶段过得这样悠闲自得，参与这么多的名士觞咏、游宴活动，写出这么多满是闲情雅致的唱酬诗歌了。

四 任四川学政时期（1873—1877）

同治十二年（1873）六月，张之洞奉旨充四川乡试副考官后，"偕正考官钟侍讲宝华出都，道豫、陕入蜀，过华山、骊山、灞桥、马嵬、剑阁"②，途中作《过华山》《骊山》《灞桥二首》《马嵬驿读壁上石刻诗》《剑阁》等诗分别记之。之后，又奉旨简放四川学政，是年十月上任。赴任翌年，张之洞便全面整顿当地考试纪律，褫革陋习，裁革违规费用，筹建尊经书院。张之洞从上任后的同治十三年（1874）到离任时的光绪二年（1876），出省按试共到过十八个地方，其中眉州、嘉定、叙州、泸州、叙永、重庆、顺庆、保宁、潼川九地去过两次。公务繁忙，凡事又喜亲历亲为的张之洞在这一时期中罕有诗作。

光绪元年（1875），除了继续出省赴各地按试外，张之洞还建成了尊经书院，"选高材生百人肄业其中，延聘名儒分科讲授，手订条教，略如诂经精舍、学海堂例。院中为飨堂，祀蜀中先贤、经师，复以边省购书不易，捐俸置四部书数千卷，起尊经阁庋之，时以暇日莅院为诸生解说。又撰《輶轩语》《书目答问》二书以教士。总督吴勤惠公棠雅尚经术，开书局刊行经、史、小学诸书，公扩而大之，流布

---

① 王闿运著，马积高主编，吴容甫点校：《湘绮楼日记》，岳麓书社1997年版，第228页。

② 胡钧：《年谱》，第40页。

坊间，资士人讲习。又为文劝绅富捐舍学田，优免新生卷费。其后改设学堂，多取资焉。轺车所至，搜采穷岩，于是壇厂汉隶石刻及《上庸长严季男》诸碑始登金石家著录"①。可以说张之洞竭心尽力地推进当地的教育、文化事业，无日不在公务中。而这也刚好可以作为张之洞为讨好翰林前辈才爱好金石之说的反证，关于这一问题，后面将有所论及，此不赘述。

张之洞于同治十三年（1874）出省按试眉州时，见试院旁有苏祠，"久而不治，临废，斥资属有司修之。"②两年后的光绪二年（1876）三月，再次出省按试至眉州时，苏祠工峻，张之洞"顾而乐之"③，诗兴大发，登楼即赋诗一首，即为《登眉州三苏祠云屿楼》。

光绪二年（1876），总督吴公棠卸任东归时，张之洞赋《滁山书堂歌送吴仲宣尚书东归将寓滁州》一诗以送行。郭则沄《十朝诗乘》记之：

  李云生《谒骆文忠祠》诗云："百二危城半劫灰，公从湘水振师来。雄风一战声先夺，零雨三年志不回。"谓文忠自湘抚督师援蜀也。时蜀中乱，公至，督所部剿平之，事必躬亲，与抚湘迥异。凡所规画，必集司道议，使反复驳之，迫无可驳，而后定策，故能推行尽利。及殁，蜀人为服丧如诸葛武侯故事。将军某摄督，心忌之，令有司谕禁，蜀人不从，曰："异日将军去时，恐求此不可得也。"将军闻之，怃然若失。继为蜀督者，惟吴仲宣（棠）有惠政，其去官也，部民追慕弗衰。张文襄时督川学，赠别诗云："春水方生公去时，万民恋母士恋师。"可见其概。诗中又云："西蜀安危仗才杰，花县相公曾持节。武功才竟未修文，前哲遗憾待来哲。譬如病后须淖糜，公以宽大苏疮痍。"盖文忠治蜀未竟之绪，仲宣为能继之。相传孝钦后未入宫时，奉父丧北

---

① 胡钧：《年谱》，第42页。
② 胡钧：《年谱》，第41页。
③ 胡钧：《年谱》，第44页。

归，仲宣初无素，于其过境厚赒之，后心识其人。适有举其治迹者，不数年，遂跻开府。后虽被劾，犹曲全之。然观其治蜀得民，固非幸致。①

十一月，张之洞"任满将受代，为《尊经书院记》，语诸生以学术条教诸大端，凡四千余言"②。去任途中，"至汉中游紫柏山留侯祠。至凤翔宿喜雨亭。游东湖。岁暮抵西安"③，每至一处，便作诗记之，沿途写下了《游紫柏山留侯祠》《住喜雨亭》《游东湖》诸诗，以记其所行所游。《嘉州酒歌》《携家住桂湖》（自注：时余由四川提学报满还京，住此两夕）二诗亦是本期之作。

光绪三年（1877），"正月初六日，发西安，……途中登牛首山，望终南、曲江、樊川、辋川诸胜作歌。经华山下，思挈眷登山，以往返需三日资，乃止"。④ 年谱中所说诗歌，即诗集中之《住华山下玉泉院》《褒城》（清代褒城属陕西省汉中府）、《登牛首山望终南曲江樊川辋川作歌》等诗。

第二节　四十一岁至七十一岁的诗文创作活动

一　清流时期（1877—1881）

光绪三年（1877），张之洞结束了学政的工作，入都复命，寓永光寺中街，直到光绪七年（1881），一直居官京师，先后充任教习庶吉士，补国子监司业，补授左春坊中允，转司经局洗马，晋翰林院侍读，充日讲起居注官，又转左春坊左庶子，补翰林院侍讲学士。但这些都是点缀性的官职，没有实际的权力和责任。此次在京师的四年里，张之洞把主要的精力都放在了"不避嫌怨，不计祸福，竞以直言

---

① 郭则澐：《十朝诗乘》，张寅彭《民国诗话丛编》第四册，第582页。
② 胡钧：《年谱》，第44、45页。
③ 胡钧：《年谱》，第45页。
④ 胡钧：《年谱》，第46页。

进"①上，与张佩纶、黄体芳、宝廷并称"翰林四谏"②，再加上刘恩溥、陈宝琛，又称"清流六君子"，而张之洞"实为之领袖"（《张文襄公大事记·哀张文襄公》）。

这群活跃在晚清京师政局中，以清高博雅自重，以指点时政、弹劾不良官吏为任的词臣、名士，大多是只有声望和地位，但无实权、实责。上书言事是满怀书生意气，语多直谏无忌，颇令当时权臣不悦，甚至有时也会忤逆皇上及两宫皇太后，时人称他们为"清流党"。其实，同光年间的清流党人并无实际组织，只是一些同声相应、同气相求的儒雅狷介之士的松散联合。正如陈声聪之言："所谓清流党，并不似今世之党派，有一定之组织，惟翰林学士侍讲左右及其他少数人意气投合者，纠合在一起耳。大率是以李鸿藻为中心，恭亲王为背影，二张、宝、陈为骨干，黄漱兰（体芳）、吴清卿（大澂）、邓铁香（承修）、张安圃（人骏）、王可庄（仁堪）、旭庄（仁东）兄弟为羽翼，而以张孝达资望最高为中心。阅张幼樵之《涧于日记》，戊寅、己卯两年中所载，此数人几于数日必一见，有封事，每先商榷，是为最活动之时期。后张孝达外放抚晋，恭王不久亦出译署，李鸿藻罢相，此种组合亦星散矣。"③ 张之洞也曾论道："清流势太盛，然后有党祸。今也不然，偶有补救，互相角立而已。"④ 他还在致潘伯寅的信函中说："《易》曰：'泽灭木大过，君子独立不惧。'惟其独立，所以能不惧也。《论语》曰'君子和而不同，群而不党'。惟其独立，所以既和又能不同，既群又能不党也。此鄙人之解经，即鄙人自处之道"，并坚定表示"权贵不足畏，权贵之党亦不足畏，何也？既忤其人，则不避其祸。""鄙人立身立朝之道：无台无阁（执政皆阁之属，言路皆台之属），无湘无淮，无和无战。其人忠于国家者，敬之；蠹于国家者，恶之。其事利于国家者，助之；害于国家

---

① 张之洞：《奏议·直言不宜沮抑折》，《张之洞全集》第一册，第21页。
② 张之洞《寿黄漱兰通政六十》诗云："后凋独有真松在，四谏荣名冠翰林"。
③ 陈声聪：《兼于阁诗话》，庞坚《张之洞诗文集》，第520、521页。
④ 张之洞：《致潘伯寅》，《张之洞全集》第十二册，书札一，第10118、10119页。

者，攻之。"① 可见，他本人一直也不认为自己是属于某个党派中的成员，正如其遗疏中对自己的评价，一生"不树党援"。

是年，"延议穆宗升祔位次，太庙九室，一室一世，至是世数已增于九，庙当别建。议者纷纭，时潘文勤公（祖荫）为礼部尚书"②，张之洞详稽历代之制，作三议以进，颇合两宫太后的心意，为他日后的进阶又积攒了一个资本。

因具有卓越的撰写公文的才力，当时没有实际职责权力的张之洞常为清流中有具折言事权力的人代草奏疏。胡钧《年谱》载，光绪四年（1878），"公为黄漱兰（体芳）通政具疏陈时政得失，有旨：'分别施行。'"此后不久，张之洞又替黄体芳代书奏折，弹劾户部尚书董恂。奏折列举董恂的诸多劣迹，很是尖锐厉害。但这一次却被圣谕驳回，说："以传闻无据之词，诋董恂为奸邪，措辞殊属过当。著交部议处。"（胡钧《年谱》）此事由于是因公而起，所以最后免予处分，但黄体芳还是因此失去了补迁国子监祭酒的机会。后来张之洞在其长子的婚宴上，对前来祝贺的黄体芳道歉，"连言我负漱翁"，黄体芳大方地说："是何伤，文章出君，气节属我。"（许同莘《张文襄公年谱》卷一）尔后，黄体芳又请张之洞帮他代草了宽免处分谢恩折。由此可见，张之洞写奏疏的功夫是颇受认可的。

这些清流名士，除了怀有一腔热血，一心想重振朝纲，挽救国势于危运之中，闲暇时也会由清流转换为文人，聚在一起进行诗歌创作。张之洞便是其中才大学富、诗作不凡者，诚如陈声聪所说："清末所谓清流党，其骨干份子张孝达、张幼樵、宝竹坡、陈弢庵等四人，皆清一代大诗人。"③

清流派之所以在当时能形成气候，言论富有影响力，享誉朝野，并非因为政局清明，当权者民主，而是由于慈禧太后将之视为开放言路、宣扬"中兴"的手段，并试图利用清流来压制当时在她看来已

---

① 张之洞：《致潘伯寅》，《张之洞全集》第十二册，书札一，第10118、10119页。
② 胡钧：《年谱》，第46页。
③ 陈声聪：《兼于阁诗话》，庞坚《张之洞诗文集》，第518页。

经壮大到可能威胁自己统治的洋务派，以达到操纵各派政治力量，保持多方均衡的目的。张之洞显然是顺应了这种形势，在清流中崭露头角，不仅博取了慈禧太后的欢心，还蜚声政坛，赢得士人的追捧。

光绪二年（1876），即张之洞的第二任夫人唐氏卒后的第四年，张之洞继娶了龙安知府王祖源之女、王懿荣之妹，是为王夫人。王夫人是张之洞的第三任，也是他最后一任妻子。张之洞在同治年间便和王懿荣订交，二人互相赏识，关系往来颇密，所以这段姻缘似乎也是冥冥中已有安排。王夫人贤而有才，婚后夫妻二人感情甚洽，只可惜好景不长，三年后，即光绪五年（1879），死于产后。中年丧偶，本就已是人生一大哀事，这对于情深恩重的夫妻而言就更是伤痛。王夫人的逝去让已到中年的张之洞悲怆不已，作《咏叹诗》三首以深切悼之。

光绪六年（1880），正月二十一日，"王大臣续上会议边防折，公奏言边防实效全在得人，又附奏余义六条，以备廷议未尽之意"①。翌年十一月，获命补授山西巡抚，自此，张之洞结束了他在京师激扬文字的清流生涯，从纸上谈兵，转而到实际的政术操练，展开了他全新的仕宦生活。

二 任山西巡抚时期（1881—1884）

光绪七年（1881）十一月，四十五岁的张之洞补授山西巡抚，终于由有名无实的闲散清流京官一跃而为手握实权的封疆大吏。"十二月。出京，交好者群送于天宁寺。"② 辞别故友后，张之洞启程上路。出任山西巡抚可以说是张之洞仕途的一大转折，是他从清流健将向洋务官员转化的时期，也是他往后二十余年封疆大吏生涯的第一站。

李慈铭在张之洞外放山西巡抚时，送去书函一封，诗作一首，以示送别。据他日记中载："晚作送张香涛巡抚山西诗，并与书云：积疢蛰居，罕通人事。长者车辙，（原注：此用《史记·陈平传》语，

---

① 胡钧：《年谱》，第50页。
② 胡钧：《年谱》，第56页。

长者谓达官贵人也。）亦不相关。小人之言，中于肺腑。室迩人远，良以怃然。旌节将行，私衷难以。率成四韵，聊附赠言廿载交情，匪辞可罄，不宣。……《送张孝达阁学巡抚山西》：主恩持节莅严关，暂辍承明凤阁班。春动旌旗恒岳驿，花迎鼓角晋祠山。北都雄镇青天上，内翰清名白水间。荣遇儒臣推第一，待看经术起时艰。"（见于李慈铭光绪七年十二月初八日日记）对张之洞的赞誉溢于笔端。

　　残败艰难的晋省现状并未让初来乍到的张之洞却步，反倒激发了他激浊扬清、革弊兴利的决心和热情。"下车伊始，察知晋省官民积习懒散，以清明强毅率之，立定课程，丑正二刻即起，寅初阅公牍，辰初见客。开印后首令司道府州考察属吏，札饬严切。"① 甫一上任，便大刀阔斧地展开了一系列的行动，如裁减公费、禁革陋规、裁革委员例差、严禁营伍积弊、劾罢贪官、褒奖良吏、起用能干老臣等。张之洞临出京陛辞请训时，"皇太后特谕留心访求人才，至是荐举中外文武官吏凡五十九人"，香涛本就爱重人才，现在又得此谕旨，故举荐人才的力度更大，以至于"疏入，枢垣惊诧，盖一疏而特保至六十人，前此所未有也"。②

　　到任后，张之洞拟《到山西任谢恩折》向朝廷表达自己励精图治之志。抵任半年后，张之洞又上《整饬治理折》，制定了治晋方略，提出"晋省要务十二事"。在抚晋两年半的时间内，张之洞为实现自己最初的政治规划，可谓是竭尽心智，勉力而行。他"立定课程，丑正二刻即起，寅初看公事，辰初见客"。③ 又事必躬亲，"一切笔墨皆须己出，不惟章疏，即公牍亦须费心改定，甚至自创"④。胡钧也尝言张之洞"自抵晋任后，百废俱举，章疏公牍多出手稿，不委之幕僚"⑤。

　　张之洞在山西巡抚任上除了花费巨大心力整肃吏治、清理财政、

---

① 胡钧：《年谱》，第57页。
② 胡钧：《年谱》，第59页。
③ 张之洞：《与张幼樵》，《张之洞全集》第十二册，书札一，第10140页。
④ 张之洞：《与张幼樵》，《张之洞全集》第十二册，书札一，第10143页。
⑤ 胡钧：《年谱》，第63页。

禁戒烟毒、向"洋务"转化外，还心系南疆战事。当时法军入侵越南，清军应越方请求而入越援战，使得中法大战一触即发，情势紧迫。张之洞屡上长篇奏折，对此陈述己见。光绪八年（1882）四月二十日，张之洞上《越南日蹙宜筹兵遣使先发豫防折》，提出十六条预防之策。光绪九年（1883）十一月初一，张之洞竟于一日内为备战之事连上三折：《越事关系大局请断自宸衷片》《法患未已不可置兵折》《法衅已成敬陈战守事宜折》。

除了以上所说的各项事务，张之洞还一如既往地在文化教育方面下了很大功夫，他创建了令德堂，仿广东学海堂成规，培养晋省人才；又筹款数千两，托招商局代购东南各省新书运至山西，以开通士人风气。他还与英国传教士李提摩太多有往来，请他演讲西方历史地理和科学技术知识，并接受了李提摩太提出的一些西化方案。如此，张之洞对西方资本主义社会及当时的科学技术有了一定的了解。张之洞担任山西巡抚虽然只有短短两年多的时间，但事实证明，他已从空言论的清流名士开始转向办实事的洋务派。

在晋省期间，张之洞公务繁忙，无有暇日，政务缠身，百事繁杂，"无一日不办事，无一事不用心"①。许同莘有记："公在晋时，早作夜思，无片刻暇，诗文皆辍笔不为。"② 所作文字不是公文案牍，就是章疏奏折，就现在所存资料来看，本期张之洞没有创作一首诗歌。

光绪十年（1884）三月十七日，一纸"著来京陛见"的上谕，结束了张之洞为期近三年的山西巡抚之任。等待着他的，是更加艰辛的督粤重任。

三 督粤时期（1884—1889）

"之洞在粤六年，孜孜求治，凡所兴革，皆关大体。"③ 这一对张

---

① 哀联。转引自秦进才、戴藏云：《张之洞著述编撰特点初探》，《河北师范大学学报》1998年第2期。
② 吴剑杰：《张之洞年谱长编》，第116页。
③ 《大清畿辅先哲传·张之洞传》，庞坚《张之洞诗文集》，第394页。

之洞督粤期间政绩的高度评价,是张之洞呕心沥血换来的。

光绪十年(1884)四月初八,张之洞受命返京陛见。在晋不过两年有余,张之洞就因"劳顿过度,心忡气喘,鬓发多白,行时甚病,途中时用药饵,不能兼程"①。所以从接到上谕的当天出发,直到二十三日才得以抵达京师,宿于天宁寺中。两天后,慈禧便召见张之洞,面询战事。二十八日,张之洞受命署理两广总督。张之洞对此虽以疾力辞,但最终还是临危受命,于十八日出都,经天津航海赴粤。

与之前意气昂扬地奔赴山西上任不同,此次赴粤,张之洞心情颇为沉重。当时中法战争一触即发,前方局势如黑云压顶,此时的张之洞如身荷万钧。到任伊始,张之洞便全力以赴地投入到紧张的备战中,上呈《敬陈海防情形折》,汇报准备情况。中法战争一结束,张之洞更加倾心于兴办洋务,先着手开办了利于国防建设的事务,在广州黄埔设局试造浅水兵轮,筹建粤洋水师,创设广州枪弹厂、枪炮厂,购买德国新式枪炮,编练专习洋操的广胜军,从而构筑了海、陆两线的防务。此外,为了增加财政收入,富国强民,还开办了民用企业,如创办制钱局,开始自铸银元,架设电线,创办电灯公司,修建码头、长堤和马路,筹建广州织布局、炼铁厂,倡修卢汉铁路等。不管在怎样的局势下,张之洞都不忘发展文化教育事业,在粤时,他创办广雅书院、广雅书局和广东水陆师学堂,大力倡导学习西方先进科学技术,在水陆师学堂开设了矿学、化学、电学、植物学、公法学等"洋务五学",开了后来兴办各类专业学堂的先河。对于张之洞在粤时大步跨向洋务阵营,其幕僚辜鸿铭如是评价:"当时济济清流,犹似汉之贾长沙,董江都一流人物,尚知六经大旨,以维持名教为己任。是以文襄为京曹时,精神学术无非注意于此。即初出膺封疆重任,其所措施亦犹是欲行此志也。洎甲申马江一败,天下大局一变,而文襄之宗旨亦一变。其意以为非效西法图富强无以保中国,无以保

---

① 胡钧:《年谱》,第70页。

中国即无以保名教。"①　其论不可谓不深刻。

张之洞到粤任，正值中法战急，"自到任以至解严，夜寐不过数刻，罕有解带安息之事"②。后来张之洞在致潘祖荫的信函中，也回忆过初到粤任时的情景："到广之日，即逢海警，内防外援，应接不暇，兵、食兼筹，无一不难。事机则非常之紧急，而我之人才物力、文法习气，则无不患非常之疲缓。"③自任山西巡抚后，由于公务繁忙，事多亲躬，过于劳心费力，张之洞的身体一直抱恙。坚持打完中法战争后，张之洞肝脾俱病，终于身体难支，奏请开缺回籍调理。但由于局势不稳，所以张之洞虽领到了一个月的假期，但是却被要求"毋庸开缺"，于是便只好一边调理身体，一边主持大局。但繁重的政务让张之洞难以支撑，健康状况每况愈下。不得已，便又上《恳恩续假折》，以求能养息身体。张之洞这样描述过自己督粤的几年："无日不在荆天棘地之中，大抵所办之事，皆非政府意中欲办之事；所用之钱，皆非本省固有之钱；所用之人，皆非心悦诚服之人。总之，不外《中庸》'勉强而行'四字，然所办各事，亦颇有竟睹成功者，真侥幸也。"④

面对举步维艰的局势，张之洞竭尽智、力地筹备战守事宜，喜爱的诗歌创作对他来说，已完全无力为之，不得已而被搁置一边。樊增祥曾说："公自光绪丙子冬由蜀还京，作诗甚少，自己卯至壬午，殚心国事，有封奏四十余件，更无余力为诗。壬午秋出抚晋疆，明年夏移督两广，荏苒八年，吟事都废。在粤时仅有《贺子青宫相子入学》诗二首。"⑤需要指出的是，张之洞在本期所写的公文却数目可观，包括奏议、公牍、电牍、电奏等共计近1700篇。⑥

---

①　《张文襄幕府纪闻》，黄兴涛编《辜鸿铭文集》上册，海南出版社1996年版，第419页。
②　《请开缺回籍调理折》，《张之洞全集》第一册，奏议十四，第378页。
③　张之洞：《与潘伯寅》，《张之洞全集》第十二册，书札一，第10119页。
④　张之洞：《抱冰堂弟子记》，《张之洞全集》第十二册，第10632页。
⑤　樊增祥：《张文襄公全集诗跋》，庞坚《张之洞诗文集》，第438页。
⑥　该数据是根据河北版《张之洞全集》整理而来。

四 督鄂时期（1889—1907）

光绪十五年（1889），张之洞调补湖广总督。自此，直至光绪三十三年（1907）入主军机的近二十年中，除了光绪二十年（1894）和二十八年（1902）两度暂署两江、驻节江宁外，张之洞一直都在鄂任上，这是他一生中极为重要的一个阶段，也是其仕宦生涯中最为繁忙的一个时期。

张之洞是继曾国藩之后的"近世名臣工诗者"，于近时诗学，相对于湘乡的开新之功，而自有其存旧之思。这一点是与其为人、处世、治学、论文的主张相一致的。除封疆大吏的身份之外，张之洞还有"别开雍容缓雅之格局"的诗歌领袖之头衔。而张之洞本人在其弟子樊增祥问及"平生以为用功最深者究竟何事"时，"默然久之"，答曰"仍是诗耳"。如此好诗的张之洞，却在正值壮年的四十一岁至六十岁这二十年间鲜有诗作。于此，之洞弟子樊增祥有《张文襄公全集诗跋》一文，对此曾总结道：

> 公自光绪丙子冬由蜀还京，作诗甚少，自己卯至壬午，殚心国事，有封奏四十余件，更无余力为诗。壬午秋出抚晋疆，明年夏移督两广，荏苒八年，吟事都废。在粤时仅有《贺子青宫相子入学》诗二首。督鄂十八年，自庚寅至癸巳，中间惟赠俄太子及希腊世子二律，然系幕僚拟作，公稍润饰之。直至乙未自两江还鄂，始一意为诗，如《忆蜀游》十首、《忆岭南草木诗》十四首，皆督楚时作，即《挽彭刚直》诗亦在鄂补作也。盖公于词章之学最深，四十以后，内赞吁谟，外修新政，公忠体国，不遑暇食，诗学捐弃几二十年。①

这二十年包括了张之洞抚晋时期、督粤时期和督鄂的前大部分时间。前已述及，张之洞抚晋和督粤时，政务繁忙，无有闲暇，诗文创

---

① 庞坚：《张之洞诗文集》，第438页。

作一度被完全搁置，而在鄂任上，张之洞也不得清闲，用他自己的话来说，日日在"荆天棘地"中，所以作诗论文之事，是无暇顾及的。

张之洞入仕后除了为政务鞠躬尽瘁，还一生致力于发展文化教育事业，所到之处，他都会不遗余力地兴办学堂，推广文化教育，前已有述。为顺应时代的变化和国家之需要，张之洞积极改造传统书院，废除八股文，一洗帖括辞章之旧习，以"中学为体，西学为用"为原则，主张兼学中、西，讲求实用，课余兼习兵法、体操。督鄂期间，张之洞施行了一系列文教措施，先后创建了两湖书院，修襄阳鹿门书院，设学治馆，设方言商务学堂，办自强学堂、储才学堂、陆军学堂、铁路学堂、蚕桑学堂、武备学堂等。此外，还建彭杨二公祠，刻湖北历代名贤著述，选译洋务书籍，保荐人才，派遣留学生。

光绪十五年（1889），张之洞由两广总督调任湖广总督，接篆后，马上派人往召他那些湖北在籍的旧日得意门生。当时恰好罗田的周锡恩由翰林请假回籍，正成为张之洞的首选人物，使其掌教黄州经古书院。据刘成禺说："黄州课士题目，有显微镜、千里镜、气球、蚊子船等咏；时务有拿破仑汉武帝合论、和林考、唐律与西律比较、倡论中国宜改用金本位策。张之洞见之，曰：'予老门生，只汝一人提倡时务，举省官吏士大夫，对于中国时局，皆瞆瞆无所知，而汝何独醒也？'之洞益器重之，并嘱随带道员蔡锡勇（曾留学西洋，为之洞属下办理洋务要人），时与锡恩谈外国学问、政治、兵事、制造各种情形。之洞此时，自命深明时务，欲在南方造一局面，与北洋大臣李鸿章建树功业相颉颃。"[①]周锡恩是个善于揣摩别人心思的精明人物，他深知张之洞的好恶，颇获张之喜爱，二人过从甚密，于政事公务之余，他们还以诗歌酬唱交流情感，"锡恩适合所好，之洞所期于锡恩者，亦甚远大也。彼此赠物赠诗，月必数次。如《谢周伯晋惠上海三白瓜》……《谢周伯晋翰林惠黄州鸡毛笔》……此盖之洞得意作也。伯晋刻之黄州院壁，不知尚存否？余与伯晋唱和甚多。周锡恩

---

① 刘禺生：《世载堂杂忆》，中华书局1960年版，第51页。

《传鲁堂诗文集》，亦多载酬上南皮师诗，知当时张、周之气类感召矣"①。

光绪十七年（1891）四月十一日，"俄罗斯国王子偕其中表希腊世子乘轮舟至汉口镇，翌午湖广总督南皮张香涛公（之洞）宴之于晴川阁上。俄储索诗，即席赠云云。希储亦索，赋赠云云"②。郭则沄《十朝诗乘》也记有此事："殊俗投赠，往古所希。张文襄镇武昌日，适俄罗斯太子来游，置酒晴川阁款之，赠以诗云：'海西飞轪历重瀛，储贰祥钟比德城。日丽晴川开绮席，花明汉水迓霓旌。壮游雄揽三洲胜，嘉会欢联两国情。从此敦槃传盛事，江天万里喜澄清。'同游者希腊世子，为俄罗斯太子懿戚，文襄亦赠以诗云：'乘兴来搴楚畹芳，海天旌旆远飞扬。偶吟鹦鹉临春水，同泛葡萄对夜光。玉树两邦联肺腑，瑶华十部富缣缃。汉南司马今衰老，多感停车问七襄。'两诗皆见《广雅集》中，不知当日如何传译。"③ 这两条笔记中所说的诗歌，即为《俄国太子来游汉口飨燕晴川阁索诗索书即席奉赠》和《希腊世子》。此外，作于光绪十八年（1892）的《寿黄漱兰通政六十》和作于光绪二十年（1894）的《焦山观宝竹坡侍郎留带三首》《登采石矶》也是张之洞六十岁之前在鄂任上时的诗作。由此可见，这一时期真是作品寥寥。

但是在光绪二十二年（1896），即他六十岁以后，诗作又日益多起来，如在其诗集中颇为有名的《忆岭南草木诗十四首》《忆蜀游十一首》和《连珠诗》便作于其时。此外，据《年谱》载，光绪二十二年（1896），张之洞于正月"十七日，交卸篆务，即日起程，是夕至牛渚"作《正月十七日发金陵至牛渚》记之，后登采石矶太白楼。途中经过芜湖，张之洞弟子袁昶张谦于官廨，师弟二人纵谈竟日，张之洞作《过芜湖赠袁兵备昶》赠于袁昶。随后，张之洞一行又"西上登小孤山、石钟山。经庐山至黄州，游九曲亭、寒溪寺"（胡钧

---

① 刘禺生：《世载堂杂忆》，中华书局1960年版，第51、52页。
② 王增祺：《樵说序》，钱仲联《清诗纪事》，第2949页。
③ 《民国诗话丛编》第四册，第767、768页。

《年谱》)。所过皆有诗,即集中之《小孤山》《石钟山拜水师昭忠祠并祠前阁坐芸芍堂》《九曲亭三首》《寒溪寺观陶桓公手植桂》等。此时已是暮年的张之洞已然不复是当年那个壮志待酬的热血青年,也不再有初时的豪情万丈,而是在列强的坚船利炮中,在清廷的日益腐朽下,眼见国势衰微,自己却也难有强挽狂澜之力,所以诗歌中多见悲凉、哀伤之感。如《九曲亭三首》诗前有小序云:"余戊辰提学湖北,来游西山,见亭已圮,出钱造之,今二十八年矣。"同治七年(1868),张之洞任湖北学政时游武昌西山,见古亭倾圮,遂出资重修,二十八年后(即1896)故地重游,心怀怅触,写下三首诗。在他写诗的前二年,是中日甲午战争;后二年,则是康梁戊戌变法,这正是中国近代史上颇为关键的几年。

《年谱》又载,光绪二十四年(1898)四月初三,"舟经焦山下,以所题《竹坡侍郎留带》诗卷归之寺僧"。"是年延通经之士纂《经学明例》"。光绪二十九年(1903)春正,张绳庵逝世,陈伯潜于二月亲自到秣陵吊念之,张之洞刚好此时要返回鄂省,便约陈伯潜同游庐山,但未果,于是便有《江行望庐山》一诗记之。此事,黄濬《花随人圣庵摭忆》中有载:"南皮时督鄂,闻弢老至宁,邀约其游庐山,而弢老自言吾为吊丧而来,非游山也,谢不往。今广雅堂诗,有题云《江行望庐山约陈伯潜游不至》,是此事也。故知弢老与二张之交,尤厚绳庵,至与南皮,晚年始弥沆瀣。"① 据黄濬所言,则张之洞约陈伯潜游山未果,是因伯潜以自己此次前来只为吊丧而婉拒了。

光绪二十九年(1903),张之洞由湖广任奉召入京厘定学堂章程,交卸事务后入都陛见。四月二十日,行抵京师,"寓居下斜街畿辅先哲祠,幕府从人皆借居长椿寺"②。此时的张之洞已是将至耄耋,垂垂老矣,当年出都时的风华意气已不再。而如今的京师,也已是物是而人非,"文襄再入都,老辈凋零,风雅歇绝。守旧者率鄙陋闭塞,

---

① 黄濬:《花随人圣庵摭忆》,中华书局2008年版,第99页。
② 胡钧:《年谱》,第205页。

言新者又多浅学躁妄之流，可与言者殆少，感愤之余，屡屡形诸吟咏"①。张之洞把此次入京以后所作的诗裒为一卷，名曰《朝天集》。樊增祥曾云张之洞诗"至光绪癸卯朝天以后诸作，则杜陵徙夔、坡仙渡海，有神无迹，纯任自然，技也神乎，叹观止矣"。可见此时张之洞的诗歌造诣又有了精进。

张之洞入都后，相对清闲。曾邀约宾客往观慈仁寺双松，归来后赋诗慨叹："遗此区区老秃树，岂足增壮帝京色。"（《慈仁寺双松犹存往观有作》）实也是对时局之叹。又远足西山，但江山美景并不能帮助他排遣心中郁结："西山佳气自葱葱，闻见心情百不同。花院无从寻道士，都人何用看衰翁。"（《西山》）

后张之洞奉命任经济特科复试阅卷大臣，陈曾寿《读广雅堂诗随笔》尝记之："文襄《癸卯入都纪恩》诗有'派两次阅特科卷'一首，先是，内闻内外大臣所保过滥，已有责言，然太后求贤意切，视之甚重，另旨特派公阅卷。阅卷以外臣领首，旷典也。阅卷之日，庆亲王奕劻谓阅卷大臣曰：'香翁是老辈，诸君一切请教可也。'甲乙皆公所定。第一名梁士诒，第二名杨度。人言啧啧，弹劾纷起。指梁士诒为梁启超族人，有'梁头康尾'之谣。康有为原名'祖诒'故也。樊山适入都召对，时力诋保荐之滥。善化在枢府，嫉之尤甚。孝钦为所动，至复试时，遂改派荣中堂庆为阅卷领衔，公虽亦在内，非前比矣。荣相极赏识袁家榖卷，公谓此卷不过'圆畅'，嫌其空疏，荣相大不以为然，竟置第一。阅卷后送军机处复校，善化又加淘汰，仅取二十七人而已，且擢用极薄，不及鸿词科远甚，故诗用郑獬事。按本集《读史》诗，咏张天觉、张孝祥二首，寓意盖亦在此。特科阅卷糊名，正场名次出公意外，观本集六月初四日致武昌梁文忠电意，可见。"②

京师崇效寺旧有《青松红杏图》，张之洞于是年六月六日重游崇效寺，欲观此图而不可得，于是便题《驯鸡图》，并云："光绪癸卯

---

① 胡钧：《年谱》，第216页。
② 胡钧：《年谱》，第208页。

六月，贶日大热，余清晨来崇效寺，索观《青松红杏图》，不得见，庚子之乱失去。见《驯鸡图》，有曹锡宝剑亭、周永年书仓、博明西斋题语，剑亭书迹最罕见，予曾藏其楹联一，寻失之，未闻何收藏家有其书，此可宝也。"①九月初九日，张之洞又奉御赏花糕、内馔、羊肉、酱菜，与所邀宾客在天宁寺登高共食，赋诗一首，为《九日慈圣赐起酥花糕蒸食花糕内馔水角共十四合又北羊一口酱菜十篓携与同游诸客共之以广上恩赋诗恭记》，以纪上恩。

光绪三十年（1904），张之洞离京回鄂途中，"游苏门山，拜孙夏峰祠，登啸台"②，作《游苏门山四首》以记之。四月，"游遍金陵诸名胜，有游览诗一卷"，名为《金陵杂诗》。"十九日，发自江宁，过芜湖"，作《过芜湖吊袁沤簃四首》，以怀昔日门生袁昶。十二月，"颁发学堂歌、军歌于各学堂、各营"（胡钧《年谱》）。歌词均为自撰。张之洞在公余，但得闲暇，便不废吟事，不仅自己创作诗歌，还要求门生幕僚参与唱和。据李祥所言，是年，张之洞与江督魏午庄制军会勘湾沚工，驻节江宁月余。"每日乘肩舆历览名胜，得诗数十首。"③ 到鄂省后，张之洞又"遣材官送张子虞观察，属传示诸门生和之"④。又据《年谱》载，光绪三十一年（1905）八月，"中秋大热，月夜与客乘舟至金口，登大军山，有诗"。即集中之《中秋大热月夜与客乘舟至金口》《中秋夜登大军山和易实甫》。

张之洞六十九岁的寿宴上，柯逢时前来道贺。柯逢时和周锡恩都是张之洞督学时所取之士，所以张之洞念起已经故去的周锡恩，对柯感叹周之才情，赋《六十九岁生日柯逊菴中丞赋诗为寿惭惶感叹奉答二首》。足见张之洞对学子门生"深具怀旧之蓄念"⑤。至此可见，张之洞在鄂任的诗文创作可以以六十岁为界，分为前后两个阶段，前一阶段因困于政务而罕有诗作，而后一阶段由于闲暇稍多便又开始吟咏

---

① 东莞张江裁次溪氏编：《北京崇效寺训鸡图志》，双肇楼校印，第3、4页。
② 胡钧：《年普》，第216页。
③ 李祥：《药裹慵谈》，《张之洞诗文集》，第450页。
④ 李祥：《药裹慵谈》，《张之洞诗文集》，第450页。
⑤ 刘禺生：《世载堂杂忆》，中华书局1960年版，第53页。

作诗,并颇有成就。

　　此外,在张之洞诗作较少的光绪三年(1877)到光绪二十二年(1896)这二十年间,据河北版《张之洞诗文集》统计,张之洞所写的古文有如《惠陵升祔第一议(代)》《惠陵升祔第二议(代)》《輶轩语序》《传鲁堂诗文集序》《创尊经书院记》《记克复谅山事略》等。他还有些骈体文作品,如光绪十八年(1892),李鸿章七十大寿时,张之洞用三天三夜,发挥他写诗作文用典雅切的长处,撰成《李少荃傅相七十寿序》,文章光明俊伟,切合其身份,成为李鸿章所收到祝寿文章中的压轴之作,北京琉璃厂书肆将其印成单行本出售,当时颇有"洛阳纸贵"之势。① 此外还有《祭伏羲文王周公孔子祈雨文》《祭关忠公天培张忠武公国梁文》《祭汉虞仲翔唐韩文公宋苏文忠公文》等。另据河北版《张之洞全集》统计,在这二十年间,张之洞所写的公文数目分别为奏议 548 篇、电奏 297 篇、公牍 1262 篇、电牍 3671 篇。而光绪二年之前只有两篇奏议,光绪二十三年至张之洞去世的宣统元年(1909)撰写的公文数目是奏议 260 篇、电奏 168 篇、公牍 886 篇、电牍 3375 篇。可见,张之洞的文墨基本都用来撰写公文了。

　　光绪二十四年(1898),当戊戌变法运动进入生死存亡的关键时刻,张之洞推出了"会通中西,权衡新旧"的精心之作《劝学篇》,并由其门生黄绍箕代为进呈,颇得帝、后之欢心。光绪皇帝对《劝学篇》"详加披览",以为"持论平正通达","于学术人心大有裨益",命军机处发送各省督抚各一部,还要求"广为刊布,实力劝导,以重名教而杜卮言"。② 又令总理衙门排印三百部,作为钦定的"维新教科书","挟朝廷之力以行之",足见其分量之重,影响力之大。据估计,该书前后印行了约两百万册,这无论在当时,还是在现在,都是个极为庞大的数目。

---

① 张达骧等:《张之洞事迹述闻》,载《文史资料选辑》第九十九辑,第 77 页。
② 《上谕》,《张之洞全集》,第 10759 页。

第三节　七十一岁入都之后的诗文创作活动

光绪三十三年（1907），七十一岁的张之洞终于入主枢府，补授军机大臣，达到他政治人生的最高峰，一直到宣统元年（1909）故去，在京师走完了他人生和仕途的最后旅程。

入都后次年，即光绪三十四年（1908），学部商议购书建图书馆，"江南创建图书馆，既购致丁氏'八千卷楼'藏书，庋之馆中；陆氏'皕宋楼'书为日本以重金辇载而去，……瞿氏尚未允。惟湖州姚氏、扬州徐氏书先后致之京师，暂僦净业湖滨广化寺，为藏书之所"①。张之洞在公余无事时，便会邀约宾客、幕僚，一同前去欣赏。这一时期，除了赏游赋诗，张之洞也开始编录诗集。是年，他就"在京拟刻师友九家遗诗。九家者，昌黎韩果靖公超，献县刘仙石观察书年、刘伯洵拔贡肇均、崔士龙明经铭善，族孙张飚民布衣祖继，陆眉生给谏秉枢，严缁生部朗辰，忠州李芋仙大令士棻，巴陵谢麐伯编修维藩也。选稿前在湖北已定，此时又托高泽畬学使经纪其事，纪悔庵监督任校对之劳，以速其成"②。

宣统元年（1909），二月初一，张之洞奉命恭修了《德宗景皇帝实录》。七月，"选刻师友遗诗为《思旧集》，上年所促刻之九家诗外，近又增选八家，曰任邱李稚和观察羲均、遵义唐鄂生宫保炯、富顺朱梅君舍人鉴成、宗室竹坡侍郎宝廷其子伯茀太史寿富、任邱边宝航大令沦、绵竹杨叔峤京卿锐、滦州石公冰茂才坚，合之前后，本为十七家，而崔明经诗失去，遂为《十六家诗选》。又力求张幼樵副宪、黄再同编修诗，皆未得。疾亟时又邮书鄂中高学使促之，谓恐负死友也。手定《广雅堂诗稿》。公诗初经袁忠节昶辑刻，曰《广雅碎金》，后顺德龙伯鸾凤镳刻入《知服斋丛书》，曰《广雅堂诗集》。癸卯入京以后，时有删易，间于眉端加圈，至是删定，命工写印，即今

---

① 胡钧：《年谱》，第 261、262 页。
② 胡钧：《年谱》，第 274 页。

集中所刻诗四卷也。惟病亟时《读白乐天诗》一首，则后由掾属补入云"。① 八月，知道自己将不久于人世的张之洞"属门人陈曾寿备遗折，口授大意"，遗折有云：

> 当此国步维艰，外患日棘，民穷财尽，百废待兴。朝廷方宵旰忧勤，预备立宪，但能自强不息，终可转危为安。……所有因革损益之端，务审先后缓急之序。满汉视为一体，内外必须兼筹。理财以养民为本，恪守祖宗永不加赋之规。教战以明耻为先，勿忘古人不战自焚之戒。至用人养才，尤为国家根本至计。务使明于尊亲大义，则急公奉上者自然日见其多。②

弥留之际的张之洞知道自己已经油尽灯枯，以"勿负国恩，勿堕家学，勿争财产，勿入下流，必明君子小人义利之辩"③告诫子孙。

宣统元年（1909）八月二十一日亥刻，为清廷国运操劳一生的张之洞最终饱含忧虑地闭上了双眼，与世长辞，享年七十二岁。二十三日，上谕加恩赐谥曰文襄④，晋赠太保，入祀贤良祠，翌年，灵柩归葬于其故乡——直隶南皮。

张之洞本期的诗歌创作和他督鄂时后期诗歌创作活动的关系是相当紧密的，可以视为一个创作时期。在生命的最后阶段，张之洞对自己和友人的诗歌作品做了一个归整和总结，为作为诗人的他画上了一个句号。

---

① 胡钧：《年谱》，第281、282页。
② 吴剑杰：《张之洞年谱长编》，上海交通大学出版社2009年版，第1027、1028页。
③ 胡钧：《年谱》，第285页。
④ 多授予文臣而有军功者。张之洞于中法战争凉山大捷"实为功首也"（唐景崧《请缨日记》），是以文臣而有军功。

第二章 张之洞的诗学主张

张之洞由词臣到学官,转而出膺疆寄,功业赫赫,是为晚清之名臣。陈三立有诗赞之:"巨海水所归,峻岳瞻万方。维公体元气,海岳与颉颃。其学浑无涯,百家携精英。夙宗汉宋说,抉剔益证明。"(《抱冰宫保七十赐寿诗》)但是,名臣而外,张之洞还有个极重要,但在较长时间内被人忽视的身份,即他也是一位"以诗歌领袖群英,颉颃湖湘、江西两派之首领王壬秋、陈伯严,而别开雍容缓雅之格局"①的诗坛要角,其诗学主张和诗歌创作在晚清诗坛影响一时,在崇唐宗宋间辟出"宋意唐格"之一派。其诗学主张主要散见于他的诗作、为学生编写的《輶轩语》及晚清民国的诸多诗话、笔记中。诗学主张是我们深入了解一个诗人的创作特点,准确把握诗人诗作的法门,故而,要深入、全面、准确地分析研究张之洞的诗歌,厘清其诗学主张是颇有裨益的,鉴于此,现拟从以下三个方面试论说之。

第一节 崇雅尚正

张之洞自幼受到正统、严格的儒家教育,先后师从者,皆当时之硕儒,打下了扎实的儒学根基,作为中国传统儒学的继承者进入晚清变局,其思想核心就是恪守封建纲常道统。从儒家正统思想出发,张之洞的诗学思想具有强烈的崇雅尚正的意识。

---

① 胡先骕:《读张文襄广雅堂诗》,转引自庞坚《张之洞诗文集》,第495页。

一　以性情、修身之正为基础

张之洞于诗歌，主张崇雅尚正，这正是以其性情、修身之正为基础的。张之洞出生于传统的儒学家庭，自幼发奋于学业，所师承者又都是儒学名师，这些不仅给他打下了坚实的儒学根柢，还陶冶了他文儒旷雅的性情。其父自幼便训诫诸子以俭约知礼为宗，"过庭授学，多乾、嘉老辈言"[①]。十二岁时所作诗歌便被其父裒为一册传阅于人，得到"敛才勿露"之劝诫，张之洞终生奉之。此一劝诫，当不仅止于诗文创作方面，对他为人处世亦有影响。

张之洞尝自称："平生有三不争：一不与俗人争利，二不与文士争名，三不与无谓争闲气。""取张曲江'无心与物竞，鹰隼莫相猜'诗意，自号为'无竞居士'。"[②] 古人主张"清静无竞""与物无竞""无竞于人"，讲究"安身莫若无竞，修己莫若自保。"这种无竞无争，表现为一种宽博的胸怀和缓雅的修养。无谓的竞争不仅会浪费人的精力，还会影响性情，使人难以拥有平正客观的心理状态。集文人、学者、达官于一身的张之洞，从人生和仕宦中领悟到了"三不争"的内涵和精髓，并以此为准则，力求挣脱文人追名、俗人逐利的世俗桎梏，提升人生境界，使得性情和修身趋于平正，最终塑造出了其特有的人格魅力，展示了名士所追求的那种与世无争、与物无竞的超逸宏大的状态和修为。正是这种不争与无竞，使张之洞虽为官多年，但始终保持了自己的书生本色和士人正直的品格。这也正是张之洞出淤泥而不染，屡为后人称道之处。

不过，需要指出的是，在争名方面张之洞是有所为而有所不为，他虽然不会耗费精力去与文士相争，比如他从未公开回应过李慈铭后来对他的诸多指责甚至谩骂，但是，他对于自己的政治声名是极为看重的，故而得到了"达官名士一身兼，一味矜名却又嫌"[③] 这样的

[①]　胡钧：《年谱》，第10页。
[②]　《张之洞全集》第十二册，《抱冰堂弟子记》，第10631页。
[③]　汪国垣：《光宣诗坛点将录》，张寅彭《民国诗话丛编》第五册，第329页。

评价。

二 张之洞平正的思想观念

张之洞对诗歌追求的崇雅尚正和他持有的平正的思想观念也是相一致的。而其思想观念的平正主要表现在其对待学术、政治以及经济的态度上。

其一，平正的学术观。

张之洞四岁发蒙，所从诸师，如韩超、丁诵孙、童云奎、洪次庚、吕文节等，皆宗古文经学，为当时之鸿儒硕学。加之香涛自幼于学业十分勤勉，"非获解不辍，篝灯思索，每至夜分"①，所以打下了坚实的朴学根基，对其日后的思想、行为影响深远。《清诰授光禄大夫体仁阁大学士赠太保张文襄公墓志铭》评之曰："平日论学言政，以法圣崇王为体，以进夷予霸、治国富强为用。"② 他也曾这样评价自己："中立而不倚，论卑而易行，当病而止，而不为其太过；奉公而不为身谋，期有济而不求名，此则鄙人之学术也。"③

张之洞平正的学术观主要体现在他对今、古文经学以及对待汉学、宋学的态度上。

首先，在晚清的今、古文经学之争中，张之洞坚定不移地捍卫古文经学立场，对今文经学深恶痛绝，他"平生学术最恶公羊之学，每与学人言，必力诋之。"④ 并有《学术》一诗专来批评当时盛行一时的今文经学：

> 理乱寻源学术乖，父仇子劫有由来。
> 刘郎不叹多葵麦，只恨荆榛满路栽。

---

① 胡钧：《年谱》，第9页。
② 庞坚：《张之洞诗文集》，第413页。
③ 张之洞：《致潘伯寅》，《张之洞全集》，第10119页。
④ 《抱冰堂弟子记》，《张之洞全集》第十二册，第10631页。

诗后有自注："二十年来，都下经学讲《公羊》，文章讲龚定庵，经济讲王安石，皆余出都以后风气也。遂有今日，伤哉！"古文经学重在对儒家经典的名物典章训诂，主张从文字训释入手，阐明经意，学风朴实平易，这与张之洞的性情及治学原则是相符合的。而今文经学在张之洞看来，是大讲阴阳灾异，谶纬迷信之学，流于空疏、荒诞，这正是为其所深恶痛绝的。

新派人物康有为出于政治需要，大肆宣扬今文经学，并著有《新学伪经考》，言西汉经学所谓古文，皆刘歆为佐王莽篡汉之伪作，湮乱了孔子之微言大义。又作《孔子改制考》，力证《春秋》等儒经皆孔子为托古改制而作。他论述由据乱、经升平、至太平之世的公羊三世说和大同理想，借孔子的旗号，为维新变法制造舆论。戊戌时期，张之洞与康有为等维新派，在"忧愤同心""变通成法，以图久大，不泥古而薄今，力变从前积弊"方面，达成共识。但对于康有为借今文经学《春秋》公羊说提出的托古改制之说，以维护名教、忠君卫国为己任的张之洞是坚决否定并加以猛烈抨击的。

其次，在对待汉学、宋学的态度上，张之洞以为"汉学，学也；宋学，亦学也"[①]，应当兼容并蓄，学兼汉宋。汉学，即以古文经学为代表的汉儒考据训诂之学。宋学，即以理学为代表的宋儒性命义理之学。汉学注重文字训诂和考据，因其学风质朴无华，故又称为"朴学"，但病于烦琐支离；宋学则讲究"穷理尽性，以至于命"，以理学观点注释儒家经典，重在发挥义理，博大精深，但流于空疏虚妄。总的来说，有清一代之学界，"要其归宿，则不过汉学、宋学两家互为胜负。夫汉学具有根柢，讲学者以浅陋者轻之，不足服汉儒也；宋学具有精微，读书者以空疏薄之，亦不足以服宋儒也"（《四库全书总目·经部总序》）。

晚清之季，中国正值世事巨变，汉宋之学趋于综合，西方文化学术渗入，太平天国运动又造成"名教奇变"，"中国数千年礼仪人伦、

[①] 《创建尊经书院记》，《张之洞全集》第十二册，第10077页。

诗书典则""扫地荡尽"①的局面。此种境况下，清朝统治者为了使纲常名教免于沦丧，便要求士子于学应兼采汉、宋。在这种社会大背景下的张之洞于此可谓是得心应手。一方面他是古文经学出身，习于汉学，另一方面因清代科举之本为朱注"四书"，他作为科场骄子，宋学修养亦甚为深厚。

张之洞在其《輶轩语》中明确表述了他对待汉学、宋学之争的观点：

> 汉学者何？汉人注经讲经之说是也。经是汉人所传，注是汉人创作，义有师承，语有根据，去古最近，多见古书，能识古学，通古语，故必须以汉学为本而推阐之，乃能有合。以后诸儒传注，其义理精粹，足以补正汉人者不少。要之，宋人皆熟读注疏之人，故能推阐发明。倘倘不知本源，即读宋儒书，亦不解也。②

他既肯定了汉学为学术之根本，又阐述了汉学与宋学的联系。在强调汉学的训诂考证在推明经意上有重要意义的同时，张之洞也肯定了宋明义理之学，对理学之集大成者朱熹更是赞誉有加：

> 《四书》朱注最精，最显，澄怀观之，何语不憭？……世断无通经博览之人而不能解朱注者。
> 《四书》一编，为群经之纲维，万理之渊海。③
> 宋儒以后理学家书，推明性理，洵发前代未发。然理无尽藏，师无定法，涯涘难穷，其高深微眇，下学未能猝解。朱子《近思录》一书，言约而达，理深而切，有益身心，高下咸宜，

---

① 曾国藩：《讨粤匪檄》，见《曾文正公全集》，上海国学整理社1948年版。
② 《輶轩语》一，语学第二，"宜讲汉学"，《张之洞全集》第十二册，第9780、9781页。
③ 《輶轩语》二，语文第三，"忌墨守高头讲章"，《张之洞全集》第十二册，第9802页。

所宜人置一编。①

张之洞反对偏于汉、宋一隅的狭隘的治学态度，以为这是未能探获"圣人之道"的：

> 近代学人大率两途，好读书者宗汉学，讲治心者宗宋学。逐末忘源，遂相诟病，大为恶习。夫圣人之道，读书、治心，宜无偏废，理取相资。诋諆求胜，未为通儒。甚者或言必许、郑，或自命程、朱，夷考其行，则号为汉学者，不免为贪鄙邪刻之徒，号为宋学者，徒便其庸劣巧诈之计。是则无论汉宋，虽学奚为？要之，学以躬行实践为主。汉、宋两门，皆期于有品有用。使行谊不修，莅官无用，楚固失矣，齐亦未为得也。若夫欺世自欺之人，为汉儒之奴隶而实不能通其义，为宋儒之佞臣而并未尝读其书，尤为大谬，无足深责者矣。②

张之洞先破后立，在批评并分析了当时不良的治学之法带来的弊端后，又提出正确适宜的治学态度与方式方法，即要兼采汉学的认真读书和宋学的深入穷理：

> 愚性恶闻人诋宋学，亦恶闻人诋汉学，意谓好学者即是佳士。无论真汉学未尝不穷理，真宋学亦未尝不读书。即使偏胜，要是诵法圣贤，各适其用，岂不胜于不学者？乃近人著书，入主出奴，互相丑诋，一若有大不得已者，而于不学者则绝不訾议，是诚何心？良可怪也。（近年士人既嫌汉学读书太苦，又嫌宋学律身太拘，《五经》几于废阁，名文亦嫌披览，但患其不学耳，何暇虑及学之流弊哉？）③

---

① 《輶轩语》一，语学第二，宋学书宜读：《近思录》，《张之洞全集》第十二册，第9793、9794页。
② 《輶轩语》一，语学第二，为学忌分门户，《张之洞全集》第十二册，第9794页。
③ 《輶轩语》一，语学第二，为学忌分门户，《张之洞全集》第十二册，第9795页。

第二章 张之洞的诗学主张　57

张之洞还曾公开表述过他破除门户之见，兼采汉学、宋学之长的治学想法：

> 近世学者多生门户之弊，奈何？曰：学术有门径，学人无党援。汉学，学也；宋学，亦学也；经济词章以下，皆学也。不必嗜甘而忌辛也。大要读书宗汉学，制行宗宋学。汉学岂无所失？然宗之则空疏蔑古之弊除矣。宋学非无所病，然宗之则可以寡过矣。至其所短，前人攻之，我心知之。学人贵通其论事理也，贵心安。争之而于己无益，排之而究不能胜，不如其已也。……使者于两家有所慕而无所党，不惟汉、宋两家不偏废，其余一切学术，亦不可废。①

陈宝琛就曾评价张之洞是"为学兼师汉宋，去短取长，恶说经袭《公羊》、文字樠六朝，谓为权诡乱俗。癸卯入觐，怵然于中学式微，道法将坠，手订学堂章程，于经、文两科尤注意焉。比还朝，益亟亟于普建存古学堂、图书馆。呜呼！公之忠规密谟、关系斯文之兴坏，匪独天下安危而已"②。或言："张之洞学兼汉、宋。汉学师其翔实，而遗其细碎；宋学师其笃谨，而戒其空疏。初受经学于吕贤基，受史学、经济于韩超，受小学于刘书年，受古文学于朱琦。平生讲学，最恶《公羊》，谓为乱臣贼子之资。至光绪中年，果有演《公羊》之说以倡乱者。最恶六朝文字，谓纤仄拗涩，强凑无根柢，道丧文敝，莫甚于此；书法不谙笔势，假托包派，隶楷杂糅，习为诡异险怪，欺世乱俗，天下无宁宇矣。其识微见远，类如此。"③

其次，平正的政治观。

张之洞素以儒臣名世，终身奉行儒家思想，以儒教为施政圭臬，

---

① 《创建尊经书院记》，《张之洞全集》第十二册，古文二，第 10077、10078 页。
② 《清诰授光禄大夫体仁阁大学士赠太保张文襄公墓志铭》，庞坚《张之洞诗文集》，第 415 页。
③ 《大清畿辅先哲传·张之洞传》，庞坚《张之洞诗文集》，第 410 页。

以维护名教为己任。张之洞本人也始终以儒者自居,自称"弟儒家者流"①,尝言:"余性鲁钝,不足以窥圣人之大道学术,惟与儒近。儒之为道也,平实而绌于势,恳至而后于机,用中而无独至,条理明而不省,事志远而不为身谋,博爱而不伤,守正无权,……余当官为政,一以儒术施之。"② 24岁的张之洞曾以诗自抒其怀:"仁厚守家法,忠良报国恩,通经为世用,明道守儒珍。"③

有人曾问过张之洞的幕僚辜鸿铭:"张文襄比曾文正何如",辜鸿铭回答说:"张文襄,儒臣也;曾文正,大臣也,非儒臣也。三公论道,此儒臣事也;计天下之安危,论行政之得失,此大臣事也。国无大臣则无政,国无儒臣则无教。政之有无,关国家之兴亡;教之有无,关人类之存灭。且无教之政,终必至于无政也。……虽然,文襄之效西法,非慕欧化也;文襄之图富强,志不在富强也。盖欲借富强以保中国,保中国即所以保名教。吾谓文襄为儒臣者为此。"④ 此论最能说出张之洞其人的性质和历史地位,惜乎晚清先失了曾国藩这样的大臣,张之洞此般的儒臣便也就再无力保卫名教了。

张之洞平正的政治观的突出表现是其"中体西用"的思想。张之洞所处的时代正值时事变革之交,思想激荡碰撞,中西文化冲突剧烈。作为一位卓有识见的名臣、学者,在顺应时代发展,改革时弊、推动中国近代化的同时,他也不忘恪守纲常,维护名教,排斥甚至压制新思潮,竭力捍卫封建统治。有感于守旧派的抱残守缺而不知变通,维新派的激进求新却不知守本,张之洞在其所著的《劝学篇》中,阐发了"中体西用"的思想主张,表达了他中西虽有别,但可兼而采之的文化理念,这可谓是糅合了中西,协调了开新与卫道,颇合中庸之道。张之洞强调"中学为体",即要以"中学"为根本,以正人心,旨在维护儒教的统治地位和经世致用的传统;提倡"西学为

---

① 《致袁慰亭》,《张之洞全集》第十二册,书札六,第10279页。
② 《传鲁堂诗集序》,《张之洞全集》第十二册,古文二,第10057、10058页。
③ 许同莘:《张文襄公年谱》,商务印书馆1946年版,第6页。
④ 辜鸿铭:《张文襄幕府纪闻·清流党》,夏丹、孙木犁选编《辜鸿铭作品精选》,长江文艺出版社2004年版,第159、160页。

用"，即以"西学"为手段，以开风气，旨在通过使用西方学技富国强民，同时在不撼动清王朝统治的前提下，适当地吸收西方法律制度和行政措施。需要注意的是，张之洞的卫道不同于保守派迂腐、偏激的纸上谈兵、泥古不化，而是从保国、保教、保种的实际需要出发，多方思索，尽力谋求一种既顺应时代，又较为平正温和而不撼动儒教根本的变通方式，以达到救国的目的。张之洞虽非"中体西用"说的初创者，但绝对是集大成的理论总结者和身体力行的实践者。

张之洞平正的政治观还体现在他不仅明于公私之分，还能公而忘私上。公私分明，公而忘私，是中国传统文化为官员提出的道德要求，张之洞对此是终身奉行的。辜鸿铭尝记曰："一日晤幕僚汪某，谓余曰：'君言皆从是非上著论，故不能耸听。香帅为人是知利害不知是非，君欲其动听，必从厉害上讲，始能入。'后有人将此语传文襄耳，文襄大怒，立召余入，谓余曰：'是何人言余知利害不知是非？如谓余知利害，试问余今日有偌大家事否？所谓利者安在？我所讲究者乃公利，并非私利。私利不可讲，而公利却不可不讲。'"① 关于这公、私之义，韩非子尝云："人臣有私心，有公义。修身洁白，而行公行正，居官无私，人臣之公义也；污行从欲，安身利家，人臣之私心也。"② 考察张之洞的一生，他的确履行了其"私利不可讲，而公利却不可不讲"的人生理念，并终生贯之，奉行不渝。这在贪腐成风、贿赂公行的晚清政府中，实在是难能可贵。

张之洞平正的政治观还体现在他对待人才的态度上。张之洞素来对人才是极为看重的，尝谓"学术造人才，人才维国势"③，一贯主张"任人者治""凡百政事，皆须得人"。人品道德是他任用属员的首要标准，这也是辜鸿铭以他为"儒臣"，并区别于曾国藩、李鸿章等"大臣"的根据之一："文忠步趋文正，更不知有所谓教者，故一

---

① 辜鸿铭：《张文襄幕府纪闻·公利私利》，第 164 页。
② 《韩非子·饰邪》。韩非之"公心""公义"，和张之洞的"公利"，并非指全民利益，而是指君国之整体利益。
③ 《劝学篇·内篇·同心第一》，《张之洞全集》第十二册，第 9708 页。

切行政用人，但论功利而不论气节，但论才能而不论人品。"① 在他总结的"得人之道"中，就有取人要秉公，"不以喜怒为爱憎，不以异同为去留"，"勿计年资，勿泥成例。奇杰之才不拘文武，艰巨之任不限疏戚"，"不以一眚掩大德，不以二弃干城，或取其技能，或采其议论"诸条。

选拔科举人才时，张之洞"平日衡文不主一格，凡有一艺之长，无不甄录，而尤注重于经史根柢之学。"②"所录专看根柢、性情、才识，不拘于文字格式，其不合场规文律而录取者极多"③，阅经济特科卷时，务求其中文旨平正者。袁昶、许景澄、杨锐、宋育仁、孙诒让、俞樾等在近代史上颇负盛名之士，都是由张之洞提携登进的。对于学者士人，张之洞还"以广大风雅之度，尽量招纳，以书院学堂为收容之根据，以诗文讲学为名流之冠冕"④，为学人提供了良好的学习环境和工作机会。

张之洞的廉洁奉公也是其平正政治观的体现。张之洞笃信"修己以安人"（《论语·宪问》），"其身正，不令而行"（《论语·子路》）的行为准则，主张"恤民必先恤官，治官必先治己"⑤，"官无瑕疵，四民自然畏服，不必专心致志、惟务箝民之口，须当惠法兼施，尽父母斯民之道"⑥ 的为官之道。他教导士子"即异日显达仕宦，亦望以此自持，则廉正无欲，必有政绩可观"⑦，并以身作则，为下属做出清正廉洁的表率。任四川学政期间，他一心为公，两袖清风，以致"及去任，无钱治装，售所刻万氏拾书经版，始成行。""还都后窘甚，生日萧然无办，夫人典一衣为置酒"⑧，连日常开支都捉襟见肘。

---

① 辜鸿铭：《张之洞幕府纪闻·清流党》，第 160 页。
② 赵尔巽：《已故大学士兴学育材成效卓著，请宣付史馆折》，《张之洞全集》第十二册，第 10653 页。
③ 《抱冰堂弟子记》，《张之洞全集》第十二册，第 10613 页。
④ 刘禺生：《世载堂杂忆》，第 81 页。
⑤ 《批司道会详裁减各署公费》，《张之洞全集》第六册，第 4400 页。
⑥ 《批署左云县禀开列讼棍姓名》，《张之洞全集》第六册，第 4429 页。
⑦ 《輶轩语》一，《张之洞全集》第十二册，第 9774 页。
⑧ 庞坚：《张之洞诗文集》，诗集二，《咏叹》自注，第 79 页。

即便升任抚督后官居二品，亦不讲排场，"自居外任，所到各省，从不用门丁，不收门包，不受馈遗礼物"①，过五十岁生日时，为拒收寿礼甚至闭门不纳贺客。民间感动于张之洞对民生的贡献而登门道谢，也是被拒而不受，如广州明伦堂士绅"以公兴学育才，撰文为寿，膝爆竹三万，至辕门不得入。异归明伦堂燃放，时以为趣事"（许同莘《张文襄公年谱》卷三）。接到调补湖广总督的任命后，张氏在抵任前先致电江夏、汉阳两县："所有公馆及衙署供应，务从俭朴，不得华侈繁费，不准用绸缎锦绣燕菜，不准送门包前站礼。一切使费，所有到任供张，如有公款，勿过领款之数；如无公款，用过若干，开账照数发还。万勿故违。"② 上任后，规定每宴客不得过五簋，并禁止演剧宴会的奢侈之风。幕僚辜鸿铭曾说："张之洞本人的生活很俭朴。他在武昌任总督期间，全中国的总督衙门再也没比他的衙门更破旧不堪，更不讲排场的了。"③ 张之洞和诸多文人一样，也笃嗜典籍、古玩。在山西时，人以宋本经史五种为赠，"不索值，但乞在山西听鼓当差而已"。但张之洞面对不可能不动心的珍贵的宋本经史，出于公心，竟然也是毫不犹豫地"峻却之"④。广东德清县产良砚，唐人刘禹锡称"端州石砚人间重"，但停采已久。商人何昆玉以办贡乏材，请采石制砚，获利颇丰。张之洞离粤赴鄂后，"商人谓督部在粤未尝求砚也，乃寄十方至鄂"⑤，张之洞也以时价付酬。作为父亲的张之洞以"今洋务最为当务之急"故，欲令长子仁权至海外一游，以开眼界，长识见，便于日后为国效力。但是他并未借其职务之便把长子放进官费留学的名单中，而是出于"此举于公事毫无干涉，于他人毫无妨碍，想可行也"的考虑，致函时任广东巡抚的姐夫鹿传霖，"恳赐给一公牍，派其至东洋西洋各国游历，考察武备、水师、陆军各事宜，学校章程及农工商务等事"，还声明"该员自备资斧，不领

---

① 《抱冰堂弟子记》，《张之洞全集》第十二册，第10630页。
② 《致江夏、汉阳两县》，《张之洞全集》第七册，电牍十二，第5387页。
③ 辜鸿铭：《清流传》，东方出版社1997年版，第96页。
④ 《抱冰堂弟子记》，《张之洞全集》第十二册，第10630页。
⑤ 《抱冰堂弟子记》，《张之洞全集》第十二册，第10630页。

薪水"。①

为官四十年，位列一品，但张之洞居官时不仅不事聚敛，还常把自己的薪俸用于公事，与其有过接触的传教士杨格菲曾说张之洞"在中国官吏中是一个少有的人才。他不受财，在这个帝国他很可能成为一个大富翁，但事实上他却是个穷人。财富进了他的衙门，都用在公共事业和公共福利上"②。甚至辞世后，连治丧所需的费用都无着落，故时人有云"然公薨后，吊客归，皆言橐金实不多云"，"竟至囊橐萧然，无以为子孙后辈计"，往吊之人皆叹其家境实在是清寒，一家八十余口几不能维持生计。最后竟是靠朝廷赐恤和门人、幕僚的赙襚才得归里安葬。辜鸿铭闻此，"回忆昔年'公利私利'之言，为之怆然者累日"③。

与廉洁奉公相一致的是张之洞的节俭。其父张锳在张之洞幼时便以"贫，吾家风。汝等当力学"④ 及"俭约知礼"训诫之，张之洞一生信守。陈衍尝记初见张之洞的印象："广雅服御朴俭，外袿貂皮将秃，炕垫红呢破，稻草见焉。"⑤ 另有《抱冰堂弟子记》曰："平生性情好施予而不喜奢侈。朝珠、带钩、杂佩，所值无过十金者，裘服无华美者。至今燕居皆服布衣，帷幔、坐具、里衣，皆用布。"⑥ 可见张氏不论衣着用度，都是一贯的俭朴。《旧闻随笔》还载一事，张之洞尝于除日以衣裘送质库供用。以一总督而往来于当铺，便有人调侃说："公与名士争名，又将与寒士争寒邪！"可见，张之洞对于关乎国计民生的事务从不吝惜钱财，手笔之大令时人吃惊，甚至落得个"屠财"之名，但对自己，却是近乎不拔一毛的吝啬，甘于清贫。

再次，张之洞平正的经济观。

张之洞出任疆吏后，在近三十年的经济实践中，渐渐完成了从好

---

① 《致鹿滋轩》，《张之洞全集》第十二册，书札四，第10229页。
② 苑书义、秦进才：《张之洞与中国近代化》，中华书局1999年版，第120页。
③ 辜鸿铭：《张文襄幕府纪闻·公利私利》，第165页。
④ 胡钧：《年谱》，第11页。
⑤ 《陈石遗集》，福建人民出版社2001年版，第1975页。
⑥ 《张之洞全集》第十二册，第10630、10631页。

大言的清流言官向务实干练的洋务派的转变。其经济观念也从中古世界走向近代，呈现出一种新旧杂糅、中西并存的状态。转向洋务派之前，张之洞的经济观念还是传统的劝奖耕储、轻徭薄赋、固本养民。而在操办洋务后，其经济思想便渐生变化，如清末民初的政论家张继煦所说：

> 公一生政治，主张在开利源，以瘳中国之贫弱。而开利源，首在发展实业。故在鄂设施，皆本一贯之政策以进行。或疑公趋重官营事业，亦进夺民利。不知公主旨在夺外人之利，以塞漏卮而裕民生。①

张之洞从"皆儒术经常之规，绝不敢为功利操切之计"②的传统观念转变为广开思路，大兴实业，求取富强，认为"自强之本，以操权在我为先，以取用不穷为贵"③，"自强之端，首在开辟利源，杜绝外耗"④，在引入西方先进机器工业的同时，发掘本国资源，大力发展实业，在步履维艰的道路上摸索着成长。面对经济领域的中、西和新、旧问题，张之洞也是采取了一贯的平正中和的处事方式，着力做到兼收并蓄，合理规划，不偏颇一方。

张之洞便曾这样自我总结说："鄙人立身立朝之道，无台无阁，无湘无淮，无和无战。其人忠于国家者，敬之；蠹于国家者，恶之。其事利于国家者，助之；害于国家者，攻之。中立而不倚，论卑而易行。当病而止，而不为其太过。奉公而不为身谋，期有济而不求名。此则鄙人之学术也。……《论语》曰：'君子和而不同，群而不党。'惟其独立，所以既和又能不同，既群又能不党也。此鄙人之解经，即鄙人自处之道。"⑤可谓是自知之语。

---

① 张继煦：《张文襄公治鄂记》，湖北通志馆1947年版，第28页。
② 《张之洞全集》第一册，奏议，第102页。
③ 《张之洞全集》第一册，奏议，第307页。
④ 《张之洞全集》第一册，奏议，第704页。
⑤ 《致潘伯寅》，《张之洞全集》第十二册，书札一，第10119页。

平正的性情、修身、思想观念，对雅正的崇尚，必然会形成张之洞对轻浮习气的厌恶。《张文襄公诗集小引》云："南皮张文襄公，为清季风雅之宗，仰之者如泰山北斗。"① 这也影响到了他的诗歌创作风格，如汪辟疆曾点评张之洞为"指挥若定，清真雅正"，赋诗云："抱冰堂上坐人豪，时复商量一字高。尽扫淫哇归雅正，不妨苏海得韩涛。"② 胡先骕也曾评张诗："宏肆宽博，汪洋如千倾波，典雅厚重，不以高古奇崛为尚，然复不落唐人肤浅平易之窠曰。"（《读张文襄公广雅堂诗》）张之洞亦尝自言："最恶六朝文字，谓南北朝乃兵戈分裂、道丧文敝之世，效之何为？"（《抱冰堂弟子记》）

魏晋南北朝是中国历史上极其动荡的一段时期，社会动乱不安，朝代更迭频繁，玄学由是兴起，当时的文人只求明哲保身，不再关注现实，两汉以来经学独尊的地位被动摇了，传统文人以通过从政来干涉现实为人生目标的儒家积极入世的意识也被淡化了，最终使魏晋南北朝的文人逐渐走向意气消沉和玩物丧志，这一切都是与张之洞强烈的传统儒家积极入世的意识相背离的。加之彼时士族社会上品无寒门，下品无士族的观念，造成了士庶的尖锐矛盾，这一点正和晚清之季的满汉畛域所带来的社会矛盾有相似之处，这也正是让张之洞至死都难以释怀的一大问题。张之洞的《哀六朝》一诗"乃公生平学术宗旨所在"③，表达了他的人生、学术旨归，诗云："政无大小皆有雅，凡物不雅必为妖。"一如对六朝文风的排斥，批"攘臂学六朝"为"白昼埋头趋鬼窟"（《哀六朝》）。香涛之室名曰"广雅堂"，其诗集、散体文、骈体文皆以"广雅堂"为名，与此也不无干系，高调地将自己的旨趣广而告之。袁祖光在《绿天香雪簃诗话》中言张之洞："论诗以雅正为音，故初刻诗集以《广雅堂》名之。"④

张之洞在集中体现其学术思想的《輶轩语》中，论述时文云：

---

① 《张文襄公诗集小引》，庞坚《张之洞诗文集》，第430页。
② 汪国垣：《光宣诗坛点将录》，张寅彭《民国诗话丛编》第五册，第329页。
③ 陈增寿：《读广雅堂诗随笔》，王培军《光宣诗坛点将录笺证》，中华书局2008年版，第124页。
④ 另参《清诗记事》同治朝卷，江苏古籍出版社1989年版，第11751页。

"宜清（书理透露、明白晓畅）、真（有意义、不剿袭）、雅（有书卷、无鄙语、有先正气息、无油腔滥调）、正（不俶诡、不纤佻、无偏锋、无奇格）。"① 还提出了指导诗歌创作和品评的十二忌："忌无理、无情、无事"，"忌音调不谐"，"忌体制杂糅"，"忌多用宋以后事、宋以后语"，"忌以俗语貌为真率"，"忌以粗犷语貌为雄肆"，"忌陈熟落套"，"忌纤巧"，"忌险怪苦涩"，"忌虚造情事、景物，将无作有"，"忌貌袭古而无意"，"忌大言不惭"（《輶轩语·古今体诗》）。此旨为教诲学生，给他们树立简单明了的规范，故并未多做阐释，但张之洞对雅正的追求和对不雅如六朝的批判否定尽现于言语之间。

三 "江西魔派不堪吟"

如前所述，张之洞有自觉而强烈的崇雅意识，论诗崇尚"清真雅正"，提倡"宋意唐格"，要求诗歌的语言、风格平易晓畅。所以，对以江西派为代表的生涩奥折的诗风极其不满，常斥之为"江西魔派不堪吟"（《过芜湖吊袁沤簃》），并"以力辟阴怪生涩之故，颇不满意于同光派之诗"②。总之，对于此类佶屈聱牙、语风不直的诗歌，张之洞持有"张茂先我所不解"之喻，排斥之极。

"北宋清奇是雅音，江西魔派不堪吟"，这句诗表达了张之洞对宋诗的两种截然相反的态度，即清奇雅音与不堪吟之魔派。与同是尊宋的陈三立、郑孝胥等同光诗人尊尚黄山谷诗的拗峭避俗不同，张之洞尊崇的是苏东坡和白居易诗的明白晓畅。而张之洞论诗，在兼法宋人、重视"宋意"的取径方向上，都是"每劝人由坡公直溯韩、杜"（《光宣诗坛点将录》），但对最能体现宋诗特色的另一个诗人黄庭坚却甚无好感，批评道："黄诗多槎牙，吐语无平直。三反信难晓，读之鲠胸臆"（《摩围阁》），以为黄诗过于奥涩难解。徐世昌曾分析过

---

① 《輶轩语·语文第三》，《张之洞全集》第十二册，第9799页。
② 《近代诗派与地域》，汪国垣《汪辟疆说近代诗》，上海古籍出版社2001年版，第30页。

张之洞不喜黄诗之由："文襄诗……瑰章大句，魄力浑厚，与玉局为近。晚喜香山，有句'能将宋意入唐格'，盖自道其所得也。平生不喜昌谷，谓其才短，非其格高。亦不嗜山谷之诗，……公诗皆黄钟大吕之音，无一生涩纤秾，枯瘦寒俭之气，故其所论如此。"①李贺之诗奇崛幽暗；黄庭坚作诗重雕饰，好人为地创造生新意境与清峭拗仄的风格，都不符合张之洞的审美旨趣，故为其所恶。而苏轼作诗主张自然天成，反对人为雕琢，追求一种绚烂之极的平淡②；白居易作诗则语句畅达，健朗而不奥折。苏、白二人的诗是将"宋意"入了"唐格"的典型，张氏自然对他们推崇有加。

但需留意的是，张之洞对于山谷诗也并非全然不取。张之洞悼爱徒袁昶的诗中有"双井半山君一手，伤哉斜日广陵琴"（《过芜湖吊袁沤簃》）之句。袁昶善诗，宗尚黄山谷，遣词造句追求生涩拗硬，旨趣与张之洞大有不同。张之洞出于对弟子的偏爱，便将黄庭坚与王安石合起来赞袁诗，使袁诗不至落入他所谓的"不堪吟"之境地，胡先骕分析说之洞"固不喜江西派，而又不忍诋沤簃，故谓'北宋清奇'。沤簃以双井、半山为一手，故仍不失为'雅音'，而非'江西魔派'之比也"③。若说对袁昶之评价或许因存有私心，故而才部分肯定了山谷之诗，那么时人的相关论说会更为客观可信。如张之洞对于山谷诗之态度，陈仁先在《读广雅堂诗随笔》中尝言：

> 公诗主宋意唐格，取于宋者，欧阳、苏、王三家为多。平日为诗文宗旨，取平正坦直，故不甚喜山谷。……而其《过芜湖吊袁沤簃》诗云："江西魔派不堪吟，北宋清奇是雅音。双井半山君一手，伤哉斜日广陵琴。"是公未尝不取山谷，特不喜西江末

---

① 徐世昌：《晚晴簃诗汇》卷一六二。转引自庞坚《张之洞诗文集》，第445、446页。
② 苏轼：《与侄论文书》，何文焕辑《历代诗话》，中华书局1982年版，第1155页。原文为："凡文字少小时须令气象峥嵘，五色绚烂，渐老渐熟，乃造平淡，绚烂之极也。"
③ 《胡先骕文存》卷上《读张文襄公广雅堂诗》，转引自庞坚《张之洞诗文集》，第496页。

派耳。①

指出张之洞出于平正坦直的诗文宗旨，故不喜山谷，但并非完全否定山谷，只是反对西江派未流的"不堪吟"。

由云龙尝分析道：

> 宋派如王荆公、欧阳文忠、苏玉局、黄涪翁、陆放翁均为大家。乃后之宗宋诗者，专标举涪翁、宛陵、荆公、后山、简斋以及浪语，以为宗尚。取其枯涩深微，易于见长。若玉局、文忠、放翁均不甚措意。放翁熟调太多，不善学之，恒流于滑易。若文忠、玉局之得唐李杜骨力处甚多，近代如翁覃溪、张南皮皆学苏而能变化者。雅饰沈练，奚让黄派诸家。徒以学苏者多文从字顺之作，学黄者每出以槎枒，遂觉宋派之诗，非涪翁一家莫能名耳。……散原与南皮均学宋诗，而两人旨趣各别。南皮《过芜湖吊袁沤簃》诗，至诋"江西诗"为魔派，然亦崇拜半山、双井，自有别择。南皮诗虽力求沉着，而仍贵显豁。散原亦不乏文从字顺之作，而恒涉艰深。若《石遗诗话》所举散原"作健逢辰领元老"之句，为南皮所不喜。谓元老只能领人，何乃尚为人所领？此则南皮骄贵之习，不足以语于诗道，非散原诗之失检也。②

此论可谓得当，对于帮助理解张之洞与宋诗派之复杂关系颇有裨益。

陈衍对此也有自己的看法，他在《石遗室诗话》卷十一有云：

> 广雅相国见诗体稍近僻涩者，则归诸西江派，实不十分当意者也。苏堪序伯严诗，言："往有巨公，与余谈诗，务以清切为主。于当世诗流，每有'张茂先我所不解之喻'。"巨公，广雅

---

① 陈曾寿：《读〈广雅堂诗〉随笔》，《东方杂志》第十五卷第四号，第128页。
② 由云龙：《定庵诗话》，张寅彭《民国诗话丛编》第三册，第584、585页。

也。其于伯严、子培及门人袁爽秋（昶），皆在所不解之列，故于《送子培赴欧美两洲》则云："君诗宗派西江传，君学包罗北徼编。"《过芜湖吊袁沤簃》则云："江西魔派不堪吟，北宋清奇是雅音。……"不喜江西派，即不满双井，特本渔洋说"山谷虽脱胎于杜，顾其天姿之高，笔力之雄，自辟门庭，宋人作《江西宗派图》，极尊之，以配食子美，要亦非山谷意也"云云。故阳不贬双井，而斥江西为魔派，实则江西派岂能外双井，双井岂能高过子美、雄过子美，而自辟门庭哉？渔洋未用功于杜，故不知杜，不喜杜，亦并不知黄，乃为是言。广雅少工应试之作，长治官文书，最长于奏疏，旁皇周匝，无一罅隙，而时参活著。故一切文字，力求典雅，而不尚高古奇崛。典，故切；雅，故清。……故余近叙友人诗，言大人先生之性情喜广易而恶艰深，于山谷且然，况于东野、后山之伦乎？东坡之贬东野，渔洋之抑柳州，皆此例也。①

此论也深中肯綮，有助于深入理解张氏坦直的诗学宗尚。

钱锺书《谈艺录》（增订本）云："张孝达之洞《广雅堂诗》下册《过芜湖吊袁沤簃》之四云：'江西魔派不堪吟，北宋清奇是雅音。双井半山君一手，伤哉斜日广陵琴。'陈石遗丈谓斥江西派为魔道，而又撇开黄双井为北宋雅音，不免语病。余谓此即本遗山'论诗宁下涪翁拜'一首之意，丈颔以为的解。"但后来补订云："此余二十二岁时浅见妄言，石遗丈恕其稚骏，姑妄听之耳。袁氏《渐西村人集》之学山谷，侪辈共见周知，无可讳饰。故张氏诗不得不道。观《广雅堂诗集》上册《忆蜀游》第七首《摩围阁》：'黄诗多槎牙，吐语无平直。三反信难晓，读之鲠胸臆。如佩玉琼琚，舍车行荆棘。又如佳茶荈，可啜不可食'云云，其薄山谷诗甚矣，岂'宁下涪翁拜'者哉？泛称'北宋'而以山谷俪荆公，'清奇雅音'之称，遂分减及之；'江西派'为'魔'，而山谷'是雅音'，亦犹《封神演义》

---

① 《民国诗话丛编》第一册，第156页。

中'截教'门下妖怪充斥而通天教主尚不失为'圣人'。虽谀死之曲笔，亦评诗之微文也。袁氏未沉浸于荆公之诗，然'半山'与'双井'现成巧对，自难放过。苟曰'双井、东坡君一手'，亦复成章，而'东'非数目，不如'半'之承'双'起'一'，且张氏自作诗师法东坡，正如其作字也，未肯滥许他人为苏门耳。"① 其说极确。而陈曾寿《读广雅堂诗随笔》云："又《过芜湖吊袁沤簃》诗云云，是公未尝不取山谷，特不喜西江末派耳。予平日未尝呈诗，戊申九日，公招饮于海淀之刘郎庄，属即席赋诗。予呈七律一首，公甚以为佳，云是宋诗，属录旧作以进。公阅后，许为清刚幽秀。陈弢厂先生入都，问近日都中能诗者，公首举贱名以对，予固学山谷者也。自后公余侍座，尝从容论诗，公谓山谷并无不可解者，学博意广，自是大家，但我意学山谷，不如学荆公，较为雄直耳，若欧阳则气象更宽博。"（《东方杂志》第一五卷四号）略同钱先生少时之见。然据一时奖借之语，而论广雅平生诗学，似难免高叟之讥矣。②

所以，张之洞之所以对黄山谷、江西派的诗歌强烈排斥，一是因其不符合他的诗歌审美旨趣，一是因他认为在"刁调清苹末，终至沙石飞。巍峨金堤高，安知蚁穴危"（《哀时》）这样国难当前之时，此类诗歌是不合时宜，不利于鼓励人心、经世救时的。

总之，张之洞诗学主张中的崇雅尚正是颇受时人、后学好评的，如《张文襄公诗集小引》尝云："公生平论诗，尝以险僻相戒，省赏山为吾所不解之语，故主为诗一以和平雅正为归。公之功业，虽不必藉诗以传，而披读公诗一过，觉有德者之言，不啻布帛菽粟，一代风雅之正宗，诚非公莫属矣。"③ 汪辟疆在《近代地域与诗派》中也有较高评价："近代河北诗家，以南皮之洞、丰润张佩纶、胶州柯劭忞三家为领袖，……此派诗家，力崇雅正，瓣香浣花，时时出入于韩苏，自谓得诗家正法眼藏；颇与闽赣派宗趣相近。唯一则直溯杜甫，一则借径

---

① 钱锺书：《谈艺录》，生活·读书·新知三联书店 2008 年第 2 版，第 405 页。
② 王培军：《光宣诗坛点将录笺证》，中华书局 2008 年版，第 94、95 页。
③ 集益书局：《张文襄公诗集小引》，庞坚《张之洞诗文集》，第 430 页。

涪皤，斯其略异耳。南皮相国，以廷对名动公卿，初居京职，抗疏敢言，中朝侧目。及扬厉中外，宏奖风流，尤殷殷以经史世务有用之学，诱导后进；累掌文衡，得士最盛，偶出绪余，播诸歌咏，淹雅闳博，世推正声"。① 另据《光宣诗坛点将录》甲寅、青鹤本，广雅配张青，其评略云："广雅平日自誉其诗，以谓高出时贤，面貌学杜韩，比辞属事，要归雅切，尚不失为庙堂黼黻、春容大雅之音。"②

第二节 宋意唐格

一 清人关于唐、宋诗分合关系的新认识

唐宋诗之争是中国诗学史上的一大关捩。南宋时便有人对宋诗过于追求文字、议论和学问，脱离了唐诗的审美范畴提出过质疑，这种崇唐抑宋之风发展到明代达到顶峰。清人对于明人极端的尊唐而引发的诗坛流弊深感不满，清初如钱谦益等人，就主张在学唐诗的同时也应兼取宋诗，结束了元明以来唐诗独尊的局面，开启了后来清人诗学宗宋之风。

与前朝向唐诗一边倒的态势不同，清人从各自的诗歌评判标准和诗歌宗趣出发，有贬斥宋诗，以唐诗为法的崇唐抑宋者，有认为宋诗承唐诗而能力破余地，独具面目和价值者，也有反对分唐界宋，主张兼而取之者，呈现多样性。这几种声音此消彼长，互相交错，贯穿了有清一代的诗坛。钱谦益论诗尝言："夫诗者，言其志之所之也。志之所之，盈于情，奋于气，而击发于境风识浪，奔昏交凑之时世，于是乎朝庙亦诗，房中亦诗，吉人亦诗，棘人亦诗，燕好亦诗，穷苦亦诗，春哀亦诗，秋悲亦诗，吴咏亦诗，越吟亦诗，劳歌亦诗，相舂亦诗。"③

中国古典诗歌发展史上，清人在继承前人优秀成果的同时，也

---

① 汪辟疆：《汪辟疆说近代诗》，第30页。
② 王培军：《光宣诗坛点将录笺证》，中华书局2008年版，第129页。
③ 钱谦益：《牧斋有学集》，上海古籍出版社2010年版，第758页。

面临一种困境，即怎样才能在唐宋诗的辉煌中，创造出属于自己时代的诗歌风貌。钱锺书先生在《宋诗选》中说过："有唐诗作榜样是宋人的大幸，也是宋人的大不幸"，因为"前代诗歌的造诣不但是传给后人的产业，而在某种意义上也可以说是向后人挑衅，挑他们来比赛，试试他们能不能后来居上，打破纪录，或者异曲同工，别开生面。"那么，清诗所面对的问题和钱锺书先生所说的宋诗遇到的问题是相同的，即有唐宋诗作为榜样，是清人的大幸，却也是清人的大不幸。

清代，尤其晚清，处于新旧世界碰撞的剧烈变化中，面对前所未有的复杂的社会矛盾和现实问题，诗人也因此有了更为丰富的吟咏对象，清代诗人便用自己的笔几乎书写出了当时那个现实世界的方方面面。而有清一代，无论是诗人，还是诗作，在数量上都大大超过了前代，在庞大的作家队伍中，卓有成就的也为数不少，他们都是形成了成熟的个人艺术风格，值得人们深入去研究的著名诗人。清代的诗人们在困境中通过自己不懈的努力和尝试，终于破了唐宋之余地，成就了属于他们那个时代独特的诗学价值。

二 "平生诗才尤殊绝，能将宋意入唐格"

张之洞是晚清诗坛中的唐宋兼采派，其诗学主张中最为重要的一点即"宋意入唐格"，这种具包容性的诗学观点是与其在为人处世上的平正通达、学术上的学兼汉宋相一致的。"宋意入唐格"语出其诗《蕲水范昌棣》："平生诗才犹殊绝，能将宋意入唐格"[1]，本是张之洞褒美范生之诗，但后世论者多以为"宋意入唐格"乃张之洞"自道其所得"[2]，"自道甘苦"[3]之语。钱仲联在《中国近代文学大系·诗

---

[1] 庞坚：《张之洞诗文集》，《四生哀》之四，第44页。
[2] 徐世昌：《晚晴簃诗汇》，原句为：文襄诗不苟作，自订集仅二百余首，瑰章大句，魄力浑厚，与玉局为近。晚喜香山，有句"能将宋意入唐格"，盖自道其所得也。
[3] 王浩：《冬饮庐藏书题记》原句：公诗余事耳，然不翅专意者之工。其雄杰处，皆百年来所未有。集中《赠蕲水范昌棣》句云："平生诗才尤殊绝，能将宋意入唐格。"可谓自道其甘苦矣。

词卷》之《导言》中论及文襄诗时说："张氏明确提出了'宋意入唐格'的主张,所以具有唐人的藻采和宋人的骨力,又能言之有物,从其身世遭际抒写真性情。"

张之洞兼尊唐宋,他曾在《䶄轩语》中说:"诗之名家最烜赫者,六朝之陆、陶、谢、鲍、庾,唐之李、杜、韩、白,宋之苏、黄、陆,金之元(好问),明之高(启)、李(梦阳),国初之吴(伟业)。"① 从中可以看到张之洞不像当时许多人把各代诗家割裂开来,而是将诸代名家并呈。对此,钱锺书与张之洞观点一致,也认为:"唐诗、宋诗,亦非仅朝代之别,乃体格性分之殊。天下有两种人,斯分两种诗。唐诗多以丰神情韵擅长,宋诗多以筋骨思理见胜。……夫人禀性,各有偏至。发为声诗,高明者近唐,沉潜者近宋,有不期而然者。故自宋以来,历元、明、清,才人辈出,而所作不能出唐宋之范围,皆可分唐宋之畛域。"②

"宋意唐格"中"宋意"之"意",指诗歌的筋骨和思理,与"韵"相对;"唐格"之"格",即体格,指诗歌的体貌形式、表现的风神情采。此二者一为肌理,一为风貌,一为骨,一为肉,是古典诗歌艺术领域中两个并列不悖的审美范式。张之洞的"宋意""唐格"着眼点在于将"意"与"格"有机结合起来,即"宋意唐格"所追求的唐、宋两种审美特质的融合,这正体现了张之洞的诗歌审美取向。

前述《䶄轩语》中论诗之十二忌,其中有云:"忌无理、无情、无事。有理、有情、有事,三者俱备,乃能有味,诗至有味,乃臻极品。"③ 张之洞于此所提倡的"理""情""事",与其"宋意唐格"

---

① 《䶄轩语》一,《张之洞全集》第十二册,第 9788 页。
② 钱锺书:《谈艺录》,生活·读书·新知三联书店 2008 年版,第 3、4 页。
③ 《䶄轩语》二,《张之洞全集》第十二册,第 9808 页。理、情、事三者,在叶燮的《原诗》中早有论述:"曰理曰事曰情,此三言者足以穷尽万有之变态。凡形形式式,音声状貌,举不能越乎此,此举在物者而言,而无一物之或能去此者也。"(《清诗话》,上海古籍出版社 1999 年版,第 579 页)"先揆乎其理,揆之于理而不谬,则理得。次征诸事,征之于事而不悖,则事得。终絜诸情,絜之于情而可通,则情得。三者得而不可易,则自然之法立。"(《清诗话》,上海古籍出版社 1999 年版,第 575 页)

之观念有关。其中的"理"与"事"是构成"宋意"的两大要素，而"忌虚造情事、景物，将无作有"，"忌貌袭古而无意。体制必当学古，惟在有意耳。明钟谭诋'七子'，近人主性灵，变本加厉，尤非。忌大言不惭。诗家每多越分自赞之语，视为成例，殊可哂也"。①此三忌的目的正是在求诗之"有意"。"情"是"有理""有事"之后，诗人发诸诗歌的情感，是诗歌内在的情思和外在的风神。最后关于"味"，张之洞提出："三者俱备，乃能有味，诗至有味，乃臻极品。新城王文简论诗主神韵，窃谓言神韵不如言神味也。"又言："各体之通忌，曰言外无余味。"②"味"是理、情、事三者具备后产生的，是诗的风神情韵，即"唐格"，与张之洞要求的为文"宜清"，即"书理透露，明白晓畅"③是一致的。张氏很不喜欢佶聱生涩的诗，故认为山谷诗"三反信难晓，读之鲠胸臆"（《摩围阁》）。缪钺《论宋诗》云："唐诗以韵胜，故浑雅，而贵蕴藉空灵；宋诗以意胜，故精能，而贵深折透辟。"张之洞的诗歌继承了唐诗用语平直、诗理质实的特色，具有"脱胎于白傅而去其率"④，"雍容缓雅"⑤的特点。他认为理事润之以情，再用平实与华美配合适当的语言来表达，这样才能做到有味，才是"宋意入唐格"。同时，为了规避乾嘉诗坛末流貌为宗唐，实多病于浮泛的现实而走向祧唐宗宋的晚清宋诗派的主张让张之洞有所思悟，且他既崇唐诗之体貌气格，又对宋诗意趣有自己的体认，最终在自己的诗学思想中将唐诗的格调与宋诗的意趣糅合，提出了"宋意入唐格"，以"宋意"救当时学唐貌之弊。这与张之洞在政治、学术、为人处世上的原则也是相一致的，《抱冰堂弟子记》中张氏尝语幕属曰：

> 自官疆吏以来已二十五年，惟在晋两年公事较简，此外无日

---

① 《輶轩语》二，《张之洞全集》第十二册，第9809页。
② 《輶轩语》二，《张之洞全集》第十二册，第9809页。
③ 《輶轩语》二，《张之洞全集》第十二册，第9799页。
④ 胡先骕：《读张文襄公广雅堂诗》，《学衡》1923年第14期，第2页。
⑤ 胡先骕：《读张文襄公广雅堂诗》，《学衡》1923年第14期，第1页。

不在荆天棘地之中。大抵所办之事，皆非政府意中欲办之事；所用之钱，皆非本省固有之钱；所用之人，皆非心悦诚服之人。总之，不外《中庸》"勉强而行"四字。①

"中庸"是孔子的最高道德标准，"中"即折中，无过，无不及，调和；"庸"是平常。"中庸"其实就是折中和平常的东西②，要求人不能偏激，应执两用中，呈现一种中和之美。香涛之诗论也是在折中，将唐宋诗风加以调和，兼采众长又取长补短，以达到规"唐诗之弊为肤廓平滑"（《论宋诗》），而以"宋意"救之；避"宋诗之弊为生涩枯淡"（《论宋诗》），而以"唐格"律之这样为我所用的诗学目的。

张之洞论诗极力推崇杜甫、白居易，称赞杜甫"文章小技胡能尔，颠倒百代笼三唐。此老落笔与众异，忧国爱主出肝肠"（《浣花溪》）。赞扬白居易"亦有刑天精卫句，千秋独诵白家诗"（《读史绝句》）。对苏轼，他更是有一种感情上的共鸣，"苏诗始赞扬，范志稍胪列"（《花榡五棱子》），"子瞻与齐名，坦荡殊雕饰"（《摩围阁》）。张之洞的诗歌主张及其创作糅合唐宋，采北宋欧阳修、苏轼、王安石诸家诗歌路数而出以唐人格调，别开一派，其宋意唐格之说也得到时人的广泛认可，"在南北诸大老中，兼有安阳、庐陵、眉山、半山、简斋、止斋、石湖之胜"③，"此派诗家，力崇雅正，瓣香浣花，时时出入于韩苏，自谓得诗家正法眼藏"④，"南皮诗近欧王，宋意唐格"⑤。总之，张之洞重"唐格"，要求诗歌语言典雅平易，富有情韵；崇"宋意"，崇的是宋诗之实、之真，而张之洞的诗歌创作就是对自己诗学主张的良好实践。

---

① 《抱冰堂弟子记》，《张之洞全集》第十二册，第10632页。
② 杨伯峻：《论语译注·雍也篇第六》，中华书局1980年版，第64页。
③ 陈衍：《石遗室诗话》，张寅彭《民国诗话丛编》第一册，第157页。
④ 《近代诗派与地域》，汪辟疆《汪辟疆说近代诗》，第30页。
⑤ 陈苍虬：《读广雅堂诗随笔》，《东方杂志》第15卷，第三号，第125页。

第三节 诗务清切

一 "清切"说之辩

汪辟疆尝论张之洞诗是"淹雅闳博,世推正声;然以力辟阴怪生涩之故,颇不满意于同光派之诗。尝云'诗贵清切,若专事钩棘,则非余所知矣'"①。王赓在《今传是楼诗话》中亦言:"广雅论诗,以清切为主,于并世诗流,每有'张茂先我所未解'之喻。"②

"清切"一词,在刘勰《文心雕龙·声律》中有提到:"又诗人综韵,率多清切;《楚辞》辞楚,故诡韵实繁。"③宋严羽《沧浪诗话》说:"以禅喻诗,莫此清切。"④ 欧阳修则谓"梅翁事清切,石齿漱寒濑"(《六一诗话》),至明李东阳则言:"刘长卿集凄婉清切,尽羁人怨士之思。"(《怀麓堂诗话》)以上均用"清切"来评论诗人的创作风格。张之洞所主张之"清切",是指诗歌语言清晰真切,简洁准确,这是与其崇雅尚正的诗文主张相承袭的,也是与其"雍容雅缓"的审美理念相统一的。陈衍尝称"广雅少工应试之作,长治官文书,最长于奏疏,旁皇周匝,无一罅隙,而时参活著。故一切文字,力求典雅,而不尚高古奇崛。典,故切;雅,故清"⑤。故张诗之"清切",与典雅乃是一体的。汪辟疆《光宣诗坛点将录》将张之洞点为天威星双鞭呼延灼,赞语有"指摩若定,清真雅正"。据梁章矩《制艺丛话》所言,"清真雅正"成为清代制艺的衡文标准,始见于雍正十年的晓谕。张之洞在《輶轩语》中言及时文云:"宜清(书理透露,明白晓畅)、真(有意义,不剿袭)、雅(有书卷,无鄙语;有先正气息,无油腔滥调)、正(不俶诡,不纤佻,无偏锋,无奇格)。四字人人皆知,然时俗多误解,今特为疏明之(案:以上三

---

① 《近代诗派与地域》,汪辟疆《汪辟疆说近代诗》,第30页。
② 张寅彭师:《民国诗话丛编》第三册,第281页。
③ 《文心雕龙义证》,上海古籍出版社1989年版,第1237页。
④ 《沧浪诗话·答出继叔临安吴景仙书》,人民文学出版社1961年版,第251页。
⑤ 陈衍:《石遗室诗话》,张寅彭《民国诗话丛编》第一册,第156页。

句，一本作'看似老生常谈，实则文家极轨'）。不惟制义，即诗古文辞，岂能有外于此？今人误以庸腐空疏者当之，所谓谬以千里者也。"① 是说作文要以儒家经典为依据，用简洁准确的语言表达自己的见解。这与作诗时要用简洁、典雅、准确的语言，表达"宗经、明道、言志"之内容的"清切"说是一致的。

张之洞对试律诗也提出了要求："工（不率）、切（不泛）、庄（不佻）、雅（不腐）"②，这与他对作"时文"应"清真雅正"的要求一样，即推崇雅正，讲究用语的华实相宜，不流于纤秾靡丽。胡先骕也曾言，"文襄虽为诗中射雕手，然极以雕虫为耻"③。

但同光体诗人对张之洞所主张的"清切"说持有异论，如郑孝胥尝论："世事万变，纷扰于外；心绪百态，沸腾于内；宫商不调而不能已于声，吐属不巧而不能已于辞。若是者，吾固知其有乖于清也。思之来也无端，则断如复断，乱如复乱者，恶能使之尽合？兴之发也匪定，则倏忽无见，惝怳无闻者，恶能责以有说？若是者，吾固知其不期于切也。"④ 关于这一点，需要注意的是，张之洞不仅是诗人，更是以其"巨公"的身份，居于高位，蒿目时艰，隐忍自持，故属意"清切"，力求让雅正之诗风力挽乱世哀音之狂澜，由诗风影响到世风，故其主张也自不同于陈三立、郑孝胥等单纯地从诗人的角度出发来论诗。

二 "清切"说的局限性

张氏论诗歌主张"清切"，自有其合理处，但是也有持论偏激处。张之洞认为他当时所处的时代，正值清朝的中兴阶段，故诗论应配合时局，秉承传统诗教之温柔敦厚，以清雅为正音，否则便为妖声。其《哀六朝》以六朝文风联系当时景况："亡国哀思乱乖怒，真人既出

---

① 《輶轩语》二，《张之洞全集》第十二册，第9799页。
② 《輶轩语》二，《张之洞全集》第十二册，第9803页。
③ 胡先骕：《读张文襄广雅堂诗》，转引自庞坚《张之洞诗文集》，第502页。
④ 郑孝胥：《散原精舍诗序》，陈三立著，李开军点校《散原精舍诗文集》，第1216页。

第二章　张之洞的诗学主张　77

归烟销。今日六合幸清晏，败气胡令怪民招。……河北老生喜常语，见此蹙额如闻枭。政无大小皆有雅，凡物不雅皆为妖。"

对张之洞诗论的"清切"说持有异议的主要是同光体诗派的诗人，如陈三立、郑孝胥、陈衍等，他们认为当时的同光之世并非中兴时代，而是处于丧乱之中，诗歌若要反映现实，就必作变雅之声。陈衍尝言："余生丁末造，论诗主变风变雅，以为诗者人心哀乐所由写宣，有真性情者哀乐必过人，时而齑咨涕洟，若创巨痛深之在体也。时而忘忧忘食，履决踵，襟见肘，而歌声出金石、动天地也。其在文字，无以名之，名之曰挚曰横，知此可与言今日之为诗。"[①] 陈衍在《近代诗钞·叙》中谓道、咸以降，"丧乱云肫迄于今，变故相寻而未有屆，其去小雅废而诗亡也不远矣……身丁变雅，以迄于将废将亡上下数十年间"。陈三立以诗为"写忧之具"，在《俞觚庵诗集序》中说："冤苦烦毒愤痛毕宣于诗，固宜弥工而寖盛。"[②] 郑孝胥的诗歌虽颇得张之洞的赏识，但论诗倾向于陈三立等，认为逢此世事万变之际、家国危急存亡之秋，诗宜有愤激怨怒之气，切不能以"清切"来加以拘束。前已提及，郑孝胥在《散原精舍诗集叙》中表达过他对张之洞"清切"说的看法，在肯定的同时，也提出了不同的意见，指出了张氏此说的局限性：

　　往有巨公与余谈诗，务以清切为主，于当世诗流，每有张茂先我所不解之喻。其说甚正。然余窃疑诗之为道，殆有未能以清切限之者。[③]

这里的"巨公"即张之洞。陈衍认为张之洞的"清切"之说限制了诗风的多样性，变雅之声与"清切"之论有所背离。郑孝胥还曾陈述己见："半生作诗多苦语，一见尚书便自许。弥天诗学几诗才，

---

　① 钱仲联编校：《陈衍诗论合集》（下册），福建人民出版社1999年版，第1089页。
　② 陈三立：《散原精舍诗文集》，上海古籍出版社2003年版，第943页。
　③ 郑孝胥：《散原精舍诗序》，陈三立著，李开军点校《散原精舍诗文集》，第1216页。

五百年间阙标举。寝唐馈宋各有取,挹杜拍韩定谁主。忽移天地入秋声,欲罢宫商行徵羽。"(《广雅留饭谈诗》)自言诗多苦语,认为作诗取法唐宋,效法杜韩,应各有所取,不能强求一律。他所作的正是变调徵羽之音,表达的是悲壮激愤之情,表现了他对张之洞诗学主张中关乎"清切"之说的不认同。所以,诗乃变雅之音,这是同光体诗人之共识。而张之洞身居高位,虽有危机感,但不肯认同变雅之识,所以也不喜欢同光体。这多少印证了时人对张之洞"其病在傲"的评价并不失实,强势要求诗歌必须实现"清切",这势必影响到诗歌能否全面、深刻地反映当时乱世之实,表达出沸腾郁结之心。

总的来说,张之洞于诗坛之功乃在晚清宗宋诗风大盛之时,作一调和,力求"中庸"、雅正。其诗学思想中富有创见性的内容,影响了当时诗坛风气,"晚清诗坛之不致纯为宗宋诗风所笼罩而显得单调划一,张之洞的诗学理论贡献是不能抹杀的"①。而关于这一点,无论是时人,还是后世学者,都给予了较高的赞誉,其中有代表性的评价如钱基博所说:"晚清名臣能诗者,前推湘乡曾国藩,后称张之洞。国藩诗……一变乾、嘉以来风气,于近时诗有开新之功。之洞诗……宋意唐格,其章法声调犹袭乾、嘉诸老矩步,于近时诗学有存旧之格。"(《现代中国文学史》)胡先骕亦云张之洞"以诗歌领袖群英,颉颃湖湘、江西两派之首领王壬秋、陈伯严,而别开雍容缓雅之格局。"(《读张文襄广雅堂诗》)

---

① 庞坚:《张之洞诗文集》,第19页。

第三章　张之洞的诗歌创作及其特点

能诗并好诗的张之洞给后世留下的诗歌作品却并不多，郑孝胥尝言："文襄诗不苟作，自订集仅二百余首"[1]，而据祝伊湄全面统计的结果来看，张氏现存诗共计六百九十八首[2]，虽超出其自订的两百余首三倍之多，但这个数目也实在是有限的。这一方面是由于他一生忙于仕宦登进，公务极其繁杂，虽说他自己最得意的"是诗耳"，但鉴于现实，对张之洞来说，诗歌创作只能是"余事耳"；一方面则是因为他"心思致密，言不苟出"[3]的性格，张之洞尝自言"诗非有事勿作，吾少时流连光景、雕绘风霞之什，大半轶去"[4]，可见他留下的诗作数量偏少的原因之一是他"诗不苟作"的严谨的诗歌创作态度。而这又与其幼年经历不无干系，据胡钧《年谱》记载，张之洞年幼时"诗文为塾师奖许，父执亦叹异之，乃裒为一册，赠公寄示兄□于任所，得复，以'敛才勿露'为勖。赠公匙其言，加董戒焉，公终身诵之，后焚少作略尽"。又"张文襄年十三，入学顺天。学政为程庭桂，文襄献诗一册，程诃之曰：'童子无躁进，且好好读书。'"张之洞后来更在总结了他读书治学方法精粹的《輶轩语》中专门列出

---

[1] 徐世昌：《晚晴簃诗汇》，转引自庞坚《张之洞诗文集》，第445页。
[2] 祝伊湄据上海古籍出版社2008年版庞坚点校本《张之洞诗文集》、武汉出版社2009年版《张之洞全集》、国家图书馆藏《天香阁十二龄课草》和张厚璟刊本《广雅堂诗集》统计，张之洞现存诗共计六百九十八首（近体诗四百六十二首，古体诗二百三十六首），词七首（祝伊湄：《张之洞诗学及其诗歌创作研究》，博士学位论文，华东师范大学，2010年）。
[3] 钱基博：《现代中国文学史》，上海书店2004年版，第167页。
[4] 樊增祥：《二家咏古诗序》，庞坚《张之洞诗文集》，第427页。

"戒早开笔为文"和"戒轻言著书刻籍"两条来教导学子。

第一节　张之洞诗歌内容

张之洞的诗歌内容丰富，多数作品都有反映现实、关心时事之处，较少纯粹的抒情之作。在此将张之洞诗大体分为写景记游、悼亡缅怀、记人咏史、咏物抒怀、赠别唱和、题画和《连珠诗》诸类，下面分别加以论述。

一　写景记游

中国文人自古就有览胜访古之喜好，兴致一来便登临赏游，吟咏作赋，或于自然中寻找山水之美，或于山水之美中找寻自我，探求内心。张之洞亦是如此，虽然政事繁杂，军务倥偬，但他仍不失文人雅兴，只要有机会，便前往游览。他曾说自己是"性喜山水林木，登临啸咏，兴来独往。……于各省程途所经，遇有名胜，虽冒雨雪，必往游览"①。综观张之洞的诗歌，写景记游之作不仅在数量上是各体之首，而且也颇多佳构，颇具张氏诗风，获得了不少时人和后学的好评："有清一代，巨公能诗者，首推王文简、阮文达、祁文瑞、张文襄诸公。而文达、文襄之写景，尤为工妙。"②"张文襄《广雅堂诗》，清隽华妙，其写景纪游之工者，欲跨阮文达而上"，"化柳州文心入诗，自是精品"。③ 如《乙卯除夕宿紫柏山留侯庙》《凤岭》《雨后早发天津至唐官屯》《南洼修禊送客》《携家游江亭》《同张绳庵访僧心泉因与同访南洼》《忠州东坡》《封印之明日同节庵伯严实甫叔峤登凌霄阁》《江行望庐山》《王楼营见杏花新柳是日济河微雨》《鸡鸣寺》《翠微亭》诸篇，情景双融，诗语畅美，耐人寻味。无怪王赓尝言："余最喜广雅集中游赏之作，且都下诸作无一不佳。"《访万柳

---

① 张之洞：《抱冰堂弟子记》，《张之洞全集》第十二册，第10631页。
② 钱仲联：《梦苕庵诗话》，张寅彭《民国诗话丛编》第六册，第312页。
③ 钱仲联：《梦苕庵诗话》，《民国诗话丛编》第六册，第269、270页。

堂》《新春二日独游慈仁寺谒顾祠》等,"皆公盛年官京曹时作。晚岁入值枢垣,人代剧变,感时怀旧,情见乎词,诗亦弥工"。《龙树寺》《游积水潭》《极乐寺》等,"数诗皆有关旧京国故者"[1],均非仅仅写景记游。

张之洞早期诗歌作品大多规模唐音,未脱乾、嘉风气,如景游诗中的近体七绝《泸州渡江》《人日游草堂》等,七律《德州道上》《宿宁羌州》等,骚体诗《幽涧泉》,都有比较明显的模仿痕迹,而七古如《东海行》《邯郸行》等,虽有佳句,却不成佳篇,没有自己的风格。但张之洞擅长的五古中,如《乙卯除夕宿紫柏山留侯祠》《凤岭》等,当时尚有可观。

咸丰五年乙卯(1855),十九岁的张之洞北归,自战事未平的贵州入蜀,取道川、陕回原籍南皮,准备赴来年的春闱考试。途中心系战乱危城,一路艰险坎坷,于除夕之日夜宿紫柏山,忆及颠簸昔日,心中怅然,写下了五古一首,是为《乙卯除夕宿紫柏山留侯祠》:

> 四年四除日,疾如逝水度。无岁不易方,可笑蓬与絮。
> 壬子蒋氏客,癸丑锦官寓。甲寅栖围城,战士方暴露。
> 巡警杂卒伍,传箭待东曙。今年伴道士,寒灯展卧具。
> 阶泉铿玉声,松雪耀积素。劳人逢幽境,聊作蘧庐住。
> 穷村爆竹稀,瘖哑如裂布。纵横壁下仆,鼻息窅牛怒。
> 文武成何事?仆仆病道路。青山茁紫芝,愧此栖隐处。

诗歌先忆述了四年来时局的动乱,战事之紧张,人生的几番辗转。接着"今年伴道士"云云,将思绪拉回当下,"阶泉"云云,描绘眼前之景,语言清秀华妙,寒灯、泉水声、松雪、穷村、瘖哑稀疏的爆竹声……有所见,有所闻,调动起读者的眼与耳,想象诗人所处之境,感受到诗人以景语衬托出的他当时之心情。最后以诗人的议论收尾,情景交融。全诗工整质朴,已见出他写诗长于刻画山水景物之

---

[1] 庞坚:《张之洞诗文集》,第505页。

特点。

再如五言古诗《凤岭》，亦是张之洞此次途经川、陕时途中之作：

> 神皋荡无险，险自散关始。万壑共一井，行人在其底。
> 坏木支桥阁，二分仅容趾。左扪将坠石，右瞰不测水。
> 兹岭塞朝昏，去天谅及咫。盘路穿林蛇，细马行磨蚁。
> 微闻后者喘，数见前人止。青黄木剥肤，锋锷石厉齿。
> 幽禽不来集，岂有凤皇子？通道金牛诈，飞仙毛女美。
> 岭高有尽时，林际墟烟起。洗足沽茅柴，不劳那得喜。

凤岭在陕西凤县直上二十里处，山势险峻，人马需踏石棱而上，旧为川陕要害之地。诗歌开篇先写京都一带坦荡无险，但至散关凤岭后，地势之险便扑面而来，诗中所咏之景先后进入读者视线，纷至沓来，呈现出一种动态效果。接着，诗人再从宏观俯瞰，万壑辏集如在一井中。"左扪""右瞰"云云，细致刻画出山崖窄道上诗人左手攀着看似摇摇欲坠的山石，朝右一低头便可见不测之深渊，生动描摹出环境之艰险，行人步履之艰难。俯仰之间，"塞朝昏"的峻岭与"穿林蛇"般的盘旋道路、磨蚁般的马行队伍，一一尽收眼里。诗人用抬头所见压在眼前的遮天蔽日之峻岭，俯首所见小如蛇的山路和微如蚁的队伍这一大一小对比的手法再次强调了凤岭之险峻。结尾处，诗人经历了之前路途的危险后，感叹"不劳那得喜"，抒发人生体悟。此诗长于描绘景物、刻画山水，驱辞遣句，可谓是信手拈来，而兴寄象外，笔力雄厚，已显露出诗人见识之高、怀抱之广。

同治年间的张之洞正值盛年，居官京曹的两年多，生活清闲无事，便常与京师名流登高览胜，聚饮赋诗。本期的写景记游诗不乏佳作，较之以前，作品日渐成熟，个人特点亦更趋于明显，其中如《重九日作》就是个中佳品：

> 晓起开门风叶落，白日忆弟心不乐。
> 佩壶欲上西山头，但愁日晚上城钥。

第三章 张之洞的诗歌创作及其特点　83

> 渔洋老子耽秋吟，黑窑厂畔曾登临。
> 今日平冈上樵牧，寒云碣石空阴森。
> 忽忆慈仁有高阁，百级三休试腰脚。
> 晴烟隐约浮觚棱，万瓦鳞鳞压罗郭。
> 使我百忧今日宽，翩然衫履来群贤。
> 开口且从杜牧笑，枯颅谁笑参军颠。
> 力士酒铛舒州杓，仰天醉看春云薄。
> 王郎摩挲井阑字，谢公面壁看书势。
> 东向大嚼西停杯，二陈豪逸各有致。
> 高台叶响夕风起，薄寒清瘦愁朱李。
> 就中祭酒长沙周，承平先进常同游。
> 手抚松鳞几围长，舍利满塔僧白头。
> 董老五年离京国，幽栖良会惜难得。
> 倒冠落佩都相忘，何用唐贤画主客。
> 清霜未高蟹未肥，篱菊未孕寒花稀。
> 莫嫌花少蟹螯瘦，犹胜岁晏征鸿归。
> 夕梵钟鱼出林表，尚道行厨莫草草。
> 却怜寓直潘安仁，高阁翳日思鱼鸟。
> 佳日行乐须及时，楚客何必生秋悲。
> 不见阁后累累冢，酹尽千觞彼岂知。
> 门外马嘶奴执鞚，游客倦行主僧送。
> 独携残醉辞双松，菜市燃灯街鼓动。

杨钟羲尝记此诗所写的重九日慈仁寺登高之事："同治辛未（1871）九日，张文襄有慈仁寺登高之集，座客为周荇农、陈六舟、谢麐伯、朱肯甫、李越缦、王廉翁师、董岘樵、陈逸山。寺有毗卢阁，可西眺玉泉诸山，下揽卢沟桥人物。"[①] 通篇读来，此诗极善铺陈，虽是登高之作，但开篇并未直奔主题，而是说自己忧心未舒，先

---

① 杨钟羲：《雪桥诗话余集》，庞坚《张之洞诗文集》，第459页。

做了情绪上的铺垫，然后以"忽忆"引入主题，再以闲笔娓娓道来。"开口且从杜牧笑"语出唐杜牧诗"尘世难逢开口笑，菊花须插满头归"（《九日齐安登高》），同样是重阳节，同样是携友登高，同样是借着赏游而舒展了愁绪，诗人藉由此典而与相隔数百年的杜牧产生共鸣。"枯颅谁笑参军颠"句，典出《世说新语》中东晋孟嘉龙山落帽事，以之形容当日游宴同行之人的风雅与才思。这两句实在可谓使事精切。进而再描写同游诸客，行为、神态各异，生动传神。在场诸人如"王郎""谢公"云云，说的是王廉生、谢麐伯；"二陈"句后自注"豪者木父，逸者六舟"，即陈逸山、陈六舟；"薄寒清瘦愁朱李"，指朱肯甫、李莼客；"就中祭酒长沙周"，即周荇农；"董老五年离京国"，是说董研樵。——看来，这些人都是当时名流，此次登高的风雅盛景、诗文唱和之况不难想见。夏敬观评此诗："纯学东坡，笔力矫健，百余年来，纱帽头诗，当首屈一指。"[1]

张之洞诗集中这一时期的写景记游诗之佳者还有如五古《新春二日独游慈仁寺谒顾祠》，有句云："俨如鲁两生，偃蹇不可招。又似二诗老，倔强岛与郊"，以拟人手法描摹双松之气质姿态，生动形象；七古《极乐寺海棠初开置酒会客》，有句云："绛蕾如珠点碧树"，写海棠初开，清新可爱；七古《晓起至石闸海看荷花奇克坦泰观察邀入水轩置酒素不识主人赋诗谢之》，有句云："凤城传钥乌鹊起，树杪晨光变青紫"，描写清晨之景，有声、有色，动静相宜，下笔细微，"地安门外千石陂，压地红云不见水"，描摹大片荷花绚烂盛放，形象真切，如在眼前；五古《九日慈仁寺毗庐阁登高谢麐伯何铁生陈六舟朱肯甫董砚樵陈逸山王廉生同游》，有句云："晴空拥太行，万马脱衔来"，"决云一雕起，拂霄群雁排"，景语气势磅礴，诗语充满生命力，意向豪迈。

中年以后，随着阅历和年龄的增长，张之洞的诗歌创作渐入佳境，愈见沉稳厚重，形成其独特的诗歌风貌，更可称道。

光绪二十年（1894），中日甲午战事起，两江总督刘坤一奉命率

---

[1] 夏敬观：《学山诗话》，张寅彭《民国诗话丛编》第三册，第37页。

兵到山海关布防,时任湖广总督的张之洞便兼署了刘坤一之遗缺。光绪二十一年(1895),中国甲午战败,刘坤一回任,张之洞在由南京回武汉的湖广总督任上时,行船经过采石矶,作《登采石矶》一诗,以慨叹时局:

> 艰难温峤东征地,慷慨虞公北拒时。
> 衣带一江今涸尽,祠堂诸将竟何之?
> 众宾同洒神州泪,尊酒重哦夜泊诗。
> 霜鬟当风忘却冷,危阑烟柳夕阳迟。

题下自注:"矶上有太白楼,彭刚直、杨勇悫、长江提督李成谋祠。"

这虽是一首写景记游诗,但诗人并未入手即写景,而是先借怀古来抒发感慨议论。"温峤"云云,指东晋大臣苏峻反叛,攻陷京师,江州刺史温峤同荆州刺史陶侃起兵讨伐,虽曾于采石受挫,但终平定苏峻之乱事。"虞公"句,典用南宋绍兴十一年,金主完颜亮率军侵宋,将从采石渡江。宋臣虞允文适奉命犒师采石,见守将不战而遁,乃召集各部将领大战金人,挽救南宋于危机之中。张之洞一开篇赞扬此二人在国家危难时能毅然决然地担起重任的气概,且温、虞二人均以文臣而屡立战功,与他相似,故而这两个典故用得极恰切,可谓浑化无迹,用意极深。"衣带"云云,形容如今之河道狭窄,形同干涸,又何来轮船?不禁为此深感忧虑。矶上太白楼,彭刚直、杨勇悫、李成谋祠又让诗人回想起咸同时期彭玉麟和杨岳斌曾负责长江防务,功绩斐然,而现在二人都已辞世,再面对惨淡现实,不免痛惜他们的事业后继无人。怀古伤今,在场众宾面对国运式微,也都为国家神伤落泪。但诗人并未就此沉溺于悲戚情绪中,笔锋一转,又想到史上东晋镇西将军谢尚舟行至此,听到袁宏朗声吟诵所作《咏史》诗,赞赏有加,袁宏由此名显。李白夜泊赋诗《夜泊牛渚怀古》[①],感叹

---

① 牛渚是采石别名。

没有谢尚这样的伯乐赏识自己。张之洞与李白颇有同感，亦自负有扶危救国之才，但恨伯乐难遇，不能无所束缚，尽显其才。诗歌末句用辛弃疾《摸鱼儿》词中"休去倚危栏，斜阳正在烟柳断肠处"之意，以景语收拾全诗，以闲淡之笔抒沉郁之情，以凄冷之景烘托诗人怅惘无奈之意，怀古伤时，万般感愤，迎风而立满目一片暮色苍茫，意境深沉，情景双融。

又如其六旬时所作七绝《九曲亭三首》，其一云：

华颠文武两无成，羞见江山照旆旌。
只合岩栖陪老衲，石楼横榻听松声。

题后自注："余同治戊辰提学湖北，来游西山，见亭已圮，出钱造之，今二十八年矣。"

光绪七年（1868），张之洞任湖北学政时游武昌西山，见古亭倾圮，遂出资重修。二十八年后，即光绪二十二年（1896），诗人故地重游，面对艰深国势，心怀怅惘，赋诗述怀。据苏辙《武昌九曲亭记》，此九曲亭为苏轼贬谪黄州时游武昌西山，以废亭遗址营之而成，因登此亭须穿行于羊肠九曲之山径而得名，"游者至此……俯视大江，仰瞻陵阜，旁瞩溪谷，风云变化，林麓向背，皆效于左右"。登高望远，怀古抚今，张之洞也是诗情澎湃。

诗歌开篇之"华颠""羞见"云云，说他虽为封疆大吏，却不能为国内起衰、外御侮，叹言自己面对江山破败却无可奈何，内心羞愧。"照旆旌"语出杜甫《后出塞》："落日照大旗，马鸣风萧萧"，但不同于杜诗之慷慨豪壮，张诗带着一种日暮途穷的悲凉。末句感慨自己年老无成，应该隐居深山陪老僧谈禅，在石楼中卧听松涛之声，看似洒脱，实蕴深沉。该诗虽是写景记游，但重在抒发怀抱，情词恳切。林庚白《丽白楼诗话》对此评析精准："同光诗人什九无真感，惟二张为能自道其艰苦与怀抱。二张者，之洞与謇也。之洞负盛名，领重镇，出将入相，……处新旧变革之际，危疑绝续之交，其身世之感，一见于诗"，如《九曲亭》《读宋史》《中兴》《崇效寺访牡丹已残》等,"皆沉郁苍凉,其感叹之深,溢于言表。……盖之洞夙主中学为体、西学为用者,丁满清末造,知国事之不可为,其主张之无补于危亡,而身为封疆大吏,又不得不鞠躬尽瘁以赴之"。①

张之洞晚岁入值枢垣,人世时代剧变,其作品更加感时怀旧。情见于词,诗亦弥工,如七绝《龙树寺》云:"此地曾来一百回,荒陂败紫苇花开。当年茶话成今古,谁画山僧两秀才。"《政务处诸公招同樊茗楼按察游积水潭二首》其二云:"对岸乔林付爨烟,荷花愈少愈堪怜。明知不是沧桑事,但惜西涯变稻田。"七绝《极乐寺》云:"万穗红云伐作薪,日浇瓜菜作僧珍。凌霄无骨高三丈,留待孤行再到人。"七古《王楼营见杏花新柳是日济河微雨》句云:"行尽幽州一千里,稍见冰谷通流水。太行随我向南行,渐有烟霏含青紫。王楼营外三家村,泼眼春光百鸟喜。柳叶作态杏花骄,人马风沙一时洗。"七律《九日宝通塔登高》句云:"此塔阅人沙海数,岂惟登岘叹消沉"等,都是情景交融的佳句。樊增祥尝论其诗道:"六十以后,吏民相安,新政毕举,乃复以理咏自娱,而识益练,气益苍,力益厚,境地亦愈高愈深……至光绪癸卯《朝天》以后诸作,则杜陵徙夔、坡仙渡海,有神无迹,纯任自然,技也神乎,叹观止矣。"此外,五古《金陵游览诗》组诗,笔致雍容典雅,清隽高阔,沉浸于惬意的游赏,颇具"智者乐水,仁者乐山"的情怀。另如七绝《四月下旬过崇效寺访牡丹花已残损》,也是情景双融之佳篇:

> 一夜狂风国艳残,东皇应是护持难。
> 不堪重读元舆赋,如咽如悲独自看。

即便是在游寺赏花,诗人心中却也时刻不忘国家之事,眼前美景也难解心中郁结惆怅。诗用"甘露之变"后被软禁的唐文宗李昂之事来影射有相似处境的光绪皇帝,实在是使事精切。全诗笔调厚重,沉郁苍凉,诗人感叹之深,溢于言表,颇见真情实感,如林庚白所言

---

① 张寅彭:《民国诗话丛编》第六册,第134、135页。

"哀感顽艳，盖不独为牡丹而作也"①，是一首颇具张氏风格的写景记游诗。另如《登牛首望终南曲江樊川辋川作歌》，有句云："守国在德亦在险，大险惟有轩辕台"，言近旨远，发人深省；《慈仁寺双松犹存往观有作》，有句云："同游俱是感慨人"，由观景引发江山遭外敌入侵的慨叹，等等，均是此类诗作。

二 悼亡怀旧

世人眼中的张之洞常是以晚清名臣、儒家学者、诗坛领袖的形象出现的，而他本人留下的诗文著作，也多是关乎国家社稷、世道人心的。但是，张之洞除了他的政治、文化身份之外，也是个性情中人。在其诗歌作品中，有些悼亡缅怀的作品值得关注，这些诗歌抒发了他对故去亲友的缅怀之思，给我们展示了具有另一个面目的柔情张之洞。

第一，悼亡诗。

张之洞先后共娶有三位妻子，但是皆天不假年，均过早离世。据年谱载，第一位妻子石氏于咸丰四年（1854）来归，于同治三年（1864）五月卒于京寓。第二位妻子唐夫人于同治九年（1870）正月进门，同治十一年（1872）十二月二十九日故去。第三位夫人王氏，是光绪二年（1876）来归，卒于光绪五年（1879）。在张之洞的现存诗歌中，有悼念石夫人的《悲怀》组诗和悼念王夫人的《咏叹》组诗。尚未见悼念唐夫人的作品。

张之洞诗歌中纯粹的抒情之作很少，涉及家眷的就更是罕有。但这两组悼亡诗，俱是发自肺腑，情真意切，读来让人深感凄恻缠绵。

《悲怀》组诗共十七首，本集仅存五首，系张之洞悼念亡妻石氏之作。

其一

下泽乘车素志非，远游岁岁着征衣。
霜筠雪竹钟山老，洒涕空吟一日归。

---

① 林庚白：《子楼诗话》，张寅彭《民国诗话丛编》第六册，第 116 页。

第三章　张之洞的诗歌创作及其特点　89

自注："王荆公（王安石）有《一日归行》'贱贫奔走食与衣，百日在外一日归'云云，为悼亡作。"

张之洞十八岁时，迎娶了他的第一位夫人滦州石氏。石氏系嘉庆癸酉拔贡、都匀知府石煦女。夫妻二人在贵阳新婚，同经围城之难，后一起自贵州兴义至河北南皮，战乱频仍，一路艰险。此后张之洞又为了衣食和功名四处奔波，夫妻二人更是聚少离多。此时的张之洞尚未中进士，家境贫寒，石氏来后，屡岁食贫，持家甚俭，张之洞于心颇为不忍。后来终于金殿传胪，甫点探花，石氏刚要守得云开见月明，不料天不假年，她竟不寿。这让张之洞对这位多年来为自己分忧解难，却无法共享天年的发妻甚为抱憾，故悼亡之作，句句发自肺腑。"下泽"句出自《后汉书·马援传》："吾从弟少游常哀吾慷慨多大志，曰：'士生一世，但取衣食裁足，乘下泽车，御款段马，为郡掾吏，守坟墓，乡里称善人，斯可矣。"[①] 以此来比拟石氏甘于平淡朴素生活的性情，用事精切。"霜筠"语出王安石《句》其八"霜筠雪竹钟山寺，投老归欤寄此生"悼亡诗语，王安石一生只有一位夫人，两人感情深厚，于宦海搏击中也生出了待功成事毕，偕妻归隐山林之心。所以张之洞不仅此典用得恰到好处，在悼念亡妻的情感上和王安石也是深有共鸣的。

其二
玉筯双垂便溘然，人言佛果定生天。
如何明达通儒理，不信西方净土禅。

"玉筯"是佛教中称人死后鼻中下垂的鼻涕。张之洞自注道："没时两鼻垂玉筯，长尺许。""不信西方净土禅"句张之洞自注："遗嘱勿作佛事。"故而有前面的"如何明达通儒理"之说。可见夫妻二人生活默契，石夫人不仅勤俭低调，也习惯并尊重张之洞清简的生活方式，所以她对自己的后事也要求不要铺张。妻贤如此，

[①] 《后汉书》第三册，中华书局1965年版，第838页。

夫复何求。

  其三
  酒失常遭执友嗔，韬精岂效闭关人。
  今朝又共荆高醉，枕上何人谏伯伦。

  张之洞性嗜酒，朋友、妻子对此皆常加规劝，故悼念亡妻时，念及此事。"酒失"句出自《三国志·吴书·虞翻传》："翻性疏直，数有酒失。"① 三国虞翻因疏直性情和酒醉有失而使得自己前路坎坷，张之洞和他颇有相似。"伯伦"典出《晋书·刘伶传》："刘伶，字伯伦，……尝渴甚，求酒于其妻。妻捐酒毁器，涕泣谏曰：'君酒太过，非摄生之道，必宜断之。'"② 用魏晋名士刘伶太过好酒，而总被妻子劝谏之事来比拟亡妻石氏对自己也有同样的劝诫。

  其四
  龙具凄凄惯忍寒，筐中敝布剩衣单。
  留教儿女知家训，莫作遗簪故镜看。

  "龙具"，指牛衣，由麻或草编成，供牛保暖之用。见《汉书·王章传》："章疾病，无被，卧牛衣中。"颜师古注："牛衣，编乱麻为之，即今俗呼为龙具者。"③ 故可见张之洞家境当时并不宽裕。"遗簪"典出《韩诗外传》，记载说一日孔子出游，遇一妇人因失了簪子而哭声甚悲。孔子弟子劝慰她，妇人答曰："非伤亡簪也，吾所以悲者，盖不忘故也。"④ 后便以"遗簪"喻旧物或故情。温庭筠在《感旧陈情五十韵献淮南李仆射》中也有句云："折简能荣瘁，遗簪莫弃捐。"诗人这里委婉表达出睹物思人，但已物是人非的遗憾。

---

  ① 《三国志》第五册，中华书局1982年版，第1321页。
  ② 《晋书》第五册，中华书局1974年版，第1375、1376页。
  ③ 《汉书》第十册，中华书局1962年版，第3238页。
  ④ 韩婴撰，许维遹校释：《韩诗外传集释》，中华书局1980年版，第318页。

其五
空房冷落乐羊机，忤世年年悟昨非。
卿道房谋输杜断，佩腰何用觅弦韦。

"乐羊机"典出《后汉书·乐羊子妻传》，记载乐羊子外出寻师求学未成，一年而归，"妻乃引刀趋机而言曰：'此织生自蚕茧，成于机杼，一丝而累，以至于寸，累寸不已，遂成丈匹。今若断斯织也，则捐失成功，稽废时月。夫子积学，当日知其所亡，以就懿德。若中道而归，何异断斯织乎？'"。① 诗人以此表现出石氏对自己的敦促鞭策之谊。"佩弦韦"典出《韩非子》："西门豹之性急，故佩韦以自缓。董安于之性缓，故佩弦以自急。" 是说帮助他取长补短，自我警戒。诗人用这两个典故来展现石氏作为内助之贤，既勉励督促他，又劝谏约束他。可见石氏是良妻，亦是畏友。归庄有诗云"古风妻似友"（《兄子》），"友"是"五伦"中最平易亲切的，代表一种和谐的人际关系，而张之洞将石氏视为友，正表现出二人亲睦美好的夫妻关系。

从这几首悼亡诗中，我们可以看出，石氏不仅操持家事，让张之洞无后顾之忧，能一心求进，而且还能对张之洞的一些行为进行劝诫和砥砺，给予有益的建议。如此一位陪伴他一路风雨兼程、相濡以沫十年的贤内助，猝然离世，怎能叫张之洞不痛彻心扉。

另一组悼亡诗《咏叹》，共三首，系张之洞悼念他的最后一任妻子王氏所作。王氏是张之洞好友王懿荣之妹，二人的结合也是颇有缘分。当初张、王二人订交时，张之洞新娶第二任妻子唐夫人不久。唐夫人卒后的次年（1873），张之洞简放四川学政，王懿荣还写信关心过他续弦之事，张之洞回复道："弟续弦事并无暇议及，忙乱可知。"② 无巧不成书，光绪二年（1876），张之洞在马上要从四川学政

---

① 《后汉书》第10册，第2792、2793页。
② 《书札·与王廉生》，《张之洞全集》第十二册，第10123页。

任上任满返京时，遇到一位让他尚未谋面便已心生爱慕的女子，而这位女子，竟然正是王懿荣的妹妹。这最后一位夫人可娶得并不容易，据李详《药裹慵谈》载：

> 文襄督四川学时，按试龙安府，知府为王文敏懿荣之父，例为提调，供张一切。文襄见帐额画折枝，甚工，询之巡捕，对以尊府小姐所画。文襄时已丧偶，到省请吴仲宣制府为媒，王不允。后言之再四，始定聘焉，即王夫人。①

按李详所言，张之洞最初是被王氏所绘之折枝图吸引，然后才对作画之女子心仪。然此事据许同莘《张襄公年谱》考证，乃系传闻。许谓亲闻于懿荣之子汉章，王夫人并不习绘事，更未为人作画。但即便这幅画并非王夫人亲绘，却也应在两人的这段姻缘中充当了红娘之角色，也是一段佳话。王父最初并不同意这门婚事，一来其女当时正值妙龄②，而张之洞不仅已年届不惑，而且还曾两度丧偶；二来众所周知张之洞起居无节③，王父担心女儿婚后会辛苦。但最终还是被其"言之再四"的诚意打动，将女儿许配给了张之洞。胡钧《年谱》亦载此事：

> 公丧偶久，王文敏懿荣有妹才而贤，公与文敏素契合，及试龙安，文敏之父莲塘先生祖源方知府事，吴勤惠为之作伐，因定聘焉。④

这最后一段婚姻颇为美满，以平天下为目标，一心求事功的张之

---

① 李详：《药裹慵谈》卷四，江苏古籍出版社1989年版，第691页。
② 王夫人生于咸丰丁巳（1857），来归之年为光绪丙子（1876），故嫁给张之洞时才十九岁。
③ 又《汪辟疆文集》之《方湖日记幸存录》谓王父不允婚是因为张之洞"兴居无节"。
④ 胡钧：《年谱》，第45页。

第三章　张之洞的诗歌创作及其特点　93

洞在婚后甚至生发了抛开政务，偕美归隐之意，"成婚之三夕，出夋物文待诏书《渔家乐》长卷共赏，慨然有偕隐志"①。张之洞诗集中有一首《携家游江亭》，是除了悼亡诗外言及家眷的唯一一首诗：

> 看山宜伴不宜独，如得异书须共读。
> 家有良妻薄名利，拙不能诗亦不俗。
> 城南赁屋陋如巢，庭狭宇卑无草木。
> 共载始来荒陂下，已有清辉炯心目。
> 西廊虚敞列蛾眉，近苇远山等一绿。
> 所惜檐翼未深邃，晚照炙窗不可触。
> 北轩纳山兼纳风，又恨城阙多瓦屋。
> 朝坐西廊暮北轩，竟日游行意未足。
> 粗婢煮茶罗酒盏，山光映鬓青可掬。
> 馆职调驯十七载，野性仍难变麋鹿。
> 只合冀缺安耦耕，提携饁饭治场穀。
> 不然便学庞居士，对屋参禅断荤肉。
> 欲归无山亦无田，偕隐且卜香山麓。

诗中的"良妻"即王夫人。全诗笔调闲适，娓娓道来，饱含安然自得之趣，篇末道出诗人想要与妻子偕隐之志，足见夫妻二人相处甚融，感情甚笃。可惜好景不长，王夫人因难产，卒于光绪五年（1879）。第三次遭遇丧妻之痛，令他悲伤不已，作《永叹》诗三首。

其一
> 重我风期谅我刚，即论私我亦堂堂。
> 高车蜀使归来日，尚藉王家斗面香。

诗后自注："余还都后窘甚，生日萧然无办，夫人典一衣为

---

① 胡钧：《年谱》，第 45 页。

置酒。"

张之洞一生清廉，身无长物，四川学政任满返京时以至于"及去任，无钱治装，售所刻《万氏拾书经》板始成行"①。甚至还都后过生日，还要王夫人典衣置酒，故有"高车蜀使归来日，尚藉王家斗面香"之语。

其三
门第崔卢又盛年，馌耕负戴总欢然。
天生此子宜栖隐，偏夺高柔室内贤。

"崔卢"是魏晋至唐时山东两大望族大姓，于此借指王夫人出身名门。"负戴"典出刘向《列女传·楚接舆妻》："接舆躬耕以为食。楚王使使者持金百镒、车二驷，往聘迎之，……妻曰：'义士非礼不动，不为贫而易操，不为贱而改行。妾事先生，躬耕以为食，亲绩以为衣，食饱衣暖，据义而动，其乐亦自足矣。若受人重禄，乘人坚良，食人肥鲜，而将何以待之！'……'君使不从，非忠也；从之又违，非义也。不如去之。'夫负釜甑，妻戴纴器，变名易姓而远徙，莫知所之。"②后来便以"负戴"指夫妻一起安贫乐道，不慕富贵荣华。曾经想要偕隐之言犹在耳，而"高柔室内贤"已先逝。回忆起昔日的幸福，眼前的悲伤便愈发浓重。王氏之后，张之洞便再未续弦。

第二，怀亡友诗。

张之洞内心柔软之处，除了对亡妻的悼念，还有对故去友人的思怀。诗集中有如《挽同年吴子珍》《看法源寺松怀亡友陆广甫尔熙》《挽吴圭庵观礼》《彭刚直公挽诗》《拜宝竹坡墓二首》《拜寿伯符翰林富墓》《过张绳庵宅》等，便均为怀念故旧之作。其中如《过张绳庵宅》，系张之洞晚年在南京所作。

---

① 胡钧：《年谱》，第45页。
② 张涛：《列女传译注》，人民出版社2017年版，第97页。

第三章　张之洞的诗歌创作及其特点　95

其四
廿年奇气伏菰庐，虎豹当关气势粗。
知有卫公精爽在，可能示梦儆令狐。

绳庵即张佩纶，是张之洞于清流时结交的好友，中法之战中因指挥不利弃官逃遁而获谴，此后至死未得起用，当时论者认为乃翁同龢所阻，张之洞亦深恶翁氏，故诗开头有"廿年奇气伏菰庐，虎豹当关气势粗"句。"卫公""梦儆令狐"云云，乃用唐李德裕典，《南部新书》载唐"咸通中，令狐绹尝梦李德裕诉云：'吾获罪先朝，过亦非大，已得请于帝矣。子方持衡柄，诚为吾请，俾穷荒孤骨，得归葬洛阳，斯无恨矣。'他日令狐率同列上奏，懿皇允纳，卒获归葬"①。后二句用赞皇（李德裕）示梦事，以令狐比翁氏，以李德裕譬绳庵，绹属牛党，陷德裕于死地，而绳庵为慈禧所喜，翁氏则属帝党。身份、事件都极贴切，比拟极恰当。《畿辅先哲传·张佩纶传》记载说光绪二十一年，张佩纶携家居金陵，卜居青溪之西，闭门却扫，以著书自娱，二十九年卒。张佩纶是直隶丰润人，与张之洞算是同乡。丰润在津沽附近，故《过张绳庵宅》其一有"北望乡关海气昏"句。光绪三十年（1904），张之洞奉命赴江宁议事，绳庵时殁已一年，而尚未归葬，故用"梦儆令狐"，可谓隶事精切不移，且隐指执政皆其憾。②这一组诗，"皆不但寻常友朋凋谢之哀，而实深于气类之感者也"③。

又《拜宝竹坡墓二首》，其二：

子政忠言日月光，清贫独少作金方。
市楼一盏良乡酒，那得鱼头共此觞。

―――――――
① 钱易：《南部新书》，中华书局2002年版，第101页。
② 陈衍《石遗室诗话》有云："德裕既殁，见梦令狐绹曰：'公幸哀我，使得归葬。'绹语其子滈，滈曰：'执政皆其憾可乎？'既夕又梦，绹惧曰：'卫公精爽可畏，不言祸将及。白于帝，得以丧还。'其实幼樵卒时，叔平亦早已罢斥。广雅尚不能忘情，怨毒之于人甚矣哉。"《民国诗话丛编》第一册，第154页。
③ 胡先骕：《胡先骕文存》卷上《读张文襄广雅堂诗》，转引自庞坚《张之洞诗文集》，第503页。

诗后自注："君贫甚，官侍郎时，余尝凌晨访之，惟新熟良乡酒一瓶，与余对饮，更无鲑菜。咸齑一楪而已。"

"鱼头"云云，用鲁宗道事，典出《宋史·鲁宗道传》："枢密使曹利用恃权骄横，宗道屡于帝前折之。自贵戚用事者皆惮之，目为'鱼头参政'，因其姓，且言骨鲠如鱼头也。"① 以腌菜待客，以良乡酒入诗，清贫却不失雅趣，可见出当时二人淡如水的君子之交，一时传为旧京佳话。据陈衍云："公与竹坡先生交情甚笃，故情文兼至若此。"②

张之洞一生还致力于教育事业，极爱惜人才，尝言"人才维国势"，对于那些英年早逝的学生，张之洞也赋诗缅怀，痛惜之情一览无余。其诗集中有如，七古《四生哀》、七律《哭陈生作辅》、七绝《过芜湖吊袁沤簃四首》等均可堪讽咏。

三　记人咏史、咏物抒怀

中国文人自古有通过对历史人物、事件或者具体事物的论说，来抒发自己内心的现实感受和人生感慨的习惯，即所谓借古咏今。作为一代儒臣的张之洞，自然也有此习好，其诗集中便有不少记人咏史、咏物抒怀的作品。

第一，记人咏史诗。

张之洞借对历史、先贤及身边人物的咏叹，来寄寓自己的家国情怀，以简严之笔，抒深婉之情。诗中饱含了诗人忠君爱国的尊王攘夷意识和匡扶天下的积极进取精神。

张之洞诗集中的记人咏史诗有如：《五忠咏》《五北将歌》《汉武帝》《少年》《灶妪辞》《元稹》《读史四首》《读史绝句二十一首》《咏古诗十四首》等，其中《五忠咏》和《五北将歌》可谓诗史，乃属佳作。

---

① 《宋史》第 28 册，中华书局 1977 年版，第 9628 页。
② 陈衍：《石遗室诗话》，张寅彭《民国诗话丛编》第一册，第 157 页。

《五忠咏》组诗共五首,是张之洞早年所作,其中七律一首,五律四首。咸丰二年(1852),张之洞在京应顺天府乡试,中举人后于次年返乡省父。当时战事频仍,从河北到贵州,一边是太平军,一边是杨凤倡,兴义府就陷于当地农民起义军的围攻中。为了守卫城池,官兵死伤无数,张之洞的一些亲友也因此罹难。面对艰危战事,诗人有感于守城者的慷慨忠义,满怀忠君爱国热诚的张之洞挥笔写下《五忠咏》,讴歌以身殉国的友人。题下自注:"黔乱最久,死忠者不可胜数。此五人皆余知交,贵州僻远,湮没者众矣。"

张之洞所咏之五忠分别为:

石阡知府严谨叔和,浙江桐乡人。先大夫以署贵东道率师剿下游苗、教各匪,严为幕僚。后死石阡之难。

署都匀知府高廷瑛式如,江西东乡人。以进士知县募勇,自请隶先大夫军讨贼。

署贵西道巴图鲁于钟岳伯英,汉军于成龙之裔孙,殉难知县崇鏊之子。

思南府学训导张鸿远。

册亨州同云骑尉刘宝善,以御粤匪战没。其父官河南滑县老岸司巡检,首发李文成乱,死节。国史有传。[①]

张之洞用诗歌颂扬了这五人在艰苦卓绝的战事中不畏牺牲、英勇忠义、恪尽职守、以身殉国的献身精神。

石阡知府严谨叔和(其一)
溪峒飞鸢处,凄凉马援兵。樵苏艰一饱,秦越陇连营。
决胜宾僚智,扶衰骨肉情。如何箕尾促,不得话平生。

诗中"樵苏",指打柴割草,语出《三国志·魏书·王肃传》:

[①] 庞坚:《张之洞诗文集》,第12—14页,《五忠咏》各题下自注。其中"先大夫"即张之洞父张锳。

"前志有之,'千里馈粮,士有饥色,樵苏后爨,师不宿饱',此谓平涂之行军者也。"①借此表现出当时在条件极其艰苦,连肚子都填不饱的情况下,将士却还斗志昂扬,舍生忘死的大无畏精神。

署都匀知府高廷瑛式如(其二)

文采蜚科第,称师艾至堂。义师巡助远,儒吏伍从王。
肺附皆虞殡,同袍又国殇。城云丛坏气,祠俎并英光。

诗有自注:"艾,东乡名士,高为艾入室子弟。""儒吏伍从王",典出《明史》:"(伍文定)以才任治剧,调吉安。计平永丰及大茅山贼。已,佐巡抚王守仁平桶冈、横水,宸濠反,吉安士民争亡匿。文定斩亡者一人,众乃定。乃迎守仁入城。"②与伍文定一样,"文采蜚科第"的高式如也投笔从戎,随张锳奋勇杀敌。《虞殡》是送葬歌,见《左传》:"将战,公孙夏命其徒歌《虞殡》。"③《国殇》是悼念战死沙场的亡魂的挽歌。城陷后,张之洞的许多亲友都以身殉国,此处引用这两首古曲于情于事都极恰当贴切。诗末自注:"前任都匀府、署贵东道鹿壮节公丕宗夫妇自焚,署都匀府石均不屈遇害,皆余至戚。先后都匀府三任皆死难。"④《东华续录》对此事也有记载:"予贵州古州等处殉难总兵官桂林、布政使陶廷杰、知府鹿丕宗……同知石均……祭葬世职。"又《贵州善后局采访事实》载:"石均,滦州人,咸丰六年都匀城陷,巷战死。"

署贵西道巴图鲁于钟岳伯英(其三)

部曲从先子,艰难矢石中。论诗七子杰,破阵万夫雄。
缟素孤儿泪,丹青乃祖风。牂柯迟悔祸,不奏贵西功。

---

① 《三国志》第2册,中华书局1959年版,第414页。
② 《明史·伍文定传》卷200,中华书局1974年版,第5280页。
③ 杨伯峻:《春秋左传注》,《左传·哀公十一年》,中华书局1990年版,第1662页。
④ 鹿丕宗是张之洞姐夫鹿传霖之父,石均是张之洞妻石夫人之兄,故称"至戚"。

"部曲"，本是汉代军队编制单位，此指军队。"先子"，即先父，指张锳。颔联赞誉于伯英是诗才可胜七子，破敌能抵万夫的文武全才。"缟素"句自注："先以墨绖从先大夫军"，谓于伯英之父崇憬新已为国死。末联自注："战功最伟，贵西悍贼略尽，贼深恨之，战没后仅得归元。"张之洞还在《八旗文经序》里高度赞扬了于伯英："以之洞所知，近数十年来，如塔尔巴哈台参赞大臣、署伊犁将军锡纶，字子猷，守孤城，抗强敌，为数千里内蒙古喇嘛札萨克所归附，威行西域；署贵州贵西道□□□巴图鲁于钟岳字伯英，（于襄勤之裔孙、鳌图字沧来之曾孙、殉难普安知县崇璟字野渔之子）转战黔西，屡破苗教各匪，盖自韩果靖公后，贵州文员善战第一，贼几平而战没。此两人皆勇略绝人，又能文章，有奇气，此则祖宗家法兼资文武，育才毗治之明表也。"①

《五北将歌》是张之洞晚年之佳构。樊增祥曾说张之洞："六十以后，吏民相安，新政毕举，乃复以理咏自娱，而识益练，气益苍，力益厚，境地亦愈高愈深，以《五北将》诗与《四生哀》较，以《连珠》诗与《学署草木》诗较，划然如出两手。至光绪癸卯《朝天》以后诸作，则杜陵徙夔、坡仙渡海，有神无迹，纯任自然，技也神乎，叹观止矣。"② 从樊增祥这段文字中我们可以看出两点，其一，《五北将歌》应是写于光绪二十二年（1896）至光绪二十九年（1903），即张之洞六十岁至六十七岁之间这段时期。其二，《五北将歌》已属于"识益练，气益苍，力益厚，境地亦愈高愈深"的优秀作品。

《五北将歌》以古风写就，除第四首是五言外，其余四首均为七言。诗歌歌咏的是被称为"中兴诸将"的五位忠烈之臣：广州副都统乌兰泰、湖南提督塔忠武齐布、西安将军多忠武隆阿、科尔沁僧忠亲王、塔尔巴哈台参赞大臣署伊犁将军锡纶。

---

① 《张之洞全集》第十二册，第 10071 页。
② 樊增祥：《张文襄公全集诗跋》，庞坚《张之洞诗文集》，第 438 页。

塔尔巴哈参赞大臣署伊犁将军锡纶（其五）
匈奴象人射郅都，楚祭北门为黔夫。
敌国所恶我所宝，羊陆市诈将人愚。
迩来闽外盛材武，敢战内寇怯战虏。
何况罗刹逞睢盱，六国同声畏狼虎。
一自昆弥叛不朝，王庭十载沦天骄。
狡黠老渔伺便利，盗据瓯脱容逋逃。
豪杰陷贼能自拔，习惯沙场从结发。
贤父战死沙州城，桓靖美谥荣忠骨。
贤兄博学高名起，武达文通一门里。
国难家仇在西域，孤儿甘赴边城死。
绝远无如塔城孤，斗入斯科环杂胡。
藩篱外收哈萨克，犄角内结呼土图。
匈奴未灭家何有？闭壁不许通妻孥。
垦荒起疲变重镇，鄂博一步谁能踰？
西邻责言众积毁，热血未冷霜盈颅。
玉门望断敌人喜，刀笔纠擿纷纷起。
私交不责许田郑，市租独苛代郡李。
恩宽仅杀饰终仪，柳翣凄凉归万里。
二卵弃将古有之，长城顿坏今已矣。
鼓鼙声壮磬声悲，我皇听之思者谁？
屯田未熟征夫老，界上来争帕尔碑。

该诗称赞了镇守伊犁的锡子猷将军，他与阿尔泰山喇嘛呼克图相为犄角，多次成功抵抗了俄人对我国的入侵。他的英勇善战使俄国既惧且恨，故派使节多次要求清廷撤去此人。但他誓死不肯归，还避居别处，不与前去探望他的妻子见面，表示了他要誓死守卫边疆，抵抗俄人侵略的决心。郭则澐在《十朝诗乘》中也说："子猷之权镇伊犁也，俄患已迫。有阿尔泰山喇嘛棍噶札拉参曾，赐号'呼图克图'者，骁勇善战，……屡与俄边人战。子猷深与结纳，相为犄角。俄人

第三章　张之洞的诗歌创作及其特点　101

侵轶者，辄擒治之。以是为俄所忌，屡言于朝，求斥去之。遂叠墨吏议褫职，暂缓离任。妻子自都赴之，居以他所，不与相见，盖死边之志久已决矣。张文襄《五北将》诗咏锡将军。"① 诗的最后哀叹良将之殁，发出"鼓鼙声壮磬声悲，我皇听之思者谁？"的慨叹，表达了诗人对边事的深切关注和沉重忧思。张之洞与坚决维护国家统一和民族利益的锡子猷将军在情感上有共鸣，故而行诸笔端时，既有史法之简严，又自然融入深婉之情。胡先骕对《五北将歌》赞誉有加，尝言：

  而凡读《广雅堂诗》者，要不能不欣赏《五北将歌》，其人其诗之皆可传也。自民国建立以还，人咸羞言清季，而尤恶称满人，实则有清一代学术文物之盛，远迈元、明，上追唐、宋。文才武略，北人亦多杰出之士，随忆及者记之，如纳兰容若、倭艮峰、宝竹坡、盛伯熙、郑叔问、多尔衮、塔齐布、多隆阿、僧格林沁诸人，皆不得不谓为人杰也。……如此奇人，无佳诗以传之，诗史将失色矣。《广雅堂诗》本长于七古，今遇此好诗料，故写来备有声色，字里行间，金戈铁马，喑鸣叱咤之音，犹可辨也。如咏乌兰泰诗云："老黑据险气山涌，水窦孤军摇不动。黑夜出奇卷甲来，以少击多无旋踵。"咏塔齐布诗云："上游湘潭城，下游九江郡，行二千里无钝刃。兵势如龙贼如草，百船铁锁一宵尽。归营僵卧不知人，明朝蓐食仍陷阵。"咏僧郡王诗云："海东劲卒材昂藏，汉南蕃部性雄强。目瞋语难孰能驭，指挥赴敌如驱羊。射雕羽箭二斤重，诈马绳竿九尺长。正兵螺旋迭进退，奇兵鸟翼相舒张。不知何者为兵法，但见万马併作一马无能当。"写来活跃纸上，生气虎虎。"褒公鄂公毛发动"，艺事之精诚有如此者也。②

----

① 郭则沄：《十朝诗乘》，张寅彭《民国诗话丛编》第四册，第 678、679 页。
② 胡先骕：《胡先骕文存》卷上《读张文襄广雅堂诗》，转引自庞坚《张之洞诗文集》，第 499 页。

张之洞一直以先贤为学习榜样，每遇先贤故址，必往凭吊，赋诗缅怀，以托哀思。对于年久失修，衰败荒芜者，还下令重新修葺，如光绪十四年（1888），张之洞令潮州府修韩文公祠，又令雷琼道修治闳整苏东坡祠，并捐千金以为兴工之助①，光绪十五年（1889）又修曲江张文献公祠，等等。诗集中此类作品有如，七律《杜工部祠》、七古《登眉州三苏祠云屿楼》、七律《谒胡文忠公祠二首》、七律《石钟山拜水师昭忠祠并祠前阁坐芸苧堂》、七律《咏怀湖北古迹九首》中的《屈大夫祠》、七绝《游苏门山四首》中的《拜孙夏峰徵君祠》等，这些作品都有张之洞的身影在其中，以疆臣之姿感慨、怀古，也正是诗中有人。

第二，咏物抒怀诗。

张之洞诗集中的咏物诗也是颇值赏读的，咏物中深有寄托，言外更有意味，如王赓尝评之曰：

> 咏物诗最难有言外味，张广雅《武学西园》云："人称晚达树冬青，园树编排作翠屏。不耐矫揉真性在，故知洞壑胜园亭。"陈弢庵《失题》云："敢嫌池渌照氃氋，庭树亲莳看出檐。障得骄阳偏碍月，故知人事不能兼。"均能以神理胜者。又广雅晚营别业，地近西涯，修池种荷，尝有句云："池心收拾如船藕，莫放荷蕖作雨声。"寓意婉约，殆有触而发欤？然遗集不载，或一时口占之作也。②

又云：

> 大抵文人寄慨，每托诸咏史、咏物，广雅诗亦多此例。集中如《灶妪辞》云："贤妇三言甫入门，得人嗤处只缘新。如何灶下蓬头妪，不听登堂劝徙薪。"《食橄榄》云："回甘青子出艰

---

① 《致琼州朱道》，《张之洞全集》第七册，电牍一，第5314页。
② 王赓：《今传是楼诗话》，张寅彭《民国诗话丛编》第三册，第281页。

难，烂熟朱樱众喜欢。内热清凉空论定，几曾同荐赤瑛盘。"《兔丝》云："文杏夭桃斗一时，天涯芳草衬燕脂。兔丝亦厌风霜苦，谁伴青青涧底枝？"《非荆公诗》云："大妇鸣环治酒浆，弹筝小妇斗新装。为君辛苦成家计，冻折机丝不怨凉。"《元稹》云："贾谊多言绛灌伤，旧勋新近敢衡量。最怜轻薄元才子，操纵英雄绿野堂。"玩其词意，必非无病之呻。惜作者既未自笺，自亦无从索解。①

这些诗又可分为吟咏植物和器物两大类。张之洞有大量吟咏植物的诗作，如《哈密瓜三首》《济南行宫海棠》《湖南提学官署草木诗十二首》《戒坛松歌》《忆岭南草木诗十四首》《蜀葵花歌》《卧佛寺松》和《食橄榄》《兔丝》《武学西园》等，共描写并咏叹了三十余种植物。其中，中年所作之《戒坛松歌》，堪称万口传诵之精品：

策蹇寻山冒残暑，食宿招提已四五。
仙嶂灵湫那得逢，柱使人畜挥汗雨。
精庐雕饰为檀越，佛衣陊剥见黄土。
佛法一线在戒坛，叩门先听松声寒。
横广平台五十步，穆穆护法排苍官。
墨云倒垂逾万斛，压折白石回阑干。
潮音震荡纤蟊扫，气象已足肃群顽。
矫如神龙下听法，赫若天王司当关。
十松庄慢皆异态，各各凌霄斗苍黛。
一株偃蹇甘独舞，不与群松论向背。
此树问年臆可知，开皇下迄耶律代。
门内白足鸣鼓钟，年年传法欺愚蒙。
何人饱食携坐具，享此万壑清凉风。
风动树开见山趾，帝畿浩浩尽百里。

---

① 王赓：《今传是楼诗话》，张寅彭《民国诗话丛编》第三册，第 496 页。

长波如带萦坛来，历劫不枯桑乾水。
　　回望西山众精蓝，只如房蜂与穴蚁。
　　彼法开山信有人，善踞灵奇为栖止。
　　定知末法三千年，法终不灭松不死。

　　该诗是张之洞的七古佳作，开篇写诗人冒着残暑骑马寻山，尚未进寺，便听得松涛之声，凉意顿时随之而来。"墨云倒垂"云云，是诗人以笔为耳为目，调动感官，给读者描摹出浓绿群松形如墨云倒垂，阵阵松涛声如潮音震荡，笔法生动鲜活。接着诗人笔峰一转，由宏观变为微观，细述松树不同姿态，如以"神龙下听法"譬松之庄肃，以"天王司当关"喻松之威仪。十松之凌霄斗苍黛，与一松之偃蹇甘独舞，笔力劲健，写得形神兼具。诗人使用了对比映衬之手法，以松喻人，寓寄了自己倔强、刚正的个性。全诗读来清隽华妙，"风骨高秀，不假雕饰"①。

　　张之洞任湖北学政时的早期作品《湖北提学官署草木诗》和晚年所作之《忆岭南草木诗》，也是其五古中之佳构，读来言之有味，辞理并胜，学苏诗而得其神。两组诗都借吟咏植物来寄怀诗人的志向感慨，只是后作是诗人暮年作品，故更显沉稳、深刻。胡先骕尝论曰："虽不如东坡《和子由记园中草木诗》多见道语，然如咏桂句云：'侠侍如卯妙，缭枝悬幽馨。我谓似君子，大冬犹敷荣。'咏梧桐句云：'席尺染水碧，瓦沟引露珠。秋风渐萧惨，未觉植根孤。'咏兰句云：'楚泽多香草，一香为之祖。风露霭清晨，静贞出媚妩。'咏广益堂双松句云：'龙性生已具，森然蓄鳞爪。榉柳及杨梅，难较年大小。'亦有寄托之音，非寻常咏物之作可比也。"②

　　咏物诗正面描写最难，但张之洞诗集中《蜀葵花》的："娟若芙蓉斗秋霜，直如枲麻出蓬蒿。"《王楼营见杏花新柳是日济河微雨》

---

　　① 胡先骕：《胡先骕文存》卷上《读张文襄广雅堂诗》，转引自《张之洞诗文集》，第496页。
　　② 胡先骕：《胡先骕文存》卷上《读张文襄广雅堂诗》，转引自《张之洞诗文集》，第497页。

中的："枝袅鹅黄已蔽腰，蒂融绛蜡齐破蕊。"《济南行宫海棠》中的："柔条妍似初中酒，小尊稚如乍点唇。"《天宁寺紫藤花初开独游玩之》中的："缨珞菩萨低垂鬘，鳞甲蛟螭曲宛颈。密叶张幄已交蔓，细蕊编珠犹附梗。"《白云山玉兰》中的："白云塞幽谷，山半生木兰。斗大盛露囊，缥缈不可干。陋彼玉盘盂，群芳皆羞颜。"等等，皆正面描摹物态，直接而恰当地抒发感情，把所咏之物直观地呈于读者眼前。陈曾寿尝评张之洞的此类诗歌是"从正面写，切当不移，似易实难"[①]。

张之洞诗集中吟咏器物的诗歌，如有《铜鼓歌》《文山叠山二琴拓本》《送吴叟秋衣往四川为道士吴癖金石善刻印技在陈曼生赵次闲之间尝荷一担穷探名山访碑遇即拓之二首》《朝鲜滩隐画竹歌为董前辈文焕作》《黄忠端墨妙亭断碑砚歌为孙给事楫赋》《嘉州酒歌》《沈松樵赠琴泉寺唐经二纸》《采桑曲》等，而其中以《铜鼓歌》最为出彩。

《铜鼓歌》为七言古诗，虽是张之洞早期模仿苏轼《石鼓歌》之作，但写得洋洋洒洒，堪称佳妙：

> 咸丰四年黔始乱，播州首祸连群苗。
> 列郡扰攘自战守，盘江尺水生波涛。
> 府兵远出连城陷，合围呼啸姝徒骄。
> 纯皇天章久愈炳，义民岂惑狐鸱妖。
> 我先大夫慷慨仗忠信，青衿白屋皆同袍。
> 吴公祠下水清泚，百口併命甘一朝。
> 冲焚罟听贼计尽，凿门而出穷追钞。
> 民兵五千凭感激，疾如振箨覆其巢。
> 奢香系颈降道左，济火革面居前茅。
> 不见援师助空卷，那有馈饷分箪醪。
> 三城百寨并扫荡，箐谷黯黮湔腥臊。
> 收其积聚供馆榖，放其牛马还林皋。

---

① 陈曾寿：《读〈广雅堂诗〉随笔》，《东方杂志》第十五卷第四号，第126页。

俘其子女赦不杀，授之畲田使畊薅。
清酒一钟亦不饮，独取一物深于丁宁短于錾。
降夷稽首述故事，传自汉相安壮瑶。
呜呼汉相信神武，拜表讨贼先不毛。
岂不知秦川宛洛皆争地，未清堂奥难及郊。
堤官隗构四郡戴，攻心一语参军教。
范铜为鼓赐酋长，坎地宝护埋山坳。
岁时祀鬼乃敢击，芦笙巫唱纷嗷嘈。
不然战斗合徒众，花鬘赤脚奔相招。
一面足可直百牸，擅一为富擅十为酋豪。
鼓亡苗灭古记语，以威报虐将焉逃？
鬼方冀方远遥遥，致之重烦毡席包。
连弩铜牙虽罕觏，此物犹见天威万古悬云霄。
围径四尺修八寸，四耳无当约其腰。
文螭蟠挐朱鹭翯，细乳三百有二相周遭。
仿佛篆文不可辨，屡烦画肚终牙聱。
土花绀碧沁肌理，雷纹宛转环皋陶。
中心莹滑不留手，恰受二尺楢椎敲。
良辰会客风日美，水面考击鸣蒲牢。
如观溪峒跳明月，宰牛呷酒欢相邀。
忽然蛮风卷瘴雨，中有铁马声萧萧。
一击再击转激楚，战场万鬼皆啼嗥。
不用趣战用行酒，铜龙悲愤发长号。
国初诸老始赏咏，黄湄秋谷俱清超。
查氏书堂复继起，徒为玩物争抽毫。
我闻燕然既振旅，仲山宝鼎来归朝。
此诗述德因爱物，子孙永宝当不佻。
藏之宗祏无忘在莒事，亦知乃祖乃父于国宣勤劳。
剖符领郡三十载，不蓄长物甘萧条。
罗施石丑不足载此鼓，只如薏苡来南交。

圣人有道四夷服，何用大食日本歌金刀？

张之洞出生在官宦家庭，自幼接受的是传统儒家教育，具有强烈的尊王攘夷及忠君爱国意识，面对社会矛盾时，便会自然而坚定地站在统治者一边。这篇诗歌就是在此立场上写就的。全诗有叙有议，结构上剪裁得当。诗歌前部分讲述了咸丰四年黔地的苗民之乱，府兵远走不在，播州士绅便组织民团平乱的事。后一部分叙述了为庆大捷而铸铜鼓以记功之事，调动了多种艺术手法，对铜鼓进行了浓墨重彩的描绘。诗人不仅状其貌，形其声，还为铜鼓注入了生命，使其如人一般，具有喜怒哀乐的情感，更添魅力。诗末"圣人有道"云云，可谓是"曲终奏雅，显得堂堂正正，有浩然之气"。① 胡先骕尝评："《铜鼓歌》尤能得苏诗剽疾豪宕之气，……笔墨沉酣飞动，可上追韩、苏之《石鼓歌》。即在全集中，亦仅见之作。"② 前述《五忠咏》一诗，亦记黔地平乱事，可与《铜鼓歌》互为参看。

此外如五古《文山叠山二琴拓本》，以"白雁来江南，海潮伏不起"起兴，叙论结合，虽是诗人早年之作，但写得平直质实；七古《嘉州酒歌》，系张之洞中年之作，以"蜀江濯锦腻春水，薛涛井出桃花纸"领起全篇，笔下风调旖旎，气韵别具一格；《沈松樵赠琴泉寺唐经二纸》有叙有论，平易通达，笔触浑厚，结尾以"我自重我法，古今一蒋衡。谁存孔壁简？岂咎秦皇坑"把全诗引向更深入的思考。

四　赠别、唱和诗

在日常的交往中，不管是送别，还是集会、饮宴，赋诗都是文人间一种极为普遍的表情达意的手段，这是自先秦《诗经》时代就已经形成的一种交流方式。张之洞诗集中的赠别、唱和之作，也是颇堪玩味的。

---

① 庞坚：《张之洞诗文集·前言》，第 29 页。
② 胡先骕：《胡先骕文存》卷上《读张文襄广雅堂诗》，转引自《张之洞诗文集》，第 497 页。

在赠别诗中，张之洞将诚恳真挚之情，寄为诗语，表达了自己对即将起行的友人的不舍、鼓励、慰藉，以及赞赏和理解等诸多情愫，可谓是真情实感蕴于笔端。如五古《送冯竹儒焌光赴湖北入益阳胡抚部幕三首》有句云："湛思究理乱，扼腕规匡扶"，"所期肝胆亲，岂憾踪迹疎"，纵然是送别，但也是雄心壮志、豪情满怀；七绝《送吴叟秋衣往四川为道士吴癖金石善刻印技在陈曼生赵次闲之间尝荷一担穷探名山访碑遇即拓之二首》有句云："窈窕青城堪避世，知君不为学长生"，朋友间的默契与知心溢于纸面；七古《吹台行赠任邱边云航》有句云："饮我酒，为君歌，金梁水月吹酒波"，以豪情之笔写送别之愁；七绝《别陆给事眉生》句云："年年带甲满关河，燕市逢君对酒歌"，表现别离时，回忆往昔相交之欢愉；七古《送同年翁仲渊殿撰从尊甫药房先生》云："君今为亲行万里，一门孝弟生光辉。幸免清羸似叔宝，更祝白发颜常好"，表达了对友人的慰藉和良好祝愿；七律《同年李爽阶士垲将之官天台县令作诗留别意颇鞅鞅赋此宽之》有句云："劝君勿羡牛马走，仙乡作令亦不恶"，宽慰朋友的鞅鞅离意；七古《送陈一山乔森落地还乡》有句云："中年折节读诗书，文章灵怪人不识。时人不识且归休，丈夫有志当封侯。不然穷居计亦得，蓬累著述争千秋"，赞誉了朋友的才华，以鼓励来抚慰其情绪；五律《送同年杨绍卿由户部主事呈请改官开化县令》有句云："悬知诗笔好，题遍浙江西"，盛赞友人之诗才；七古《滁山书堂歌送吴仲宣尚书东归将寓滁州》有句云："譬如病后须淖糜，公以宽大苏创痍"，"春水方生公去时，万民恋母士恋师"，高度赞誉了吴仲宣之功绩；《送莫子偲游赵州赴陈刺史钟祥之招》有句云："臣朔履破不足道，君亦如此堪卢胡"，"早年高名动帝都，西南郑莫称两儒"，由衷地赞美老师莫子偲的雄才；《送研樵前辈之官鞏秦阶道》有句云："安边囊底策，儒者岂无方"，"吟咏兼书简，无忘付置邮"，大丈夫式雄壮大气的送别诗句间，不经意流露出对友人的挂念；《胡祠北楼送杨舍人还都》有句云："凄清喜有寥天雁，且破愁颜北向听"，分别愁绪中却见慷慨大气；老年后的张之洞，送别诗如七律《送沈乙盦上节赴欧美两洲二首》有句云："平原宾从儒流少，今日天骄识凤麟"，七律《送梁节庵之官襄阳道》有"谤书那得湮公道，远谪终然念至尊"之句，则更显沉着稳健，颇具大家风范。

张之洞盛年时居官京曹，得与赴京的诗坛名家王闿运相见，后来王氏离京返乡时，张之洞以《送王壬秋归湘潭》一诗相送。愚公尝评曰："此诗笔调音韵均似唐人，冒鹤亭（广生）先生谓南皮学东坡，读此可知广雅所学似不限于眉山也。"①诗中有句云："东宫绝艳徐陵体，江左哀思庾信文。笔毫费尽珊瑚架，墨瀋书残白练裙"，"作赋雕虫悔误身，横刀负羽耻依人。河北军中呵太守，征西座上笑参军"，"词客吊奇偶经过，野望苍梧涕泪多。不信禳灾凭属玉，竟符妖谶陷铜驼。沈炯登台空拜表，梁鸿过阙独哀歌"。全诗以"庾信""白练裙""雕虫""横刀负羽""属玉""铜驼""梁鸿"等诸多典故来铺叙其事，脱胎于长庆体，颇具唐格。通篇又多用律句，穿插以对偶，显其才大学瞻。

张之洞在公余参加宴集聚饮时，与师长友朋交往时，也会借诗传情达意，如其诗集中的一些唱和之作，便是此种产物。如早期作品中的五律《奉和房师舍人范鹤生先生鸣龢榜后见示之作》云："十八瀛洲选，惟公荐士诚。不才晚闻道，因困转成名。已赋从军去，重偕上计行。天知陶铸苦，更遣作门生。""心衔甄拔意，不唱感恩多。"同治元年壬戌会试，张之洞卷在范鸣龢房，范极欣赏，惜乎荐而未中。②翌年癸亥，极为巧合的是，范鸣龢又得张之洞卷，此次终获隽。范鸣龢喜极而赋诗《上年会试分校得南皮张香涛之洞卷荐上以溢额误落深用怅悒今岁复与校事填榜得香涛名仍出余房众称异比出闱王少鹤奉常贻书有此乐何止得仙之语属为诗纪之率成四律谂诸同人末章藉答奉常兼示张子时同治二年初夏望日》，有"适来已自惊非分，再到居然为此人。歧路剧愁前度误，好花翻放隔年春"等句。时年二十七岁的张之洞在和诗中抒发了自己的科场感慨

---

① 龙本《广雅堂诗》，庞坚《张之洞诗文集》，第 528 页。
② 据《翁同龢日记》云："见范鹤生处一卷，二场沈博绝丽，三场繁征博引，其文真史汉之遗，余决为张香涛。卷在郑小山处，竟未获隽，令人扼腕。鹤生为之竟夕永叹，欲以本房他卷往易，为监临所阻。"

和对房师诚挚的感激之情。张之洞盛年在京师与名流交游时所作之五古《和潘伯寅消夏六咏》分别用"拓铭""读碑""品泉""论印""还砚""检书"命题，诗虽平平无奇，但却显示出诗人深厚的学养和广泛的兴趣爱好；又五律《和王壬秋五月一日龙树寺集诗一首》句云："高文如清风，俯仰成寄托。太息金门下，扬雄独寂寞"，极赞王闿运之文学诗才。中年之作如五古《谢周伯晋翰林惠黄州鸡毛笔》有句云："墨采常有余，曼缓藏坚韧"，"芥羽杀余怒，草翘含朝润"，描写细微、形象，"万物无刚柔，善役随所运"，并有心得感想；七古《谢易实甫饷庐山茶蕨》有句云："恨不追随二林老，清斋素榻常周旋"，七绝《谢易实甫再惠庐山三峡泉》有句云："不如长结宗雷侣，竟日棲贤涧上听"，都展现出诗人急于仕宦之外，内心也有向往山林的隐逸情怀。晚年所作如七律《中秋夜登大军山和易实甫》有句云："安睡舟鱼皆自乐，登高宾佐尽能诗。凭临军垒我思古，除却徐胡更有谁"，七律《六十九岁生日柯逊庵中丞赋诗为寿惭惶感叹奉答二首》有句云："不辞霜鬓与灰心，庙略坚强挽陆沉。雄峻直辕通日月，困穷筚路启山林。醯鸡久笑江神劣，精卫安知海水深。方悟离乡壮鸟老，劳歌已作楚人吟"，俱是风格语调沉稳、通达，用典化用无迹，气韵慨而慷。

此外，集中之赠答诗如早年所作之七律《余在京师三兄在武昌以诗寄奉》、七古《卯金子行赠姐夫刘泊洵》，中年所作之七律《希腊世子》、七律《俄国太子来游汉口飨燕晴川阁索诗索书即席奉赠》，晚年所作之七古《过芜湖赠袁兵备昶》、七律《赠日本长冈护美三首》、七律《再赠樊山仍用咸韵》、七古《魏督部光焘招集适园赋赠胡彦孙粮储》等，亦有佳构妙句流传。

五 题画诗

题画诗是文学与绘画的美妙结合，诗、书、画相互映发，极具美感，或抒情，或论艺术见地，或咏叹画面技法、意境，是文人雅士之间交流情感最常见的方式之一，颇具风雅。张之洞达官名士一身兼，诗集中自然少不了此类诗歌。

其诗集中题画诗有如：《游法源寺题虚心图》《题李莼客慈铭湖山高卧图》《题朱麋君舍人鉴成焦山酣睡图》《题许海秋起居宗衡母孙太恭人山水画卷先为盗窃后又从厂市买得》《潘侍郎藤阴书屋堪书图歌图为无锡秦谊亭作》《潘少司农嗜郑学名其读书之室曰郑庵属张掖张君据高密汉人石刻画像摸写为图以同治十一年七月五日康成生日置酒展拜会者十一人因题小诗》《题彭侍郎画梅》《题董研樵玉泉院听泉图》《题潘伯寅侍郎极乐寺看花图卷》《题常熟曾退庵山庄二图为圣与刑部作》《门人诸孝廉可宝为余画楚游十三图今失去更求画手补之各题一诗》《题瞿赠公鲁青先生自济图》《题瞿太母汤太夫人分灯课子图》《王庐贤母秋灯课诗图六首》《题周东邨画隐居图》《题翁文端公药洲访石图图作夫妇凭栏寻访状》《题董研樵太华冲雪图》《题李次星蓝笔画梅》《书扇》等。

这些诗主要集中在诗集的第二卷和第四卷中，其作时大概在张之洞出任封疆大吏前和两广总督后，其中以古体居多。

张之洞题画诗中也有个别抒情之作，如《题许海秋起居宗衡母孙太恭人山水画卷先为盗窃后又从厂市买得》其四："梦断杯棬泪暗倾，双琴空用锦囊盛。儿嬉仿佛前生事，那记抛帘理柱声。"由他人母亲失而复得之画卷，而想起自己亡母遗物，进一步忆物思人，暗自神伤，意在画外。《王庐贤母秋灯课诗图六首》其五："梦随宝墨落江湖，孝至神通信不诬。何异寿昌重见母，岂惟合浦得还珠。"诗中用了"寿昌重见母"和"合浦得还珠"两个重得失物的典故来表达诗人对亡母深切的思念。这两首诗都是因他人的母亲而让他回忆起自己早逝的母亲，悲从中来，不可断绝。

《题彭侍郎画梅》以七古写就，风骨高秀，不假雕饰，诗中对画者与所画之物的气质、绘画技法、画面都有涉及。有句云："此花倔强如此老，老将画笔龙夭矫。晕墨偶用华光法，放笔羞摹仲圭稿。但见岭头月挂树，不知世上霜杀草。"其中有梅圣俞"老树着花无丑枝"之句法。"晕墨""华光法"等，是说此画所用绘画之技法。

集中之《题李莼客慈铭湖山高卧图》，即李慈铭在日记中所提到的"得香涛书，为予题《湖塘村居图》长歌一首。"并评之曰："其情文婉转，音节啴舒。上可追香山、放翁，下不失梅村、初白，一时之秀出也。"① 诗中对人物、景致的叙写由画内延伸至画外，且对画的所有者亦有称赏，又从中引申出对画主人的勉励，可谓是富有张氏特点的一篇佳作。李氏对此诗赞誉有加，而且其日记中录此全诗，足见李慈铭的欣赏之情不假。

庞坚尝点评张之洞的此类诗歌："古体数篇，或以'水甘能酿千日酒，山深可著高人楼'来展现'越缦先生逋峭人，卜居踏遍山阴道'（《题李莼客湖山高卧图》）的隐逸情怀；或从'三韩画竹用中法，因知诗亦同机括'来称道'君诗清瘦如孟郊，正如孤箭坻琼甲'（《朝鲜滩隐画竹歌……》）的苍古诗风；或借'此图事韵画亦好，如见斜簪王仲宝'来揭橥'良庖炊饭先择米，读书先从校勘始'（《潘侍郎藤阴书屋堪书图歌……》）的治学要义；或凭'忽撑冷眼看冷画，怒蕊贴干交柯稀'来感慨'独持幽艳媚空谷，石肠玉貌无人怜'（《题彭侍郎画梅》）的孤高品格……皆格高意远，气韵生动，远非无病呻吟之凡笔所能到。而几首近体七绝，则又清隽流利，有一唱三叹之妙。"② 可见张之洞题画诗极少囿于画卷，多意在画外，从抒情达意到治学之方，从作画技法到人物品评，内容较为广泛。诗歌生动真实，通达平易，也正是深具张氏面目之题画诗。

六 《连珠诗》

《连珠诗》组诗是张之洞在湖广总督任上所作。当时的张之洞已入耳顺之年，经历过人生的风雨沉浮，已具备相当丰富的阅历，也取得了不少的成就。故而不论是在年龄、心理，还是在仕途上，都到了一个成熟稳健的时期，在处世、为政、治学等方面都积累了不少的经验和心得，加之他一生读书不辍，文化素养更加深厚。这一切，都为他创作以逻辑与说理见长的《连珠诗》准备好了必要的条件。

诗题下自注："陆士衡创为《演连珠》，后世多效之，庾子山并

---

① 《越缦堂日记》，同治十一年五月二十八日日记。
② 庞坚：《张之洞诗文集·前言》，第30、31页。

第三章　张之洞的诗歌创作及其特点　113

用韵，然骈终不能尽意，今以其体为诗，务在辞达而已。"①《演连珠》脉络分明，逻辑清晰，主要运用譬喻类推的手法来阐明道理。自注中所言之陆机《演连珠》主要讲治国之道，用人之法。此外还谈及认识事物之途、处理事情之道，以及社会现象和人的性情。内容虽不局限于政治，但仍可看作是向君王贡献意见，希望能帮助君主治理国家，这是继承了诸子书论为政与论君主修养相结合的传统。②《演连珠》一开始就着意于能有效地向君主建言，所以要既能充分体现诗人的思想、主张，又能言之有味，具有感染力，这就需要诗人具备深厚的文化造诣和写作功力。袁昶对《连珠诗》颇为看重，最初刻行张之洞的《广雅碎金》时，特地把《连珠诗》拔至卷首，并在附录中对每一首都做了简评，并尝言："吾师《连珠诗》为古诗体，作三十三首，汰繁富为简炼，言有宗主，喻有指归，诗境从《春秋》义指出，故文简而意趣甚深。夫拯溺由乎道情，戡暴资乎神理，引谊博喻，比物属词，此即道情神理之所寓。又集中论历代建都得失一首，凡此义类，乃古今极有关系文字，足以扶树世教，振醒聋瞽。"③

　　胡先骕对《连珠诗》也赞誉有加，尝言："至如《连珠诗》，则公一生读史历世之所得，咸萃于此，阮公之《咏怀》、太白之《古风》，命意略同，而理致或尚有逊。英儒培根曾有言云：'有种书籍仅须涉猎者，有种书籍则须咀嚼而消化之者。'《连珠诗》则须咀嚼消化之作。观今日人心之反复，则读至'菟集枯则背，饥鹜饱则飏。其始受操纵，其终不可量。无事犹依违，缓急终相戕。'能不首肯于'士苟不诚笃，虽才终不祥'之句乎？观夫躁进热中者之颠踬，则读至'由基雀失目，滑叔柳生臂。极讷该万辩，无争处常贵。防患不可胜，不如味无味'，然勿懔于'隐祸由忽萌，高才以矜累'之警语乎？诸诗所举者，初无新意，初无创例。言为群经之意，事为群史之事。贯串之，剪裁之，既具至理，复为佳诗。不为学究之迂腐，亦异

---

① 《连珠诗序》，庞坚《张之洞诗文集》，第106页。
② 此说参考杨明《读陆机的〈演连珠〉》，《中华文史论丛》2008年第2期。
③ 袁昶：《广雅碎金书后》，庞坚《张之洞诗文集》，第426页。

才士之浮词。公诗云：'能漱六艺润，起始八代衰''吾闻《南华经》，风积必待培'殆自谓也。"①

张之洞作《连珠诗》时说他的目标是"务在辞达而已"，而他提倡的又是平实通达的诗歌风尚，故其诗中语言质实平易，明白晓畅；韵律上采用的是两句一押韵，一韵到底，极具节奏感，读来朗朗上口，铿锵有力；结构上都是以一句谚语领起全诗，然后借铺排典实说理，最后以"吾闻"摆出作者观点。从中不难看出，重臣学者一身兼的张之洞是想要利用诗歌来规诫、劝导世人，达到教化人心，帮扶政教的目的。诗歌内容涉及从政之道，治学之方，处事之则，修身之径，为文之法，以先贤为榜样，正反对比，规以大道。下面分而述之。

其一，从政之道：

其一

朝菌不知晦朔，蟪蛄不知春秋。知远心多危，知近心多偷。
微生只须臾，苟乐且嬉游。所甘草头露，所便丛棘幽。
霜寒即扫迹，潦至亦随流。宇宙固不问，谋身且不周。
贤惜没世名，圣为百世谋。宣尼日栖皇，公旦思绸缪。
天高可倚杵，海深或断流。阳乌畏仰射，六鳌防垂钩。
吾闻尧与舜，日为天下忧。

袁昶评曰："此章切戒处高位者，无事时盤乐怠敖，必至于酿乱。故明君良相常制治于未乱，曙戒于几先。"②

诗人以"朝菌不知晦朔，蟪蛄不知春秋"兴起全诗，寓意小人目光短浅，不解大道。又指出"心多偷"之人认为人生苦短，应及时行乐，但他们却不知富贵只如草叶子上的露水般短暂易逝，安逸像荆

---

① 胡先骕：《胡先骕文存》卷上《读张文襄广雅堂诗》，转引自《张之洞诗文集》，第498、499页。

② 庞坚：《张之洞诗文集》，第530页。

棘一样给人带来危险，这正是对"生于忧患，死于安乐"的人生警语的诗化表达。这些人谋身尚且不周，就更不会关心大事了。与"心多偷"之人相反的是"心多危"的圣贤，先贤圣哲谋及百世，兼济天下，比如孔子终日栖栖，周公事前多思量。其实，此诗不仅如袁昶所说是"戒处高位者"，亦是劝诫世人应该以先贤为榜样，积极面对人生，发挥自己的作用。

其二，治学方法：

> 其八
> 百山学山不至于山，百川学海乃至于海。
> 安坐终无成，精进效可待。
> 十驾驽及骐，一心蟥胜蟹。
> 尹需受秋驾，梦魂通真宰。
> 吕蒙一武夫，三日面目改。
> 从来半涂废，皆坐不知悔。
> 望道登天难，得道瓦砾在。
> 吾闻卫武公，好学耄不懈。

袁昶评曰："此章言好学惜日，进德不懈，可以补拙愈愚。"[①]

诗人于首句点出治学之道在于"百川学海"式的兼容并蓄。在求学之路上，只有做到了"精进"，才能有朝一日学有所成，否则将空白少年头。"十驾"云云，以荀况《劝学》中之"驽马十驾，功在不舍"来证锲而不舍、持之以恒对于成功的重要性。"尹需受秋驾"典出《淮南子·道应训》："尹需学御，三年而无得焉。私自苦痛，常寝想之。中夜，梦受秋驾于师"，讲用功之勤，用心之深，而思之终日，夜又入梦。又以东汉名将吕蒙发奋勤学之事，表明只要有决心，便可成功。诗人用诗中所列举之事例教导世人，学贵有恒，最忌半途而废。最后以年高而不倨傲，仍然谦恭好学的卫武公事，说明人应该

---

① 庞坚：《张之洞诗文集》，第531页。

活到老学到老。

其十一

> 户枢不蠹，流水不腐。酖毒生宴安，善心出劳苦。
> 黄道日不息，何况含生伍。舆辇致蹙痿，导引成轻举。
> 偷士非可雕，惰农岂得黍。玉错光乃发，剑厉芒始吐。
> 敌缓兵必钝，工暇器必楛。绵绵存本元，新故相吞吐。
> 吾闻周公旦，无逸戒圣主。

袁昶评曰："此章言修学在勤，惜分阴，抱绵绵之志，以驯入圣处。"①

此章谓凡事必以勤为本。诗人以《吕氏春秋·尽数》句"户枢不蠹，流水不腐"领起全篇，寓意了勤于行动对人生发展的重要性。"善心出劳苦"语出《国语·鲁语》："夫民劳则思，思则善心生。"是说宴乐会让人心生毒害，只有劳苦才会教人生发善心。"舆辇"云云，是说一个人如果沉湎于舒适安逸，不求上进，就会变得软弱无能，这与孟子"生与忧患，死于安乐"之说相呼应。紧接着，诗人再以惰农不会有收成为喻，指出贪图安逸之人终难成大器。"绵绵存本元，新故相吞吐"一句本于孔子之"温故而知新"，主张勤于砥砺，从故中便可出新。通篇阐述人应当勤勉行事，不断努力雕琢自己，最后以周公告诫成王不要耽于安逸收尾。张之洞年幼求学时，"读书非获解不辍，篝灯思索，每至夜分。倦则伏案而睡，既醒复思，必得解乃已"②；入仕为官时，任事之勤，令人叹服，他夙夜在公，少有喘息，甚至除夕日尚在官署办事。张之洞本人的一生，便是勤勉于事的最好诠释。该诗之意义不仅在于如袁昶所说之修学应当勤勉，对于为人行事实也都有指导意义。

---

① 庞坚：《张之洞诗文集》，第531页。
② 胡钧：《年谱》，第9页。

第三章　张之洞的诗歌创作及其特点　117

其三，处事原则：

<blockquote>

其十八

舌以柔而存，齿以刚而亡。健顺贵兼济，祸福岂有常。
牛缺撄盗患，单豹催虎戕。井弱汲易竭，玉坚烧益光。
精金能屈伸，百炼仍无伤。君子有卷舒，帝王有弛张。
南越绥以柔，匈奴克以刚。李煜驯而灭，仲谋抗而王。
度德为进退，相时为行藏。洪范陈皇极，极以中为纲。
　　吾闻孙思邈，智行兼圆方。

</blockquote>

袁昶评曰："此章言刚柔张弛，高下在心。惟有远略者乃能神明其用。善持重者素行严重迂谨，不敢毁方。瓦合积累，素修既久，廉正之名已立。一旦以智术应事，会乃不为千人所指谪，亦其次也。"[①]

诗人在开头以"舌以柔而存，齿以刚而亡"点出本诗主旨，即为人处世，应当有圆有方，其后再以理铺陈。"牛缺撄盗患"典出《淮南子·人间训》："秦牛缺径于山中而遇盗，夺之车马，解其橐笥，拖其衣被。盗还反顾之，无惧色忧志，欢然有以自得也。盗遂问之曰：'吾夺子财货，劫子以刀，而志不动，何也？'秦牛缺曰：'车马所以载身也，衣服所以掩形也，圣人不以所养害其养。'盗相视而笑曰：'夫不以欲伤生，不以利累形者，世之圣人也。以此而见王者，必且以我为事也。'还反杀之。此能以知知矣，而未能以知不知也；能勇于敢，而未能勇于不敢也。"[②] 秦牛缺能显示自己的聪明和勇敢，却不能隐藏其聪明与勇气，终遭杀身之祸，是说人在生活中应当懂得根据不同的环境来随机应变。"单豹催虎戕"语出《庄子·达生篇》："鲁有单豹者，岩居而水饮，不与民共利，行年七十而犹有婴儿之色。不幸遇饿虎，饿虎杀而食之。"[③] 单豹只重修养内在，最后却被老虎

---

① 庞坚：《张之洞诗文集》，第 531 页。
② 《淮南子集释》下，中华书局 1998 年版，第 1287、1288 页。
③ 《庄子集释》，中华书局 2004 年版，第 646 页。

吃了,是说一个人如果不知随势调整,适宜于世,只会落得悲剧收场。这两个典故都是为了表达诗人认为世事多变化,物情有各,行为方式也应各顺其性的观点。"度德为进退,相时为行藏"一句表达出诗人认为处世要把握好进退分寸,行藏时机,讲求一个"度"。最后诗人抛出观点,即立身处世,应如孙思邈一般,"智行兼圆方",此句语出《新唐书·孙思邈传》:"仁者静,地之象,故欲方。……智者动,天之象,故欲圆。"① 综观张之洞的一生,"中庸"二字实为其立身行事之准则,立而能权,守而能变,变而有度,故而他能在风雨沉浮的官场稳中得胜。而梁启超对其"巧宦"之讥,其实也正是张之洞实践其行为处事准则的成果。

其四,修身途径:

其二十
天不以人之恶寒而辍其冬,地不以人之恶险而辍其广。
剥穷上反下,夬决消必长。敬慎终不败,心亨利攸往。
凤辉翔千仞,虞人徒张网。郭为太学宗,朱冠庆元党。
匆匆一时事,岳岳千载想。下流岂可居,危行吾所仰。
吾闻子舆氏,寻直羞尺枉。

袁昶评曰:"此章言风节宜素修,不可一豪拘人以至丧己。"②

诗中"《剥》穷"一句出自《周易·序卦》:"《剥》,穷上反下,故受之以《复》。"是说人生并非一成不变,好与坏是会相互转化的。"夬决"句出《周易·杂卦》:"《夬》,决也。刚决柔也;君子道长,小人道忧也。"是说最终君子的路会越走越宽,而小人恰恰相反。"敬慎"句出《周易·上经·需》:"《象》曰:'需于泥,灾在外也。自我致寇,敬慎不败也。'"是说有敌人来攻击你,是你自己内部出了问题,才会引来祸患,所以若不想失败,就必须敬慎处理。"心

---

① 《新唐书》第18册,中华书局1975年版,第5597页。
② 庞坚:《张之洞诗文集》,第532页。

亨"句出《周易·下经》："《巽》。小亨。利有攸往，利见大人。"是说有利于见到贵人。"匈匈"句语出《汉书·东方朔传》："君子不为小人之匈匈而易其行。"是说品行高尚的君子不会因小人之一时凶凶而改变其操行。"下流岂可居，危行吾所仰"一句说天道有常，即使在逆境中也要坚持修身洁行。张之洞一生心术大中至正，即便弥留之际也不忘告诫子孙要切记"勿负国恩，勿堕家学，勿争财产，勿入下流，必明君子小人义利之辨"①，还告诫他们"君子终日乾乾，夕惕若，厉无咎"，说一个人只要品行高尚，即无大忧，若能"凤辉翔千仞"则"虞人徒张网"，终无咎也。

其五，作文之道：

其二十三

薰以香自烧，膏以明自销。徒供人世悦，坐令天年雕。
亦如文章士，苦心自抽缫。究竟归幻灭，何补人一毫。
造幽和已滑，极绚精必摇。人赏等玩物，不尝如风飘。
老聃薄虚车，扬雄悔刻雕。空怜投溷贺，复笑秋虫郊。
惟有德功言，光景悬云霄。吾闻韩昌黎，载道规唐尧。

袁昶评曰："词章之士，枝叶繁多，根本欠缺，且性常浮躁而不能静，故华实不能相兼。"②

此章表达了张之洞反对专事雕绘，以诗文自娱的文学风气，倡导明白晓畅的创作风格："老聃薄虚车，扬雄悔刻雕。"同时，他还反对浮华、空洞文风的文学观，主张文以载道、经世致用的传统儒家文学思想："惟有德功言，光景悬云霄。吾闻韩昌黎，载道规唐尧。"这些与张之洞一贯的文学主张是一致的。

总而言之，《连珠诗》富含哲思，长于说理，行文通达，用典贴切，咀嚼有味。内容涉及人生诸多方面，颇有指导意义。许多篇章其实不仅

---

① 胡钧：《年谱》，第285页。
② 庞坚：《张之洞诗文集》，第532页。

只说一意，或单独的一个方面，而是互有交错，均可借鉴，如讲勤学者，亦可作为行事立身之导向。若能依其行世，则定获益匪浅。就其艺术性而言，张之洞诗"心思密致，言不苟出。用字必质实，勿纤巧；造语必浑重，勿吊诡；写言不虚造，叙事无滥辞；用典必精切，不泛引，不斗凑；主意必己出，勿袭故，毋阿世；要旨真性情，称心而出。"[①]故而有不少诗篇可堪讽吟，颇受时人好评，在当时诗坛亦称一派。

第二节　张之洞诗歌的特色

张之洞是"以诗歌领袖群英"，"别开雍容缓雅之格局"[②]的"晚清名臣能诗者"，是当时之风雅领袖，不但有着极具个人特色的诗歌主张和创作标准，而且能成功用诸于自己的诗歌创作实践，所以其诗颇具张氏风格，总的来说体现在以下几个方面。

一　用典精切

用典精切是张之洞诗歌的一大特点，且多获赞誉。用典是诗词创作中常用的一种方法，钟嵘《诗品》称之为"用事"，刘勰《文心雕龙》称其为"事类"，并云"事类者，盖文章之外，据事以类义，援古以证今者也"[③]。典用得精准，能使诗歌具有广阔的联想空间，丰富诗歌的内涵，扩大诗歌的外延，并使读者从中联想到与之相关的史实等信息，从而能更深刻、全面地理解诗作。在诗歌创作中使事用典，讲究灵活变化，不仅要能出己意，还要做到典与诗和谐统一，贴切精当，如盐入水，浑然无迹。《西清诗话》有云："作诗用事，要如释语。水中着盐，饮水乃知盐味。"王安石曾云："诗家病使事太多，盖皆取其与题合者类之，如此乃是编事，虽工何益？若能自出己

---

① 张秉铎：《张之洞评传》，台湾中华书局1972年版，第239页。
② 胡先骕：《胡先骕文存》卷上《读张文襄广雅堂诗》，转引自《张之洞诗文集》，第505页。
③ 《文心雕龙》，丛书集成初编本1985年版，第2624册，第52页。

第三章　张之洞的诗歌创作及其特点

意，借事以相发明，情态毕出，则用事虽多，亦何所妨？"① 张之洞诗学长庆，白诗喜用典以铺叙其事，张之洞亦如此。张氏才大学瞻，腹笥极丰，故而虽多用典实，但未成梅村之续，也不受门户所限，终成为了用典名家。《续修四库全书提要·广雅堂诗集》载："古今诗家用事切当者，前推东坡，后有亭林，……其用事之精切，足以方驾坡公、亭林，非近世诗家所能及也。"② 论诗者对张之洞诗歌中隶事精切这一特点颇为关注，多有点评。第一个以"用典精切"作为张之洞诗歌特色来论述的陈衍曾说：

> （香涛）相国生平文字以奏议及古今体诗为第一。古体诗才力雄富，今体诗士马精妍，以发挥其名论特识。在南北宋诸大老中，兼有安阳、庐陵、眉山、半山、简斋、止斋、石湖之胜。古今诗家用事切当者，前推东坡，后有亭林，公诗如《焦山观宝竹坡侍郎留带》云："我有倾河注海泪，顽山无语送寒流。"用放翁《祭朱子文》语。《悲怀》云："霜筠雪竹钟山老，洒涕空吟一日归。"用荆公悼亡诗语。《挽彭刚直公》云："天降江神尊，气吞海若倍。"用清河公事及东坡咏钱武肃事。《发金陵至牛渚》云："东来温峤曾无效，西上陶桓抑可知。"《赠日本长冈子爵》云："尔雅东方号太平。"又"齐国多艰感晏婴"云云，又《八旗馆露台登高》《秋日同宾客登黄鹄山曾胡祠望远》诸诗，用事精切，皆可以方驾坡公、亭林。③

在诸多对张之洞诗歌这一特点的评论中，又属陈曾寿的说法较有代表性：

> 用事有二类，一神化无迹，一比附精切。自古善用事者，断

---

① 见胡仔《苕溪渔隐丛话》（后集），引自《蔡宽夫诗话》，第179页。
② 《续修四库全书提要·广雅堂诗集》，庞坚《张之洞诗文集》，第524、525页。
③ 陈衍：《近代诗钞》，庞坚《张之洞诗文集》，第440、441页。

推老杜,……其次如东坡……。东坡而后,则推亭林,取材经史,无事新奇奥博,而自然雅切。……近世则为文襄,用事极不苟作,如《连镇僧忠亲王战垒》诗:"秺侯只画麒麟阁,请看中原百庙堂"。用金日䃅事,同以异姓封王者也。湖北学政时吊诸生贺人驹诗,贺兄弟四人,皆以才名,公诗云:"弟兄多才宋韩氏,缜绛综维皆国器。蒲圻贺氏亦不恶,驹骥骏騄俱隽异。"《送王壬秋归湘潭》诗:"谈经何意动红阳,献策岂能感杨素"。又云:"梁鸿过阙独哀歌,哀歌莫被中朝怒。"皆确切王壬秋获知于肃顺事。而梁鸿之《五噫》,为感新莽而作,用事尤为警策。盖梁鸿作歌时,汉已中兴,鸿如有汉室之思,当作于新莽窃位之时,不应在业复五铢之后,故史云明帝"闻而恶之",殆恶其有中郎之叹也。鸿此事,后人多不察,而漫称其高尚有故国之思。此等处,尤见公读书之细密,比附之精当也。此类不可枚举,聊举一二以发凡耳。①

张之洞诗作中用典精切之例实多,如他癸卯入京时所作《读史四首》之四《张孝祥》诗云:"射策高科命意差,金杯劝酒颤宫花。斜阳烟柳伤心后,仅得词场一作家。"实为文道希而作。"射策"云云,指文道希大考得第一之事,典出毕沅《续资治通鉴》:"帝御射殿,策试正奏名进士。策问诸生以师友之渊源,志所欣慕,行何修而无伪,心何治而克诚。进张孝祥为第一。"以此典来影喻德宗预定文道希为第一这件事,可说颇为贴切。"金杯"云云,出自宋代陈济翁的词《蓦山溪》,词中有"金杯酒,君王劝,头上宫花颤"之句。是写在残酷的科举考试中得以鱼跃龙门的士子在皇帝举办的饮宴上,头上戴着代表获誉的宫花,手中端着君王赐的酒,一派喜庆。后来吴曾在其《能改斋漫录》中载张孝祥知潭州,宴客时有歌妓唱至这几句时,张孝祥沉醉其中自摇其头而不自知之事。一个典故寓含两个用意,一

---

① 陈曾寿:《读广雅堂诗随笔》,陈曾寿《苍虬阁诗集》,上海古籍出版社 2009 年版,第 412、413、414 页。

是喻文道希受德宗特知，几于金杯劝酒；二是以潭州坐妓事，影喻文道希行为不检点。真是一箭双雕。

又《拜宝竹坡墓二首》其二云："子政忠言日月光，清贫独少作金方。市楼一盏良乡酒，那得鱼头共此觞。"诗后自注："君贫甚，官侍郎时，余尝凌晨访之，惟新熟良乡酒一瓶，与余对饮，更无鲑菜。咸虀一楪而已。用鲁宗道事。"① 其中"鱼头"云云，用鲁宗道事。据《宋史·鲁宗道传》："枢密使曹利用恃权骄横，宗道屡于帝前折之。自贵戚用事者皆惮之，目为鱼头参政，因其姓，且言骨鲠如鱼头也。"又"宗道为人刚正，疾恶少容，遇事敢言，不为小谨。为谕德时，居近酒肆，尝微行就饮肆中，偶真宗亟召，使者及门，久之宗道方自酒肆来，使者先入，约曰：'即上怪公来迟，何以为对？'宗道曰：'第以实言之。'使者曰：'然则公当得罪。'曰：'饮酒，人之常情；欺君，臣子之大罪也。'真宗果问，使者具以宗道所言对。帝诘之，宗道谢曰：'有故人自乡里来，臣家贫无杯盘，故就酒家饮。'"《宋史·鲁宗道传》亦载有其谏太后事：

> 章献太后临朝，问宗道曰："唐武后何如主？"对曰："唐之罪人也。几危社稷。"后默然。时有请立刘氏七庙者，太后问辅臣，众不敢对。宗道不可，曰："若立刘氏七庙，如嗣君何？"帝、太后将同幸慈孝寺，欲以大安辇先帝行，宗道曰："夫死从子，妇人之道也。"太后遽命辇后乘舆。时执政多任子于馆阁读书，宗道曰："馆阁育天下英才，岂纨绔子弟得以恩泽处邪？"

作为晚清"四谏"之一的宝廷与鲁宗道一样，也是个直言敢谏，上书言事不避权贵的硬骨头，《清史稿·宝廷传》尝载："是时朝廷方锐意求治，诏询吏治民生用人行政，宝廷力抉其弊，谔谔数百言，至切直。晋、豫饥，应诏陈言，请罪己，并责臣工。条上救荒四

---

① 庞坚：《张之洞诗文集》，第149页。

事。"① 而这二人一个是"有故人自乡里来，臣家贫无杯盘，故就酒家"，一个是朋友到访，只有良乡酒，"更无鲑菜。咸齑一楪而已"，都是虽居高位但贫寒的廉洁之士。故以鲁宗道拟宝廷，无论从哪个方面来说，实在是切当之极。

还有如《过张绳庵宅》中的"知有卫公精爽在，可能示梦儆令狐"，卫公、令狐之典用得极精切，前已有述，此不赘言；《过芜湖吊袁沤簃》中的"千秋人痛晁家令，能为君王策万全"，以汉朝七国之乱时被朝廷处死的晁错拟八国联军入侵时因抗言罹难的袁昶；《送沈乙庵上节赴欧美两洲》中的"平原宾从儒流少，今日天骄识凤麟"，化用苏轼《送子由使契丹》中的"不辞驿骑凌风雪，要使天骄识凤麟"句，苏诗是送弟苏辙使契丹，张诗是送友沈曾植赴欧美，在人物和事件上都很切合；《题瞿太母汤太夫人分灯课子图》中的"令伯难忘乌鸟私"，用李密《陈情表》中之"乌鸟私情，愿乞终养"句，李密所指为其祖母，而汤太夫人亦是瞿之太母，此典颇为适宜；《四月下旬过崇效寺访牡丹花已残损》中的"一夜狂风国艳残，东皇应是护持难。不堪重读元舆赋，如咽如悲独自看"，用唐文宗政变失败而被软禁之事影射德宗（光绪），等等。由以上所举诗篇可见，张之洞作诗不仅确实好用典，而且堪称精切。

时人尝以苏轼、顾炎武作诗用典之成就来与张之洞用典功夫相较，以此来凸显张氏使事手法之高。苏轼才华卓越，学问淹博，胸中书卷繁富，娴熟经史诗赋，通晓杂家小说，佛老道藏。他隶事多而广，贴且活，作诗时使事用典之功夫可谓是登峰造极。而宋人"以才学为诗"之特点也正是表现在对典故的使用上。苏轼博闻强识，笔底掌故辐辏，在诗、词、文等诸多文体中都擅于并乐于用典，其所用之典更是涉及经史子集，可谓广博精深。此外，苏轼用典灵活，不会生搬硬套，用诗文之古句却不泥于古意，笔到之处，点铁成金，脱胎换骨，使旧典出新意，融入己作，达到浑化无迹，有如天成的境界。精于用典，可以造成诗歌隐约曲折，间接抒怀，情感百味杂陈的艺术效

---

① 赵尔巽：《清史稿》卷444，中华书局1977年版，第12451页。

果，此类佳品在苏轼诗作中不胜枚举。如《纵笔》句云："老父争看乌角巾，应缘曾现宰官身"，"宰官身"语出《妙法莲华经》："或现居士身，或现宰官身。"宰官即指官吏。苏轼本为朝廷官员，被贬南疆后，现身于海南岛街头，当地老百姓争相围观，故引用佛典，说当年以"宰官身"出现，如今却是头戴黑色折角巾的"居士身"，十分妥帖切当。又《赠王子直秀才》句云："万里云山一破裘，杖端闲挂百钱游。五车书已留儿读，二顷田应为鹤谋。""水底笙歌蛙两部，山中奴婢橘千头。""杖端"典出《晋书·阮修传》，说阮修持杖游，杖头挂百钱，到酒家独饮之事；"五车书"典出《庄子·天下篇》："惠施多方，其书五车。""二顷田"语出《史记·苏秦列传》中苏秦成事后"且使我有洛阳负郭田二顷，吾岂能佩六国相印乎"的感慨。"蛙两部"典出《南齐书·孔稚珪传》，用孔稚珪"门厅草莱不剪，中有蛙鸣"句，"橘千头"典出《襄阳耆旧传》，用李衡将种橘树称为"千头木奴"之事，苏轼在这一首七律中，连用五个典实来写王子直性情的洒脱飘逸，田园宅舍的幽静雅致，描绘性很强，对仗稳妥精工，典故熔裁巧妙，浑然无迹。又《蒙恩泽授检校水部员外郎》句云："塞上纵归他日马，城东不斗少年鸡。""他日马"用《淮南子》中塞翁失马事，"少年鸡"用《东城父老传》中贾昌年老时告诉别人，他在少年时曾因斗鸡而得到唐天子宠爱之事，暗指当前宫中弄臣当政。此诗作于苏轼刚经历乌台诗案后出牢狱之时，借这两个故事来委婉表达自己心中的真情实感和看法。此外，又有如《游诸佛舍一日饮酽茶七盏戏书勤师壁》四句诗，句句用典，分别出自《维摩经》《传灯录》《宋乐志》及卢仝的诗作《谢孟谏议寄新茶诗》，来源广泛，却融汇无间。还可以看出，这些典故不仅用得精切，而且大都明白易读，前人曾称赞说："东坡用事，既显而易读，又切当。"（《诗人玉屑》卷七）

顾炎武也是用典高手，徐颂洛在《与汪辟疆书》中尝言："诗言志，亭林诗善言志者也。全集惓惓君国，皆有为而言，无一应酬语，比辞属事，靡不贴切。"由云龙在其《定庵诗话》中有如是论说：

顾亭林先生诗，用典精切，山阳徐柰宾先生嘉为之一一注明，并明季稗史，清初旧闻，比附牵合，咸具首尾，成《顾诗笺注》二十卷，可谓亭林之功臣。暇日翻阅，略举数首，可以概见。如《汾州祭吴炎潘柽章二节士》云："一代文章亡左马，千秋仁义在吴潘。"用《宋书·孝义传》王韶之赠潘综吴逵诗"仁义伊在，惟吴惟潘"，"投死如归，淑问若兰"。《遇郭林宗墓诗》："应怜此日知名士，到死犹穿吉莫鞾。"用《北齐书·恩幸传》薛荣宗奏曰："向见郭林宗从冢出，着大帽吉莫鞾。"《寄同时二三处士被荐者》云："与君成少别，知复念苏纯。"用《后汉书》苏纯性切直，士友相谓曰："见苏桓公，患其教责人，久不见，又思之。"不言之意均藉苏纯一语，曲曲传出。其精切如此。①

可见张之洞与这两位前辈一样，在用典上的成就都是颇有可观的，不管在用典的广度，还是深度上；也无论是在用典的灵活度，或是贴切度上，都是一把好手。无怪乎时人称其用事精切的功夫，"足以方驾坡公、亭林"，此虽溢美之词，但也反映出了张之洞在用典上确乎是有着深厚功力的。

不仅在诗中用典，就在奏疏中张之洞亦用典陈情，如光绪甲辰回鄂任时的谢恩表有句云："臣惟有勉殚驽钝，仰禀宸谟，统善邻治内以兼筹，以兴学练兵为首务。储木屑竹头之用，敢抛寸晷于江城，续笠檐蓑袂之诗，犹忆恩波于禁苑。"② 其中"笠檐蓑袂"用陆放翁《江头十日雨》中"可怜笠泽翁，百忧集双鬓"之句，又查慎行《纪恩诗》有"笠檐蓑袂平生梦，臣本烟波一钓徒"句，以此表白自己，由此可见张之洞好用典之甚也。

---

① 张寅彭：《民国诗话丛编》第三册，第547页。
② 《张之洞全集》第三册，第1601、1602页。

二 诗中有人

张之洞作诗，总是自然而然地代入自己的身份，从他所处地位的角度出发，论说多有张氏口气，一看便知他作诗之时的情状，可谓是诗中有人。对于张之洞诗歌的这一特点，陈衍亦有精彩论述：

> 伯严论诗最恶俗、恶熟。尝评某也"纱帽气"，某也"馆阁气"，余谓亦不尽然。即如张广雅之洞诗，人多讥其念念不忘在督部，时督武昌。其实则何过哉？此正广雅诗长处。如《正月十七日发金陵夕至牛渚》云："牛渚春波溅涨时，武昌官柳已成丝。东来温峤曾无效，西上陶桓抑可知。"《九曲亭》云："华颠文武两无成，羞见江山照旆旌。只合岩栖陪老衲，虚楼扫榻听松声。"其二云："矜此劳人作少留，却烦冠盖满汀洲。隔江欲唤杨夫子，载酒携书伴我游。自注：黄冈教谕杨君守敬。"《胡祠北楼送杨舍人》云："烟搅离肠酒易醒，搴蓉缉芷送扬舲。鬓边霜雪秋催白，山势龙蛇雨洗青。剩有读碑思岘首，不辞攒泪洒新亭。凄清喜有寥天雁，且破愁颜北向听。"《秋日同宾客登黄鹄山曾胡祠望远》云："群公整顿好家居，又见边尘战伐余。鼓角犹思助飞动，江山何意变凋疏？三年菜色灾仍澹，一树岩香老未舒。我亦浮沉同湛辈，登盘愧食武昌鱼。"《九月十九日八旗馆露台登高赋呈节庵伯严诸君》云："矶上岩城晚吹凉，凌风壮观补重阳。柳仍婀娜秋生色，荷已离披水吐光。风动白波寒楚佩，梦回青琐在江乡。寒烟去雁穷怀抱，强为群贤一举觞。"以上数诗皆可谓绵邈尺素，滂沛寸心，《广雅堂集》中之最上工者。然"东来温峤""西上陶桓""牛渚江波""武昌官柳""文武"也、"旆旌"也、"鼓角"也、"汀洲冠盖"也，以及岘首之碑，新亭之泪，江乡之梦，青琐湛辈之同浮沉，秋色寒烟之穷塞主，事事皆节镇故实，亦复是广雅口气，所谓诗中有人在也。伯严不甚喜广雅诗，故余

语以持平之论，伯严亦以为然。①

张之洞即便在游宴观赏之时，心中仍念念不忘国计民生，于写景记游的诗中，处处都有诗人忧患沉郁的身影。如《登凌霄阁》，以描写景物为开始，以感慨时世为收尾："今年雪壮极万里，餍足燕代包南蛮，陇蜀春涨江汉恐，对此悄悄生忧患。驿符火急催榹石，我与郡县毋官瘝。"表达了诗人对当时国计、民生、战事的深切忧虑。《湖北三得大雪微雪无数除日赋诗》，前段写景："瘦人愈饥肥愈饱，今年三白犹未了。江上千山化白云，势欲出川薄天表。软如鸟毳寒生温，眩及牛目昏变晓。池上病鹤独凄惶，苦为坚冰缩嘴爪。世间坎窞万里平，眼前荆棘一旦扫。"末段抒怀："且喜残年扫尘牍，诸蕃怀德守盟好。城坊闹鼓斟屠苏，幕认烬烛点奏草。来年六合泥滓无，中夜焚香望晴昊。"即便是在除旧迎新之际，诗人也并未放下公务，于忙碌中企盼来年国家有新气象。《九曲亭》云："华颠文武两无成，羞见江山照旂旌。只合岩栖陪老衲，石楼横榻听松声。"赏景却赏出岁月蹉跎，而自己事无所成，愧对天下的感慨来。《秋日同宾客登黄鹄山曾胡祠远望》云："群公整顿好家居，又见边尘战伐馀。鼓角犹思助飞动，江山何意变雕疏。三年菜色灾应澹，一树岩香晚未舒。我亦浮沉同湛辈，登盘愧食武昌鱼。"景再美，也冲淡不了诗人对国难民艰的浓重忧虑。胡先骕以为张之洞这类赏游时还不忘慨叹、论说时局的诗歌是"盖无时不恫瘝在抱。人每讥其念念不忘在督部，惟其襟怀如此，斯可谓为真督部，斯可念念不忘在督部也。"②

三 各体诗皆工绝

张之洞于各体诗皆工绝，并不偏颇，亦为其诗歌创作的一大特点。而这与其在为人处世、作诗论文等诸多方面都崇尚"平正"大

---

① 陈衍：《石遗室诗话》，张寅彭《民国诗话丛编》第一册，第 27 页。
② 《胡先骕文存》卷上《读张文襄广雅堂诗》，庞坚《张之洞诗文集》，第 502 页。

有关联。张之洞于学是兼宗汉宋，于诗是宋意唐格，于政是中体西用，行事是独立无奥援，立身是中庸之道，由此可见其平正通达的人生态度，这反映到诗歌创作中，便表现为不专写一体，而是于各体诗皆工绝。

时人评价张之洞的诗是"五古精醇深稳，七古清雄雅健，五律颇典重，七律以浑厚胜，七绝以俊朗胜，皆不愧作手"[①]。陈衍尝评张之洞诗为"古体才力雄富，今体士马精研"（《石遗室诗话》），其古体如《铜鼓歌》者，一韵到底，气势磅礴，酣畅淋漓；近体如《四月下旬过崇效寺访牡丹花已残损》者，对仗工整，精于诗韵。从其诗集中随手检来，五古如《新春二日独游慈仁寺谒顾祠》《忆岭南草木诗十四首》等，七古如《送王壬秋归湘潭》《戒坛松歌》等，五律如《五忠咏》《和王壬秋孝廉食瓜诗三首》等，七律如《登采石矶》《登天宁寺楼》等，七绝如《九曲亭》《焦山观宝竹坡侍郎留带三首》等，皆集中之工者，可堪讽咏，诚属佳构。

第三节　张之洞诗歌的语言艺术

一　写景明秀

张之洞诗中的写景之作，大多清隽华妙，风姿详雅，景语明秀，如《极乐寺》云："万穗红云伐作薪，且浇瓜菜作僧珍。凌霄无骨高三丈，留徒孤行再到人。"《戒坛松歌》句云："横广平台五十步，穆穆护法排苍官。墨云倒垂逾万斛，压折白石回阑干。……十松庄慢皆异态，各各凌霄斗苍黛。一株偃蹇甘独舞，不与群松论向背。"等等，描物拟态，皆是用语细致生动，明净秀美，既深具韵味，又不失平实晓畅。

再如其晚年所作之《金陵游览诗》，笔调从容缓雅，语言清秀明朗，如其二《薛庐》句云："虽无五松雅，犹胜苍山热。路荒花竹斗，家索藩墙缺。溪亭徒兀兀，无梁不可涉。影前自炷香，凄然

[①] 《张之洞诗文集》前言，第23页。

怀抱别。"其四《莫愁湖》句云:"六代迄弦光,海枯湖不湮。颠倒满城客,仿佛游洛滨。可叹游观末,亦罕真赏存。了无川屿媚,一勺安足珍。白雨忽飞洒,水草生精神。明镜顿如拭,一洗金粉尘。"再如《王楼营见杏花是日济河微雨》句云:"王楼营外三家村,泼眼春光百鸟喜。柳叶作态杏花骄,人马风沙一时洗。"皆是遣词用句平实明秀,清丽淡然,不仅无有赘言,犹如白描,不假雕饰,还能神采自现,风骨高秀。

二 用语华实相宜

华美的辞采、丰富的情韵、平实的表意,是张之洞学习唐诗的主要方面,也就是他所主张的"唐格"。而张之洞所主张学习的宋诗也是较符合于唐诗体格的直抒胸臆、清新流畅的那一类。其诗中之语句多词采华丽,但又不失质实通达,不致生涩纤秾,如《天宁寺紫藤花初开独游玩》句云:"缨络菩萨低垂鬘,鳞甲蛟螭曲宛颈。密叶张幄已交蔓,细蕤编珠犹附梗。"《连珠诗》之二十三句云:"造幽和已滑,极绚精必摇。人赏等玩物,不尝如风飘。老耽薄虚车,扬雄悔刻雕。空怜投澴贺,复笑秋虫郊。"《游陶然亭》云:"当年苇海万弓遥,旱久青青未没腰。浅水蛙生波少态,芜田牛病莠方骄。看山终碍横城阙,有屋犹应胜黑窑。曾是千场觞咏地,酒边腹痛顿思桥。"皆是诗句华实相宜之例。

写景记游诗尤能体现此一特点。张之洞写景,不费研炼雕刻之功,用语华实相宜,笔势流转自如,且能情远意畅,让人回味无穷。胡先骕尝评其写景记游诗乃"以唐为宗,故不取枯淡,色秾味腴,辞采特胜。……亦极刻画山水之能事矣"[①]。又"公诗不专以写景胜,然偶复为之,则情景双融,耐人寻味。……已足与阮文达抗手也"[②],赞誉极高。

另外还需要注意的一点是,写景记游诗大多都是极尽铺写,用华

---

① 胡先骕:《胡先骕文存》卷上《读张文襄广雅堂诗》,转引自《张之洞诗文集》,第500、501页。
② 胡先骕:《胡先骕文存》卷上《读张文襄广雅堂诗》,转引自《张之洞诗文集》,第497、498页。

美之语，竭力称赞景色之美，使读者对之心生向往，但事实上，所见往往不逮所闻，诗中之美景在现实面前黯然失色。而张之洞则不然，他写诗求真，笔调中肯，写景不虚造、不虚夸，品评适当，用语适宜，不只是溢美之词。其诗集中有描写张之洞亲自游历了京城著名的景点如戒坛、潭柘后，对传闻中的景色有些许失望之作："策蹇寻山冒残暑，食宿招提已四五。仙嶂灵湫那得逢，枉使人畜挥汗雨。精庐雕饰为檀越，佛衣哆剥见黄土。"① "累代庄严抵布金，穷山涸涧造丛林。能吟堪画无多处，止有山门百步荫。"② 对此，王赓亦云："昔贤谓山川游赏，往往所见不逮所闻。广雅诗多著贬词，或亦作如是观也。"③ 故而张之洞用语之华实相宜，使得其诗歌更具真实性和可读性。

---

① 《戒坛松歌》，庞坚《张之洞诗文集》，第81页。
② 《偕张绳庵游潭柘寺看松月》，庞坚《张之洞诗文集》，第82页。
③ 王赓：《今传是楼诗话》，张寅彭《民国诗话丛编》第三册，第283页。

第四章　张之洞与光宣诗坛的关系

　　张之洞在晚清，集儒臣、学者、诗人等诸多角色于一身，一时名流之士多从之，颇具影响力。汪国垣《光宣诗坛点将录》将他比为"天威星双鞭呼延灼"，钱仲联《近代诗坛点将录》则将他比为"天竞星船火儿张横"，这都是很高的评价。张之洞"宋意唐格"的诗学主张，"清真雅正"的审美意趣，通达清切的诗歌创作，使他能够与当时诗坛的汉魏六朝派以及同光体共分天下，占有重要的一席之地，被时人评为诗界之"风雅领袖"。他以清廷大员的身份，以诗文名流的姿态活跃在光宣诗坛，与当时的诸多诗人、诗派有着紧密的联系。他身边更是围绕着一批当时的诗界作诗能手，享有盛誉的宋诗派诗人中的砥柱式人物，如陈三立、陈衍、郑孝胥、沈曾植等便都曾是张之洞的幕僚，著名的"同光体"理论也是陈衍等在张之洞幕府中时提出的。其他如樊增祥、袁昶、杨锐等，更是其得意门生。此外还有大名士如潘祖荫、王闿运、李慈铭、张佩纶、王懿荣等，新派人物如黄遵宪、康有为、梁启超等，都与张之洞往来有交情。故而，要较全面地了解光宣诗坛，就必须要了解张之洞以及他与当时诗坛中诗人们的关系。

　　欲探究张之洞与晚清诗坛之关系，诗人众多的张之洞幕府是一个重要的考察对象，本章即先从此入手。作为晚清四大幕府之一的张之洞幕府，是继曾国藩幕府之后规模最大的一家。张之洞幕府中精英云集，中外杂糅，其门人易顺鼎尝言："南皮师为海内龙门，怜才爱士，

第四章　张之洞与光宣诗坛的关系　133

过于毕沅，幕府人才极盛，而四方宾客辐辏。"① 据黎仁凯统计，先后在山西、广东、湖北、江苏等地加入张之洞幕府的中外籍人员已达637人。② 胡先骕曾这样评论道：

> 自来以勋业著者，鲜以文章显。文章伯之韩、柳、欧、苏，诗伯之陶、谢、王、孟、李、杜、苏、黄，或为隐逸，或居清要，然未闻以功业政事著也。二者兼之者，惟宋之王荆公、德之葛德（Goethe）、法之黎塞留（Richelieu）、英之弥尔顿、阿狄生（Addison）数人而已。有清一代达官能诗者推王渔洋与阮文达，然亦不以政事功业著。曾文正以古文中兴，诗亦规摹杜、韩，能自树立，然究为功业所分心，不能尽其所能诣。张文襄独以国家之柱石，而以诗领袖群英，颉顽湖湘、西江两派之首领王壬秋、陈伯严，而别开雍容雅缓之格局，此所以难能而足称也。当其督鄂督粤时，幕府中网罗之盛，可拟曾文正。其最著者如陈伯严、郑太夷、杨惺吾、郑伯更、梁节庵，其弟子则有樊樊山、易实甫、袁爽秋、杨叔峤、顾印伯，皆一时俊彦，方之苏门之盛，不多让焉。③

张之洞曾先后担任过浙江乡试副考官、四川乡试副考官等职，故晚清诸多学者、名流均出其门下，如谭献、袁昶、许景澄、陶模、孙诒让、廖平等人，皆是著名人物，有的后来更是成为其幕下之宾。作为学者型的官僚，张之洞虽然居官数十载，但是一直不改"书生习气"，仍具"清流遗风"，故而对学者颇为尊重和偏爱，在幕府中延揽了诸多专家学者和文化名士，如杨守敬、缪荃孙、华蘅芳、罗振玉、陈三立、陈衍、辜鸿铭、梁鼎芬、郑孝胥、樊增祥、章太炎、黄遵宪等，这使得张之洞幕府较之其他幕府更具有文化氛围。幕僚刘禺

---

① 易顺鼎：《诗钟说梦》，中国近代史资料丛刊《戊戌变法》第4册，神州国光社1953年版，第320页。
② 见黎仁凯《张之洞幕府》，中国广播电视出版社2005年版，第121—166页。
③ 胡先骕：《读张文襄广雅堂诗》，转引自《张之洞诗文集》，第495页。

生以为："张之洞自两广总督移节两湖，朝士趋赴者，分为数类，之洞乃以广大风雅之度，尽量招纳，以书院学堂为收容之根据，以诗文讲学为名流之冠冕。"① 后人有诗曰："馆中宾客钦张载，天下英雄向本初。"② 张载指张之洞，本初指袁世凯，这也可以说点出了张、袁二人幕府之特色：一以文胜，一以武长。

第一节　张之洞与其幕府中之诗人

一　张之洞与其幕府中之诗弟子

重贤爱才的张之洞幕府中聚集了许多名士，其中不少是当时的诗坛健将，而这些诗人中如樊增祥、杨锐、易顺鼎、袁昶、黄绍箕、顾印愚等，既是张之洞的幕僚，也是其门生。公事之余，他们也聚在一起作诗论文，切磋诗艺，形成了张之洞幕府独具一格的浓厚文学氛围。大致按与张之洞的疏密关系，下面分别依次述之。

（一）樊增祥（1846—1931）

樊增祥，字嘉父，号云门、樊山，晚号天琴老人。湖北恩施人。光绪三年（1877）进士。曾任陕西宜川、渭南等县知事。累官陕西布政使、江宁布政使、护理两江总督。辛亥革命后，逃居沪上。袁世凯执政时，曾为参政院参政。著有《樊山集》等。生平事迹详见钱海岳《樊樊山方伯事状》、冒广生《樊增祥传》、王森然《樊增祥先生评传》等。

樊增祥是张之洞很看重的弟子之一，于光绪十五年（1889）入张之洞幕，光绪十八年（1892）离幕。据樊增祥弟子余诚格记载，张之洞与樊增祥二人初见于同治六年（1867）：

　　丁卯，……会南皮张先生视学至宜昌，见先生文，奇赏之，招致宾座，又荐为潜江院长。先生虽天资高异，而己巳岁以前，

---

① 刘禺生：《世载堂杂忆》，中华书局1960年版，第81页。
② 上海图书馆藏龙凤镶刊本《广雅堂诗集》愚公评语。

无书可读,见南皮后,始知学问门径。南皮亦奇其敏惠,尽以所学授之。(《樊樊山集叙》)

张之洞的指导令樊增祥得窥学术堂奥:"庚午岁,从南皮师游,始有捐弃故技,更受要道之叹。"(樊增祥《樊山续集自叙》)光绪三年(1877),樊增祥考中进士,入翰林为庶吉士,正春风得意时,"南皮自蜀还京,与先生别且久,相见叹曰:'子其终为文人乎?事有其大且远者,而日以风雅自命,孤吾望矣。'先生皇然请业,尽屏所为词章之学,非有用之书不观。"① 说是"尽屏所为词章之学"事有夸大,但也可以看出张之洞对樊增祥寄予厚望,并对其深有影响。张之洞典试武昌时,曾推荐樊增祥任潜江书院讲席。光绪八年(1882),湖广总督李瀚章、湖北巡抚彭祖贤曾聘请时任内阁学士的张之洞为湖北通志局总纂,张之洞又推荐了正在丁忧的樊增祥代自己前去。张之洞还很喜欢与聪慧善言的樊增祥畅谈,据樊增祥弟子余成格回忆:"南皮与先生故皆好谈,至是谈益剧,达昼夜不止,相与上下千古,举凡时政得失之由、中外强弱之形、人才消长之数,每举一事,必往复再三,穷其原始,究其终极,所著《广雅堂问答》一卷,即当日疏记者也。"②

光绪三十二年(1906),张之洞70岁寿辰时,樊增祥以一篇长达两千言的骈文相贺,细述广雅之德政功绩,用电报分段拍发,四日而成。文中有这样四句:"不嘉其谋事之智,而责其成事之迟。不谅其生财之难,而责其用财之易。"指张之洞办实业新政时,财政上多有受阻,并被戏称为"败家子",这正说中了广雅心结。张之洞看完后拍案称赞道:"云门真是可人哉!"

樊增祥是近代诗坛中学中晚唐诗的代表人物,"颇负一时清望",文章政事俨然大家,诗歌判牍皆有盛名。后以文章游于京师,会稽李

---

① 余成格:《樊樊山集叙》,《樊樊山诗集》,上海古籍出版社2004年版,第2028页。
② 余成格:《樊樊山集叙》,《樊樊山诗集》,上海古籍出版社2004年版,第2028、2029页。

慈铭亟称其材，曾谓"其七律足追踪唐之东门、义山，而古体胜之"①，汪辟疆《光宣诗坛点将录》点之为"天立星双枪将董平"，评曰："天琴老人诗，整密工丽，能取远韵。诗篇极富，合长庆、娄东为一手。晚年犹恣肆，亦犹风流双枪将有名于山东河朔间也。"② 徐珂《清稗类钞》有云："张文襄公尝谓洞庭湖南北有两诗人，壬秋五言，樊山近体，皆名世之作。樊山早岁为袁才子、赵欧北，自识文襄，乃悉弃去。"③ 张之洞确实甚为欣赏樊增祥之诗才，但说樊增祥认识张之洞后诗风便改头换面，却是欠妥。樊增祥亦尝自言："少喜随园，长喜欧北，请业于张广雅、李越缦，心悦诚服二师，而诗境并不与相同"，又"自喜其诗，终身不改途易辙，尤自负其艳体之作"④。

张之洞能对樊增祥的诗歌多有赞誉，说明他们师、弟二人在诗歌创作和论诗主张上是有共同之处的，首先，都隶事精切，为世人所推崇。汪辟疆尝言："樊山生平论诗，以清新博丽为主，工于隶事，巧于裁对。作诗万首而七律居其八九，次韵、叠韵之作尤多，无非欲因难见巧也。近代诗人隶事之精，致力之久，益以过人之天才，盖无逾于樊山者。"⑤ 樊增祥自己也说"新意须从故实求"（《再示儿辈》）。其次，张、樊二人作诗都曾取径于白居易，作诗都反对僻涩，樊有诗云："笔尖删冷字。"并自注："余诗不喜僻涩。"但他又解释说："此所谓'僻涩'，不是说用典（他是最喜用僻典的），而是指题材，指对生活和感情的反映，所谓'平生文字幽忧少'，'不为幽忧妨雅抱'。所以他反对'岛瘦'：'瘦似长江难作佛。'这显然是受了张之洞的影响。"⑥ 再次，与其座师张之洞一样，樊增祥也反对在诗文中

---

① 李慈铭：《题云门吾弟〈十𩭊斋诗集〉》，《樊山集》卷首，光绪十九年刻本。转引自《樊山政书·代前言：转型中的法律与社会——樊增祥和他的〈樊山政书〉》，中华书局2007年版，第1页。
② 汪辟疆：《汪辟疆说近代诗》，第62页。
③ 易宗夔：《新世说·文学》，台北明文书局1985年版。
④ 陈衍：《石遗室诗话》，张寅彭《民国诗话丛编》第一册，第29页。
⑤ 汪辟疆：《汪辟疆说近代诗·近代诗人小传稿》，第130页。
⑥ 刘世南：《清诗流派史》，人民文学出版社2004年版，第484页。

使用新名词,尝称"每存新理废名词"。此外,在对待汉魏六朝诗歌上,樊增祥曾自道:"五言诗格轻三谢",并自注云:"余诗不效《选》体。"与其座师也属同道。

但需要指出的是张、樊这师徒二人于诗同中也有异。比如张之洞诗中所用典故多是习见之熟典,而樊增祥则喜用僻典来炫耀自己的才学之高,陈衍在《石遗室诗话》中说他"见人用眼前习用故实,则曰:'此乳臭小儿也!'"又如都学白居易,但张、樊二人一学乐天"歌诗合为事而作"的主张及平实的创作风格,一学以《长恨歌》《琵琶行》为代表的长庆体,写出极为绚丽的《彩云曲》。虽也曾反对过在诗中用新名词,但中年之后的樊增祥,却常在诗中搬用新名词,如:"茶神夜泣清明雨,牛乳咖啡满世间"(《吸茶》)、"提倡中华哲学家"(《寄怀午桥抚部长沙》)等。

张、樊二人于诗还有两个最大不同,一是樊山好作艳体诗,陈衍便尝言:"(樊)尤自负其艳体之作,谓可方驾冬郎,《疑雨集》不足道也。尝见其案头诗稿,用薄竹纸订一厚本,百余叶,细字密圈,极少点窜;不数月又易一本矣。余辑有《师友诗录》,以君诗美且多,难于选择,拟于往来赠答诸作外,专选艳体诗,使后人见之,疑为若何翩翩年少,岂知其清癯一叟,旁无姬侍,且素不作狎斜游者耶。"[①]张之洞是绝不作艳体诗的,诗集中涉及女眷的几首基本也是悼亡而已。[②]另一大差异是创作的量,樊增祥极高产,留诗三万余首,陈衍就曾说其"生平以诗为茶饭,无日不作,无地不作",其诗集中多有儇薄、谐谑之作,晚年更是作了大量捧角诗,而张之洞则主张诗绝不苟作,存诗不到七百首,所写也以感时伤事、典雅中正为主。张之洞诗集中与樊增祥相关者或为赠和,如《百日一首示樊山》,或为招饮同游,如《政务处诸公招同樊茗楼按察游积水潭二首》。樊增祥则有数量可观的与张之洞的唱和、赏游等诗。后更是将二人和作结为合集。

---

① 陈衍:《石遗室诗话》,张寅彭《民国诗话丛编》第一册,第29、30页。
② 还有一首《携家游江亭》,言及女眷,此外再无。

(二) 杨锐 (1857—1898)

杨锐，字叔峤，又字钝叔，四川绵竹人。光绪十一年举人。耿直尚名节，以陈宝箴举荐而加四品卿衔，充军机章京，后因参与新政而见杀，为戊戌六君子之一。有《说经堂诗草》等行世。生平事迹见《清史稿》等。

杨锐于同治十三年（1874）赴成都参加院试，张之洞时任四川学政，批阅杨锐试卷时惊喜异常，称之为蜀中奇才。面试时，杨锐谈古论今，臧否时事，张之洞对其极为赞赏，"因受业为弟子"①。尔后，张之洞在成都创建了尊经书院，杨锐被张之洞"招入幕，肄业尊经书院"。在张之洞常常"召之从行读书，亲与讲论，使研经学"的"尊经五少年"② 中，杨锐"年最少，尝冠其曹"③。光绪八年（1882），张之洞到山西巡抚任上建立幕府，将杨锐聘至太原府署中掌管案牍。此后，张之洞先后调任两广、湖广、两江总督，他一路追随，参与军政运筹，起草案牍文书，"谨密执重，无阿附意，故文襄始终敬礼之"④，成为张之洞的得力助手。光绪十年（1884），张之洞调任两广总督，杨锐为文案。中法战争爆发，杨锐主张抵抗侵略，向张之洞建议启用老将冯子材，结果冯子材取得了镇南关大捷。杨锐视此为平生最快意难忘事，并代张之洞草拟了三千余字的《广军援桂破敌奏稿》，幕府中人都称赞此稿为杨锐的得意之笔。

杨锐在离幕任职于京期间，与张之洞的关系仍很亲密。据梁启超记载，张之洞的儿子张权当时也在京城，但张之洞有事总是托付杨锐。张之洞通过杨锐了解京师消息，二人书电往来频繁。故梁启超认为杨锐"盖为张第一亲厚之弟子"⑤。中日甲午失和时，张之洞已移督两江，听闻消息，心怀郁结，便与杨锐邀游散心。据刘成禺《世载

---

① 汤志钧：《戊戌变法人物传稿》上册，中华书局1961年版，第49页。
② "尊经五少年"：井研廖平、汉州张祥龄、仁寿毛瀚丰、绵竹杨锐、宜宾彭毓嵩。
③ 赵尔巽：《清史稿·杨锐传》第四十二册，中华书局1977年版，第12744页。
④ 《绵竹县志》（卷六），转引徐昌义《杨锐在戊戌变法运动中的政治倾向》，《四川师范大学学报》1987年第3期。
⑤ 梁启超：《戊戌政变记》，中华书局1954年版，第102页。

第四章　张之洞与光宣诗坛的关系　139

堂杂忆》记载：

> 某夜，风清月朗，便衣减从，与杨叔峤锐同游台城，憩于鸡鸣寺，月下置酒欢甚，纵谈经史百家，古今诗文，……及杜集。《八哀诗》，锐能朗诵无遗；对于《赠秘书监江夏李公邕》一篇，后四句："君臣尚论兵，将帅接燕蓟，朗咏六公篇，忧来豁蒙蔽"，反复吟诵，之洞大感动。①

日本入侵，虽举朝主战，但清廷腐朽无能，屡战屡败，有识之士深虑国事艰危，纷纷寻找救国之方。时隔不久，戊戌政变，杨锐等维新人士被捕。张之洞得知此事后，急电盛宣怀恳请王文韶等设法营救，力陈杨锐"此次被捕，实系无辜受累"②。张之洞还请荣禄转奏"愿以百口保杨锐"，但均无果。杨锐遇难后，张之洞极为痛惜。光绪二十八年（1902）张之洞再度署理两江总督时，重游鸡鸣寺，在当年与杨锐饮酒畅谈处沉痛哀思，于是捐资修楼来纪念杨锐，并取杨锐当年所诵古诗"忧来豁蒙蔽"一句，起名"豁蒙楼"。

杨锐深受张之洞的影响，其文学才华也颇为广雅所青睐。钱仲联尝评杨锐诗说："早年多学《选》体，泰半词腴于理，不免嚼蜡之嫌。佐张广雅幕时，已不为之，学苏颇有神肖者。"③杨诗拟古为多，汪辟疆评其"自写性情之作，正复清远"。这也都较符合其座师张之洞的审美旨趣。他写的大量紧扣时代的爱国诗歌，再现了当时的许多重大事件，在京师享有盛名。张之洞诗集中不少诗歌都有杨锐的身影，一起出游者有《九月十九日八旗馆露台登高赋呈节庵孝通伯严斗垣叔峤诸君子》《正月初二日同杨叔峤登楼望余雪》等，送别者有《胡祠北楼送杨舍人还都》，缅怀者有《鸡鸣寺》。

---

① 《世载堂杂忆》，中华书局1960年版，第55页。
② 《张之洞全集》第九册，第7659页。
③ 《梦苕庵诗话》，张寅彭《民国诗话丛编》第六册，第168页。

(三) 易顺鼎 (1858—1920)

易顺鼎，字实甫，亦作硕甫、实父、石甫，又字中实，亦作仲硕。自号眉伽，晚署哭庵。湖南龙阳（今汉寿）人。其父为清末大员易佩绅。光绪元年（1875）举人。官至广西右江道，为岑春煊劾罢。袁氏称帝后，为代理印铸局长。袁氏帝制败，易顺鼎放荡于歌场舞榭以终，有《琴志楼编年诗集》《庐山诗录》等，生平事迹见自撰《哭庵传》、程颂万《易实甫墓志铭》及王森然《易顺鼎先生评传》等。

光绪六年（1880）春，易顺鼎在京会试落第。入张之洞门下为弟子。"今年春，余受业南皮张先生之门。先生于学无所不窥。"（《摩围阁词·自叙》）张之洞也很赏识易顺鼎，尝对王秉恩赞曰："实甫，旷世天才也！尝以行卷求益，若词章固犹不足传耶？度若才，何学术不可跻，而顾画事耶？"（《摩围阁诗》王秉恩序）但易顺鼎性奢淫骄妄，不得重用，独"张之洞爱其才，又伤其不遇，意颇怜之。招入幕"①。光绪二十一年（1895）抗倭保台时，易顺鼎竭力奔走，张之洞鼎力相助。仕途上，张之洞对其也多有举荐。易顺鼎对张之洞更是推崇备至，有一次在奉旨召对时，尝对皇后言："皇上为天下主，上安则天下安，上强则中国强，愿请以张之洞为师傅。"② 樊增祥曾这样评价二人关系："文场元帅张文襄，爱君如居阙夜光。"③

但是易顺鼎一生工于趋附，有如饥鹰，又肆无忌惮，不检于行，恃宠而骄，故"垂爱若张南皮，亦鲜克有终"④。宣统元年（1909），张之洞因病卒于北京，易顺鼎作挽联悼："受业独早受知独迟卅余载忝列门墙近年撰杖谈诗始超阙里三千列，谋国诚工谋身诚拙一个臣挽回宗社今日盖棺定论并少成都八百株。"（《己酉日记》）表达的不仅

---

① 钱基博：《现代中国文学史》，上海书店出版社2004年版，第157页。
② 程颂万：《易君实甫墓志铭》，易顺鼎著，王飚点校《琴志楼诗集》，上海古籍出版社2004年版，第1438页。
③ 王培军：《光宣诗坛点将录笺证》，《实甫题黄孝子画滇中山水诗真绝作也赋诗美之》，中华书局2008年版，第389页。
④ 王森然：《易顺鼎先生评传》，《琴志楼诗集》，上海古籍出版社2004年版，第1461页。

有哀思，还有不满张之洞未能很好地在仕途提携他之意。至南皮吊唁张之洞时，又作一联："老臣白发，痛矣骑箕，整顿乾坤事粗了；满眼苍生，凄然流涕，徘徊门馆我如何？"张之洞殁后，即便心有不满，但易顺鼎并未因此放下这段长达几十年的师生情谊。

易顺鼎也以诗名，汪辟疆《光宣诗坛点将录》将其点为天杀星黑旋风李逵，评曰："天宝诗人有任华，一生低首只三家。读君癸丑诗存后，始信前贤未足夸。"又说："实甫早年有天才之目，平生所为诗，屡变其体。至《四魂集》，则余子敛手；至《癸丑诗存》，则推倒一时豪杰矣。造语无平直，而对仗极工，使事极合，不避熟典，不避新辞，一经锻炼，自然生新。至斗险韵，铸伟辞，一时几无与抗手。"① 光绪十八年（1892）夏，易顺鼎奉母陈太夫人入庐山消夏，尝与陈三立同游，有诗作，并赠张之洞庐山泉水及茶，并作诗一首，《以庐山泉荈再馈孝达师仍次韵》，张之洞赋诗谢之，作《谢易实甫饷庐山茶蕨》《谢易实甫再惠庐山三峡泉》。至武昌后，将庐山所作诗歌递呈于张之洞，张之洞大赞美之，说十年以后，同辈无其敌也。张之洞还尝与之联句，如《食黄河鲤与易实甫联句》，惊其才华，李法章尝记："之洞欲显其才，一日设宴署中，邀请诸名士。时顺鼎方新婚，居末座。之洞议联句助兴，众大称善。以'贺新郎'为题，限九佳韵。至二十余律，皆不能续。顺鼎独成三十二韵，词句新颖，竟致缠绵，合座惊奇焉。"② 后应张之洞聘，任两湖书院讲席，分教经学文学。于此期间，与张之洞、陈宝箴、吴大澂等往来唱和，后结集为《鄂湘酬唱集》。师、弟间于公余常吟咏酬唱，王森然尝记易顺鼎"曾师事张之洞，尝共联句，或为诗钟，争妍斗奇，辄惊老成。"③ 易顺鼎自己亦云："光绪壬辰夏，客南皮督部师所，公久不作诗，为余破戒，由是遂有唱酬。"④ 易顺鼎不仅和座师张之洞一样好作诗、敲诗钟，在诗歌创作主张上与其也有相似处，如奭良曾在《易顺鼎

---

① 王培军：《光宣诗坛点将录笺证》，第 384 页。
② 李法章：《易顺鼎传》，《琴志楼诗集》，第 1444 页。
③ 王森然：《易实甫先生评传》，《琴志楼诗集》。
④ 易顺鼎：《鄂湘酬唱集题记》，《琴志楼诗集》。

传》中说："诗境愈奇，词藻益丽，大抵看山、赏花、怀人、赋物，各辟一境，必工必切必典必雅，间涉俳易，一归工整。"工、切、典、雅，正和张之洞脾胃。又易顺鼎尝自言："余诗对仗皆用成语，且不喜用僻典，而所用皆人人所知之典。"[①] 不但用典精切，还用人人所知之典，此又为师、弟二人的一大共性。所以，无怪乎张之洞会大赞易顺鼎之诗作诗才。但是，易顺鼎中年以后的诸多牢骚、诲淫之作，定然是有违张之洞旨趣的。张之洞诗作中与易顺鼎相关的还有唱和诗如《中秋夜登大军山和易实甫》、赏游诗如《封印之明日同节庵伯严实甫叔峤登凌霄阁》。而易顺鼎的《琴志楼诗集》中除了同游唱和，还有不少是专门赋呈张之洞的，从中可见诗文交流颇多。

（四）袁昶（1846—1900）

袁昶，原名振蟾，字爽秋，一字重黎，号渐西村人，浙江桐庐坊郭（今桐庐镇）人。光绪二年（1876）进士。袁昶少负俊才，曾从刘熙载求学，宏通淹博，睥睨一代。一生著述甚多，已刊行者有《渐西村人诗初集》《安般簃集》《于湖小集》等。生平事迹详见《清史稿》、谭献《太常寺卿袁公墓碑》、章梫《袁昶传》等。

袁昶是同治六年（1867）张之洞在奉旨充浙江乡试副考官时所取之士，于光绪二十年（1894）入张之洞幕府。胡钧《年谱》称此榜"所取多朴学之士"，后来大都成为知名人物，袁昶外，还有许景澄、陶模、孙诒让、谭献等，"其后学术、政治、忠义、文章，各有成就，为前后数科所不及"。李慈铭《日记》也说张之洞此次取士"可谓乡邦之幸"。袁昶的政治改革主张与张之洞在《劝学篇》中所阐释的思想较为接近。在文化教育上，袁昶也与张之洞一脉相承，他经常教育童生学习应当通经史大义、古今利弊，毋徒溺举业以自蔽，还创建尊经阁，捐募官私各刻新旧有用书籍。而且，袁昶也主张经世致用，纂辑农、桑、兵、医、舆地、治术、掌故诸书，编为《渐西村舍丛刻》。师、弟二人之关系颇为亲密，光绪二十三年（1897），袁昶把乃师的部分诗歌校写刊刻，取名为《广雅碎金》，书末有《广雅碎金

[①] 易顺鼎：《琴志楼摘句诗话》，《琴志楼诗集》，第1512页。

书后》一文，交代刊刻缘起。后袁氏所刊行的《渐西村舍量刻》亦收进《广雅碎金》中。《广雅碎金》是张之洞成年之后所作之诗的第一次结集印行本子，对于促进《广雅堂诗》的传播有较大意义。

张之洞于光绪二十二年（1896）卸任两江总督，在返回武昌的途中经过芜湖时，袁昶设宴款待，二人纵谈竟日。张之洞作有《过芜湖赠袁兵备超》一诗，极为称道袁昶的为官、为学、为人之道："为政有道道有根，佳人读书袁使君。九流孺哼仍摆落，收拾併入不二门。罗城于公三间屋，民隐不隔当关阍。东头图书西莞库，中有湛寂心君尊。"最后还意犹未尽地欲定日后重游之约："黄山幸在君管内，来游何日常思存。宾从豪盛自诧王元美，东道殷勤还望汪道昆。"①

袁昶供职户部兼任总理衙门章京长达九年，每处理中外交涉事务，"恭、醇、庆递领部务，倚重如一。译署无成案可稽，临事以卓识见采"②。光绪二十六年（1900），因为反对慈禧太后及端王载漪鼓动义和团围攻各国使馆，而以抗言罹难。后人将袁昶、许景澄、徐用仪三人合称为"三忠"，并于西湖孤山南麓建造了"三忠祠"作为纪念。光绪三十年（1904），张之洞由南京返回武昌途中，经过芜湖，伤今怀昔，作《过芜湖吊袁沤簃》四首怀之，称赞了袁昶的政绩、评价了他的诗歌。陈衍认为道光以来诗坛中风格生涩奥衍的一派取法韩愈、孟郊、黄庭坚，尝言"语必惊人，字忌习见……近人惟写经斋、渐西村舍近焉"③，确切地指出袁昶诗歌师法黄庭坚生涩奥衍处，但其诗还有师法王安石精丽工巧及以散文语言入诗之处。袁昶座师张之洞曾在其诗《过芜湖吊袁沤》中评袁诗为"双井半山君一手"，已指出这一点。

袁昶的诗名和沈曾植相当，在近代颇负盛誉，是近代同光体中浙派的代表人物。汪辟疆在《光宣诗坛点将录》中点之为"天勇星大刀关胜"，评曰："太常忠义世所许，诗歌乃摩黄陈垒。渺绵声响独

---

① 庞坚：《张之洞诗文集》，第139、140页。
② 哀荣史等：《太常袁公行略》，商务印书馆印，光绪二十一年（1905），第4页。
③ 陈衍：《石遗室诗话》，张寅彭《民国诗话丛编》第一册，第48页。

所探，光莹奥缓相依倚。"又说："渐西村人诗，硬语盘空，遣词命意，不作犹人语。或有议其僻涩者，要非定论。"①"黄陈垒"云云，指黄庭坚、陈师道。袁昶论诗颇重山谷，他曾说："山谷律诗，最讲昆体功夫，参以杜夔州后气格。古诗亦源出浣花、玉溪。后来人不善学之，遂流为江西恶札。"又说："自开天以来，正脉要以杜为鼻祖。偏得杜法者玉溪生，偏得玉溪法乳，能'以故为新，以俗为雅'，惟涪蟠耳。壶公师讲求格律最细，亦时时有出入玉溪、涪蟠处，故详之。"② 黄庭坚是学杜的大家，张之洞也诗崇浣花，但他学杜不仅绕开了山谷，还很不喜山谷诗和江西诗派，这些袁昶应该都是知道的，而且在他为香涛辑录的《广雅碎金》里也收有张之洞明确表示厌恶黄诗的《摩围阁》一首，但让人不解的是，袁昶在刊刻《广雅碎金》时，将收有上述说法的《小沤巢日记》附在了其后，还甚至说张之洞诗学山谷，不知为何。此外，袁昶诗集中的《地震诗》可谓是名篇，是句式参差，又能一气贯注的佳制。然则此诗之格调、谋篇均学自卢仝的《月蚀诗》，极为险怪，显然违背了张之洞的诗歌意趣。袁昶作诗还好用佛道事，金天羽曾言"渐西好用道藏、佛典，乃为累耳"③，这与张之洞也大异。师、弟二人虽然在诗歌创作主张上有较大差异，但是袁昶对乃师的诗文创作还是颇为关切和看重的，他曾点评了《广雅碎金》的许多诗篇，如《连珠诗》三十三首，首首都有心得，颇能说中香涛的心事和怀抱，也可说是颇为了解恩师了。

（五）黄绍箕（1854—1907）

黄绍箕，字仲弢，号鲜庵，浙江瑞安人。光绪六年（1880）进士，散馆授编修，后赏加侍读衔，充武英殿纂修。尝辑《中国教育史长编》，并著有《鲜庵遗稿》。生平事见《清史稿》《清国史·黄绍箕传》、宋慈抱《黄绍箕传》、孙延钊《瑞安五黄先生系年合谱》等。

黄绍箕与张之洞渊源颇深，入张幕也可以说是自然而然的事。其

---

① 张寅彭：《民国诗话丛编》第五册，第327页。
② 张寅彭：《民国诗话丛编》第五册，第541页。
③ 《当代学者自选文库·钱仲联卷》，安徽教育出版社1999年版，第674页。

父黄体芳，是同光时期清流重要成员之一，与张之洞、张佩纶、宝廷并称"翰林四谏"。而黄体芳与张之洞还是同榜进士，有同年之谊，后又一起授翰林院编修。两人都是敢言直谏的性格，一起指斥弊政，弹劾权臣，携手共进，关系非同一般。黄绍箕自幼便受到张之洞影响，后来还做了张之洞的侄女婿，关系更进一层。在戊戌维新变法中，黄绍箕替张之洞上呈《劝学篇》，使张之洞在这次风波中不仅有惊而无险，还得到擢升。光绪二十六年（1900），黄绍箕受张之洞之聘为两湖书院监督。光绪二十八年（1902），张之洞又聘他为江楚编译局总纂。光绪三十二年（1906），黄绍箕以湖北提学使身份赴日本考察学务，归国后仍入张幕。据张继煦在《张文襄治鄂记》中所说，好夜谈并常通宵达旦的张之洞在黄绍箕到督署后，经常晚上找他谈话、议事，这让身体本就羸弱的黄绍箕不堪负荷。

作为张之洞入室弟子的黄绍箕，博学工文辞，善骈体文，还精于金石、书画、目录之学。汪辟疆在《光宣诗坛点将录》中点之为地威星百胜将韩滔，并评曰："三游洞接下牢关，怊怅年时独往还。过客题名劳护惜，空余高咏满江山。"又说："仲弢少承家学，工骈体文，精于目录、金石、书画之学。出其绪余为诗，遣词雅，使事切。《三游洞题名》诸诗，典雅可诵。"①所以汪辟疆以为黄氏虽非河北人士，而诗学典赡雅正，足为广雅、箕斋张目，故列入河北派。今所传之《鲜庵遗集》，吐语蕴藉，卓然雅音。黄绍箕有诗云："广雅堂深夜漏催，往承玉屑洒蓬莱。"显见其师友渊源。

（六）顾印愚（1856—1913）

顾印愚，字印伯，一字蔗孙，号所持，晚号塞向，四川成都人。早年肄业于尊经书院，光绪五年（1879）举人，官洪雅县训导，后改官知县。充光绪癸卯科湖北乡试同考官，后署武昌府通判。辛亥后奉母隐居，偃蹇多感，卒于北京。弟子程康辑其诗，刊成《成都顾先生诗集》。

顾印愚是同治末年张之洞在四川做学政时所取的生员，和张之

---

① 王培军：《光宣诗坛点将录笺证》，第254页。

洞也有师生之谊。《石遗室诗话》载："印伯与绵竹杨叔峤（锐），广雅督蜀学时，为所识拔二童子。"光绪五年（1879），印伯高中举人，然赴京的两次会试都不幸落第了，张之洞安慰他说，一个读书人不一定要有个进士翰林的显赫科名，只看本身所持为如何而已。于是印伯一心做学问，"后追随广雅者数十年"。已人到中年的顾印愚在光绪二十一年（1895）进入张之洞幕府，直到光绪二十八年（1902）。在张幕的这段时间，张之洞对其也颇垂青眼，派他在督署做文案，后又任职于银元局、铸钱局和自强学堂，最后推荐顾印愚做了知县。

张之洞幕中本就多诗人，加之香涛又鼓励大家积极创作，故而时有酬唱。然印伯诗并不多作，对此汪辟疆曾云："南皮宾客，多通方之彦，如梁节庵、易实甫、陈石遗、程子大，篇什流传，倾动一世。惟印伯则循谨简默，退藏如密。同辈夙知其善书法，鲜有知其能诗者，盖所作不轻以示人也。没后，其弟子程康褎辑遗集，世乃知顾氏于书法之外，诗笔冠绝当时。其句律之精严，隶事之雅切，一时名辈，无以易之。"① 陈衍也曾说过顾印愚"为张文襄入室弟子。余识之二十年，惟见其饮酒、作字、斗诗钟，未见其作诗。梁节庵以为工晚唐体，及见其门人程穆庵所辑手稿，皆宋人语也"②。故石遗论印伯诗云："廿年珍秘箧中词，身后幽光发太迟。终肖蜀山深刻处，梁髯偏说晚唐诗。"③ 评价可谓精准。汪辟疆在《光宣诗坛点将录》中点之为地文星圣手书生萧让，评曰："义山婉丽又眉山，双玉堪前酒意安。遥想蜀山清碧处，只留残梦落江潭。"④ 谭宗浚在所刻《蜀秀集》中，最称顾诗。张之洞对印伯诗也是极称赏的，曾评："近蜀人诗，印伯当首屈一指。"并论其诗云："远宗苏玉局及玉溪生。"印伯将此引为极荣。

总的来说，张之洞幕府中这些诗弟子与他们的座师在诗歌主张和

---

① 汪辟疆：《汪辟疆说近代诗》，第46页。
② 汪辟疆：《光宣以来诗坛旁记》，张寅彭《民国诗话丛编》第五册，第442页。
③ 汪辟疆：《光宣以来诗坛旁记》，张寅彭《民国诗话丛编》第五册，第442页。
④ 王培军：《光宣诗坛点将录笺证》，第679页。

创作上，有接受、传承，也有分歧、悖离，但终究还是朝着求同存异的方向努力。汪辟疆在《光宣诗坛点将录》中将张之洞点为天威星双鞭呼延灼，评曰"指挥若定，清真雅正"。据陈衍云："广雅少工应试之作，长治官文书，最长于奏疏，旁皇周匝，无一罅隙，而时参活著。故一切文字，力求典雅，而不尚高古奇崛。典故切，雅故清。"（《石遗室诗话》）张之洞论诗中的工切处，被其弟子樊增祥等人加以继承。汪辟疆说樊增祥"胸有智珠，工于隶事，巧于裁对，清新博丽，至老弗衰，迹其所诣，乃在香山、义山、放翁、梅村之间"①。而樊增祥诗论中就有清切自然一条②，这正与张之洞的诗歌主张有共鸣处。汪辟疆在《光宣诗坛点将录》中对易顺鼎评价颇高，说"其诗才高而略变其体，初为温李，继为杜韩、为皮陆、为元白，晚乃为任华。横放恣肆，至以诗为戏，要不肯为宋派。"鉴于樊增祥等人所重不仅在中晚唐，而并推于宋调，故钱仲联将樊易二人归诸"唐宋兼采派"，并推其座师张之洞为此派之总代表，这是很有卓识的。

樊增祥、易顺鼎、袁昶都是张之洞的弟子，在诗界各占一席，但旨趣有所不同。对此，陈衍有《送实甫之官》一诗，云："渐西樊山旧同调，赋诗刻烛乘公余。艰辛容易各有致，樊易叉手袁捻须。冰堂高足得三子，《于湖》牛渚悲云殂"。并评论说："袁爽秋（昶）有《于湖集》，所著书皆署'渐西村舍'，作诗冷涩用生典，与樊易二君皆抱冰堂弟子，而诗派迥然不同。"③ 汪辟疆评价袁昶说："袁氏立朝有声，学术淹雅，生平祧唐抱宋，用事遣辞，力求僻涩，今所传《渐西村人集》，斗险韵，铸纬辞，一时名辈，为之敛手。"（《光宣以来诗坛旁记》）张之洞并不喜欢袁昶的这种诗风，正如陈衍所云：

---

① 汪辟疆：《汪辟疆说近代诗》，第22页。
② "清切"，也是当时的诗人对樊增祥诗的评价，如李肖聃《星庐笔记》："樊增祥……遗诗凡万余首，常自述其作，树义常丰，述情必显。盖其清切典练，与晚唐名家相近。"
③ 《石遗室诗话》，张寅彭《民国诗话丛编》第一册，第29页。

广雅相国见诗体稍近僻涩者,则归诸西江派,实不十分当意者也。苏堪序伯严诗,言"往有巨公,与余谈诗,务以清切为主。于当世诗流,每有张茂先我所不解之喻"。巨公,广雅也。其于伯严、子培及门人袁爽秋(昶),皆在所不解之列,……《过芜湖吊袁沤簃》则云:"江西魔派不堪吟,北宋清奇是雅音。双井半山君一手,伤哉斜日广陵琴。"①

但如前述,袁昶诗中除了学习双井(黄庭坚)的艰涩处,也学习了半山(王安石)的清奇处,即张之洞评价袁诗时所谓"双井半山君一手"。张之洞对王安石虽也多有不满,但对其诗歌"清奇"处,也是肯定的,故而把黄庭坚和王安石合起来称赞袁诗,使诗格虽有僻涩处的袁诗稍稍脱离了"江西魔派"。

二 张之洞与其幕府中的其他诗人

张之洞幕府中的诗人,除了以上述及的修有师弟之谊者,还有一些只为主宾关系者,如有梁鼎芬、陈衍、郑孝胥、陈三立等,亦是幕中之诗歌强将。

(一)梁鼎芬(1859—1920)

梁鼎芬,字星海,一字伯烈,号节庵,广东番禺人。光绪六年(1880)进士,授编修。历任湖北按察使等职。辛亥革命后,梁鼎芬以遗老自居,曾参与张勋复辟。梁鼎芬在清亡后,多次祭拜光绪皇帝陵寝,后受命管理崇陵种树事宜。卒于北京。有《节庵先生遗诗》等行世。生平事迹见于《清史稿》、汪兆镛《梁文忠公别传》、胡钧《梁文忠公年谱》、吴天任《梁节庵先生年谱》等。

中法战争期间,梁鼎芬因上疏弹劾李鸿章而遭降级处分,便辞官进了张之洞的幕府。梁鼎芬推崇传统儒学,讲求经世致用,敢言有气魄,这使张之洞将其引为同道,并长期让梁鼎芬协助自己管理学务,参与决策。据刘成禺回忆,梁鼎芬入张之洞幕府前,王可庄

---

① 《石遗室诗话》,张寅彭《民国诗话丛编》第一册,第156页。

曾对其说："现今有为之士，不北走北洋，即南归武汉，朝官外出，可寄托者，李与张耳。为君之计，对于北李，绝无可言，只有南张一途。张自命名臣，实则饱含书生气味，尤重诗文。其为诗也，宗苏、黄，而不喜人言其师山谷；又喜为纱帽语。君诗宗晚唐，与彼体不合，非易面目，不能为南张升堂客也。涉江采芙蓉，君自为之，仆能相助，否则，老死江心孤岛耳。"① 梁鼎芬听从了王可庄的建议，成为张之洞幕中之上宾。此后张之洞署理两江总督，改任湖广总督，梁鼎芬都一路随行，效力左右，是张之洞十分得力的助手与谋士。在学务上，张之洞更是"言学事惟鼎芬是任"②，足见对其的倚重。张之洞开设上海强学会，梁鼎芬也是参与议定学会章程，鞍前马后。

二人在晚年曾有失和之说，据时人回忆，起因是张之洞于光绪二十八年（1902）受命署理两江总督，便推荐端方署理湖广总督。后来张之洞欲回原任，端方却阻挠再三，使张之洞在光绪三十年（1904）才得以回任，这使张之洞颇为不满。端方督鄂期间，梁鼎芬鼎力相助，端方离任时，梁鼎芬又刻碑以示留念："唯州之正，益阳之忠。滔滔江水，去思无穷。"这令张之洞齿冷，所作《读史绝句》之《李商隐》："芙蕖雾夕乐新知，牛李裴回史有辞。未卜郎君行马贵，后贤应笑义山痴。"即诟讽梁鼎芬，恶其与端方新相结纳。二人虽有交恶，但应时间不长便又恢复关系了。因为同年八月，张之洞便任命梁鼎芬为督练新军的营务处总办，将湖北新军的训育大权一并交给梁鼎芬。经张之洞举荐，梁鼎芬先后任武昌知府、湖北安襄郧荆道、湖北按察使、布政使等职。张之洞入主军机后，还曾致电梁鼎芬，有"到京十余日，喘息甫定，时局日艰，积习如故，毫无补救，惟有侯冬春间乞骸骨耳"③的慨叹。张之洞去世后，梁鼎芬至南皮奔丧，痛哭之声，压过众孝子，并为张之洞作挽联："甲申之捷，庚子

---

① 刘禺生：《世载堂杂忆》，中华书局1960年版，第82页。
② 赵尔巽等：《清史稿·梁鼎芬》第四十二册，中华书局1977年版，第12822页。
③ 《广州文史资料》1963年第4辑，第206页。

之电,战功先识孰能齐,艰苦一生,临殁犹闻忠谏语;无邪在粤,正学在湖,讲道论心惟我久,凄凉廿载,怀知那有泪干时。"又云:"老臣白发,痛矣骑箕,整顿乾坤事粗了;满眼苍生,凄然流涕,徘徊门馆我何如?"字里行间充满对张之洞的深切缅怀之情。此后,他坐火车每过南皮必肃然起座,面向东敬立,以示默悼。晚年在北京时,逢每月十五日,必到张之洞祠前行礼。

梁鼎芬亦工于诗,与罗瘿公、黄节、曾习经等合称近代"岭南四家"。汪辟疆在《光宣诗坛点将录》中点之为"天满星美髯公朱仝",以为"其言妩媚",评曰:"梁髯诗极幽秀,读之令人忘世虑。书札亦如之"。[1] 钱仲联认为梁鼎芬"仍是走学唐宋的老路:他学宋,兼学中晚唐并及杜、韩,故陈衍谓其'时窥中晚唐及南北宋诸名家堂奥'"[2]。李渔叔则认为梁鼎芬诗"格调与半山、东坡为近,而及于杜韩"[3]。可见梁鼎芬在诗学观上,和张之洞的唐宋兼采相类。梁鼎芬对张诗颇为赞誉,尝论其"官大诗愈好。宋意入唐格,公诗故自道。身世托梁公,慈恩留吟草"[4]。不过,他跟张之洞诗学观也有不同之处,即屈向邦所说的"节庵七绝,好效山谷拗涩之体,续集更多"[5]。张之洞有与梁鼎芬同游之诗作,如《九月十九日八旗馆露台登高赋呈节庵孝通伯严斗垣叔峤诸君子》《封印之明日同节庵伯严实甫叔峤登凌霄洞》,有送别之作,《送梁节庵之官襄阳道》。

(二)陈衍(1856—1937)

陈衍,字叔伊,号石遗。福建侯官(今福州市)人。光绪壬午(1882)举人。曾入台湾巡抚刘铭传幕府。历任学部主事、京师大学堂教习。清亡后,讲授于各大学,并编修《闽建通志》,最后寓居苏

---

[1] 张寅彭:《民国诗话丛编》第五册,第333页。
[2] 钱仲联:《近代诗钞》第二册,江苏古籍出版社2001年版,第1237页。
[3] 《鱼千里斋随笔》,钱仲联《近代诗钞》第二册,江苏古籍出版社2001年版,第1237、1238页。
[4] 《论近代诗四十家》,钱仲联《清诗纪事》,同治朝卷,江苏古籍出版社,第11755页。
[5] 《粤东诗话》,钱仲联《近代诗钞》第二册,江苏古籍出版社2001年版,第1238页。

州，与章炳麟、金天翮共倡办国学会，任无锡国学专修学校教授。一生著述丰富，《石遗室诗话》及《石遗室诗话续编》于近代诗坛影响巨大。晚年编有《近代诗钞》，多收录同辈人作品，与《诗话》互为表里，是近代著名的诗歌选本。生平事迹详见陈声暨《侯官陈石遗先生年谱》、唐文治《陈石遗先生墓志铭》等。

光绪二十年（1894），陈衍在武昌拜谒了张之洞，以诗表达了自己对其的向往之意："罪言猥许空余子，长句曾邀叹起予。愿识荆州天下士，翻传急递到樵渔。"① 张之洞很是欣赏。当时陈衍虽尚未入张幕，但却已与张幕中之沈瑜庆、梁鼎芬、蒯光典、顾印愚等人往来甚密，常交游赋诗。光绪二十四年（1898），陈衍所撰之《戊戌变法榷议》，深得张之洞赞赏，以为陈衍"光明俊伟，使人神往"②。是年末，陈衍应张之洞盛邀，入于其幕下。这段长达九年的幕宾生涯，对陈衍日后在诗歌、诗学上的成就意义重大。入幕后，陈衍与幕中郑孝胥、沈曾植、梁鼎芬、袁昶、樊增祥等诗界名流时常相互切磋、交流，形成了近代诗坛的一支重要力量，并促进了陈衍的诗歌、诗论水平的提高，著名的"三元说"即是这一时期他与沈曾植论诗的成果。陈衍思想较为开通，对西学有一定了解，在张幕时，于财政方面曾为张之洞出力不少，如他主张实行类似英国的货币制度，还主张以国家的名义统一铸造货币，通过律法来推行使用。张之洞采用其建议，发行铜元，为湖北的军政建设、教育事业筹备了大量的资金。故陈衍入幕之初，深受张之洞器重，张之洞也力促陈衍成就功名，以尽提携之力。光绪二十八年，清廷"开经济特科，招绩学异能之士，张之洞以先生荐。及终试，之洞索先生卷不得，则已为他人所抑"③（唐文治《陈石遗先生墓志铭》）。

张之洞虽以儒臣自居，但对于以经世致用为第一要务的他来说，只讲诗文不讲事功的人是有违儒家积极入世的精神的，他就曾对弟子

---

① 陈衍撰，陈步青编：《陈石遗集》，福建人民出版社2001年版，第102页。
② 陈声暨编，王真续编，叶长青修订：《侯官陈石遗先生年谱》，台湾艺文印书馆，第99页。
③ 陈衍撰，陈步青编：《陈石遗集》，福建人民出版社2001年版，第2170页。

樊增祥说过"子其终为文人乎？事有大且远者，而日以风雅自命，孤吾望矣"这样的话。张之洞曾多次督促陈衍参加科举，以期在仕途有所作为。然陈衍不喜功名，多有推脱，这在张之洞看来过于自废，而心生不满。

陈衍亦有诗名，是同光体的重要宣传者、理论家和该体诗派中闽派的代表人物。汪辟疆在《光宣诗坛点将录》中点之为"地魁星神机军师朱武"，评之曰"中年以诗名，顾非甚工，至说诗，则居然广大教主矣。"但是较之诗歌，其诗论更为出色，"三元说"便是他和诗友沈曾植的精华之论。张之洞与陈衍在诗论上不属一类，而且香涛也不喜欢石遗的诗歌，章士钊曾说"见说骏驭冠下客，不教陈衍炫依严"且"（广雅）集中无与石遗诗，闻己诗亦不令陈和"①。检之张诗，的确没有与陈衍唱酬的诗作，可见陈衍之诗最终不为张之洞所喜。但陈衍却一直推崇张之洞，陈三立曾讥张之洞的诗有"纱帽气"，陈衍便在《石遗室诗话》中专为张申辩道："念念不忘在督部，其实何过哉？此正广雅诗长处"，并有多处论及张之洞，颇为推崇，认为"古今诗家，用事切当者，前推东坡，后有亭林。公……诸诗用事精切，皆可以方驾坡公、亭林"。陈衍《石遗室师友诗录》中，张之洞的诗赫然位列榜首，并赞之为"古体财力雄富，今体士马精妍"，足见其对张之洞的尊崇。此外，在陈衍《近代诗钞》中，也收录了不少张之洞的诗。

虽然二人在诗歌旨趣上大有不同，但是也有持论相似处，如陈衍解释"三元说"为"余谓诗莫盛于'三元'，上元开元，中元元和，下元元裕也。……余言今人强分唐诗、宋诗，宋人皆推本唐人诗法，力破余地耳。庐陵、宛陵、东坡、临川、山谷、后山、放翁、诚斋、岑、高、李、杜、韩、孟、刘、白之变化也。简斋、止斋、沧浪、四灵、王、孟、韦、柳、贾岛、姚合之变化也。故开元、元和者，世所分唐宋人之枢翰也。若墨守旧说，唐以后之书不读，有日蹙国百里而

---

① 汪辟疆：《汪辟疆说近代诗》，第62页。

已"。① 这里可以看出二人在诗歌主张上都讲兼取唐宋，不过在具体师法哪一家上大有不同，陈衍所举的上述诗人中，山谷、后山、孟郊等人的诗风便是张之洞极为不喜的。此外，陈衍和张之洞一样，也不甚喜欢六朝诗，其《冬述四首示子培》之三有句云："当涂逮典午，导江仅至澧。"②把魏晋诗歌比作长江导源仅到澧水，喻其成就不高。还在《瘿庵诗序》中针对严羽"诗有别材，非关学也"之论，批判了六朝诗："微论大小《雅》《硕人》《小戎》《谷风》《载驰》《氓》《定之方中》诸篇，六朝人有此体段乎？《绿衣》《燕燕》，容有之耳。微论《三百篇》，《骚》之上帝喾，下齐桓，六朝人有此观感乎？滋兰树蕙，容有之耳。故余曰：诗也者，有别才而又关学者也。"③ 而陈衍曾提倡的"学人之诗与诗人之诗合"和张之洞的诗学主张也是不相悖的。

张之洞对陈衍诗歌的态度在现有文献中极为罕见，仅见陈衍自己记载过的一次，说："由武昌入都时，广雅督部嘱有诗寄阅，甚赏《荥泽渡河》一律。余不自慊意，续刻诗集时删去。惟前四句云：'春水桃花浪未生，荥波如掌御风行。中州忽尽刑河界，历块犹存郑卫名。'尚有气势，以下则祖咏所谓意尽，可以藏拙矣。"④ 对于陈衍的一些诗论，张之洞也并非一概拒绝的，如据陈衍《诗话》称，他对张之洞诗的点评"曾刊印《师友诗录》中，公薨前数月，特取阅之"⑤。

（三）郑孝胥（1860—1938）

郑孝胥，字苏戡，一字太夷，取苏轼"万人如海一身藏"诗意，名其楼曰"海藏楼"，又因平生好早起，故又名其室曰"夜起庵"，福建闽侯县人。福建闽侯县人。光绪八年（1882）举人。光绪十五年（1889）考取内阁中书，改官同知，发江南。后赴日本，为使馆秘书，调神户、大阪领事。回国后充任总理各国事务衙门章京、湖南

---

① 陈衍：《石遗室诗话》，张寅彭《民国诗话丛编》第一册，第21页。
② 钱仲联：《陈衍诗论合集》，福建人民出版社1999年版，第1111页。
③ 钱仲联：《陈衍诗论合集》，福建人民出版社1999年版，第1058页。
④ 陈衍：《石遗室诗话》，张寅彭《民国诗话丛编》第一册，第368页。
⑤ 陈衍：《石遗室诗话》，张寅彭《民国诗话丛编》第一册，第157页。

布政使等职,晚年担任"伪满洲国"总理。近代著名诗人、书法家,有《海藏楼诗集》等。生平事见叶戎《郑孝胥传》、叶参《郑孝胥年谱》等。

光绪十一年(1885),陈三立便欲推荐郑孝胥至张之洞处,"余将去家,伯潜欲荐之张香帅"①。但郑孝胥当时选择了北行,故郑、张二人于光绪二十年(1894)才得以见面,据其日记载,十月十三日,"爱苍来,言香帅急欲一见,且欲余以江苏同知见。……有顷方见,先询文学,后讯倭情,将一时许,余乃退出"②。仅仅隔了一日,二人又有一次畅谈,郑孝胥于十五日日记中有详细记录:

> 香涛制军问余:"于文,师谁?"对曰:"喜子厚之无障翳。"制军笑曰:"闽人固多好子厚也,其文实矜炼。"余曰:"桐城派极贬子厚。"制军曰:"彼虚字甚多。然子厚云,'参之太史以致其洁',此言何哉?"余曰:"子厚出于孟坚。班多骈,马多散,此所以取其洁软。"制军嗟讶曰:"然,子言甚有理致。"又言:"诸子多近于骈,独《庄子》散行。《庄》之文理多虚诞,何也?"余曰:"《庄子》之文皆反言以讥切当世之学,即太史公谈论六家要指之微意,实非无端之虚诞。"制军曰:"然。"余曰,"文无定体,要以切于当时者为真,余皆伪体也。"制军曰:"理足事明,则真而非伪矣。"余曰:"有古人之理至允而非今日之理,有往代之事至正而非当世之事。"制军曰:"日本蓄意东方,其谋已久。在彼国者独无先几之见乎?"对曰:"欲攻而后备兵,欲拒而后设防,此中国废弛之政耳。若西方诸国以及日本,常备之兵日日可战,时时备御,岂有临事张皇,与人可以窥哉。"制军曰:"朝鲜乱人,号曰东学党,何义也?"余曰:"朝鲜非所深知。然闻自中国教以与西人通商以来,国中之守旧者多不悦。其

---

① 郑孝胥著,劳祖德整理:《郑孝胥日记》第一册,中华书局1993年版,第56页。
② 郑孝胥著,劳祖德整理:《郑孝胥日记》第一册,中华书局1993年版,第446页。

日东学,乃以反今日之西学耳。"制军曰:"子言信哉。"①

说文论政,可见二人相谈甚欢,而对话中张之洞的几次"然",也透露出他对郑孝胥的赞赏。

郑孝胥入幕后,不仅从事一些文案工作,还参与了如"东南互保"这样的重大政治事务。郑孝胥足智多谋,有诸葛之美誉,最初深受张之洞器重,在政事上,也颇受倚重:

> 鄂督张之洞耳其名,招入幕。具疏称其才堪大用,得旨赏道员。当时湖北官场,言必称郑总文案,其势可见矣。之洞宿交王可庄仁堪,其子某,以通判指省,思入督幕,自表襮。梁节庵鼎芬为言于之洞,之洞默然。固请,怒斥之。某营进甚亟,不得请不休。尝以此旨告鼎芬,鼎芬曰:"必报。"会有事诣制府,如前言。孝胥适在座。之洞俟其辞毕,恚曰:"吾幕非无人才,某或未能也。子掌两湖书院,待人治事,曷引为助乎?"鼎芬唯唯。孝胥挽言曰:"帅之言,余独不谓然。天下人之文章孰若帅?天下人之公牍孰若帅?为他人之记室易,为吾帅之记室难。惟其难也,某必欲得之,将以求学耳。可庄固材士,其子当是通品,不可不察。"语已,以目视鼎芬,鼎芬曰:"苏堪妙语,实获我心。欲言而未敢出口。"之洞微笑曰:"苏堪言婉而讽,节庵亦复言外有意。不从,二子必皆不悦;从,则当试某以事,容吾熟审之。"未三日,令下。人情好褒恶贬,之洞何莫不然。孝胥善于词令,使鼎芬累求而不得者,寥寥数语谐其事,诚解人也。孝胥之佐之洞也,百政无不预,军事亦参赞机密。②

张之洞很是喜爱不仅思维活跃、能言善道,而且还能办实务的郑孝胥,故也大力举荐他。通过张之洞,郑孝胥于光绪二十四年

---

① 《郑孝胥日记》第一册,第446、447页。
② 《光宣以来诗坛旁记》,张寅彭《民国诗话丛编》第五册,第466、467页。

(1898）赴京参与维新变法，失败后重入张之洞幕，相继任卢汉铁路总办、兼委办湖北全省营务，最后调任广西边防大臣。

张之洞和郑孝胥的关系也出现过一点小插曲，即郑孝胥于光绪二十一年（1895）赴京后曾拜谒过翁同龢，须知张、翁素不相能，郑孝胥此举颇令张之洞不悦，使得广雅对其有所疏远，郑孝胥在诗中尝言"金陵谒南皮，拒客若有愠"①。郑孝胥对张之洞也有微词，在同年八月二十五日的日记中写道："或有诵《论语》以拟南皮者，曰'五美之反'，言：'费而不惠，怨而不劳，贪而不欲，骄而不泰，猛而不威'也。又曰：'难事而易说也。说之虽不以道，说也；及其使人也，求备焉。'"②郑孝胥对张之洞甚至还有怨言，据说是因香涛举荐人才时，把郑先拟在内，后又落下。郑孝胥得知后，极为不快，他在光绪二十三年（1897）十二月二十九日的日记中说："南皮密保之奏，盛京卿、梁星海皆以告余。然世局变态，思之已熟，尚不为造化小儿所给，况今日之斗筲乎"③，或即为此。之后日记中对张之洞的不满愈来愈多，如光绪二十八年十二月日记："南皮无坚锐之气，此举恐不能成，吾乐与爽直者共事。若反复不断者，终老无成，必矣"④等。虽然二人关系不复当初，郑孝胥最终也离开张之洞幕府，但郑孝胥对张之洞身后也给予了肯定，对其境遇也感到同情，念及当年，也心生怀念。如其《海藏楼杂诗》之十九云："汤赵走相语，南皮昨已薨。郁郁此老翁，其意宁乐生。一生抱忠节，旧学颇殚精。惜哉如纨扇，秋至难施行。公尝称我诗，谓非世士能。江湖虽浩荡，隐愧知己情。年年泥忆云，今日殊幽明。病中必见恨，此恨终冥冥。"又其二十云："抱冰堂中饭，徐味犹在腹。别时恐遂绝，所欠惟一哭。弃官如弃世，用意固已毒。知公疾我去，积愤亦殊酷。偶然见其诗，失叹不自觉。却求爪雪卷，感念

---

① 《刘聚卿属题文徵明石湖画卷卷中有张文襄乙未十月题诗翁文恭庚子四月和文衡山三诗》，郑孝胥《海藏楼诗集》，上海古籍出版社2003年版，第302页。
② 《郑孝胥日记》第一册，第514页。
③ 《郑孝胥日记》第二册，第638页。
④ 《郑孝胥日记》第二册，第857页。

定何触。功名果灭性，并世迷九曲。子期既云亡，高山欲谁属。"自注："南皮见余《题郑子尹爪雪山樊》诗，乃属乔茂萱求其图卷看之。此邹怀西告杨寿彤语也。"①

郑孝胥是同光体中闽派的领军人物，其诗戛戛独造，自成一家，《海藏楼诗》颇为世所重。汪辟疆在《光宣诗坛点将录》中点之为"天罡星玉麒麟卢俊义"，评曰："苏堪急功名而昧于去就，陈弢庵、张謇之尝论及之"，"若就诗论诗，自是光宣朝作手。"陈衍尝称："苏堪三十以前，专攻五古，规模大谢，浸淫柳州，又洗炼于东野，沉挚之思，廉悍之笔，一时殆无与抗手。三十以后，乃肆力于七言，自谓为吴融、韩偓、唐彦谦、梅圣俞、王荆公，而多与荆公相近，亦怀抱使然。……君尝言：'作诗工处，往往有在怅惘不甘者。'"②

张之洞颇欣赏郑孝胥的诗，多有赞语，钱基博曾说："张之洞诵孝胥诗，亦极推重，曰：'苏堪是一把手。'"③ 郑孝胥引之为极荣。郑孝胥也经常向张之洞呈诗，每次香涛赞誉有加，他就会在日记中记录下来，如他在光绪乙未二月初六日的日记中曾写道："爽秋邀饮，从南皮往。席间，余献《游彭杨祠》七律一首，南皮称赏久之，曰：'子诗外清而内厚，气力雄浑，真佳制也。'"④ 又光绪二十二年十一月日记："南皮称：'苏龛诗虽出宋人，然竟是苏龛之诗也。其诗胜于文。'"⑤ 又光绪二十五年八月日记："诣南皮贺并献诗为寿……南皮来催请，至水陆街姚园，星海亦至。园中桂盛花，香甚，坐小亭中谈诗至曛黑。……南皮极称余诗沈雄宕逸，簿书旁午中而不损其高雅之趣，此为无匹也。"⑥ 又光绪二十六年二月日记："晨，渡江诣南皮，同赴沈子培之约，坐间星海、念劬、纪香聪也。南皮询余近作，

---

① 郑孝胥：《海藏楼诗集》，上海古籍出版社2003年版，第192、193页。
② 陈衍：《石遗室诗话》，张寅彭《民国诗话丛编》第一册，第21页。
③ 钱基博：《现代中国文学史》，上海书店出版社2004年版，第181页。
④ 《郑孝胥日记》第一册，第546页。
⑤ 《郑孝胥日记》第一册，第581页。
⑥ 《郑孝胥日记》第二册，第734、735页。所献诗题为《广雅尚书生日以诗为寿》，见《海藏楼诗集》。

因呈《盟鸥榭》诗，南皮曰：'子诗，自明以来皆不能及也。'"①另叶参《郑孝胥传》中有记："己亥年先生有诗题为《广雅尚书招同姚园探梅》中有句云：'赏会未妨饶胜事，忧勤终是靳深杯。'文襄公读至此，不觉起立致敬，其见重有如此者。"②

郑孝胥作诗不袭陈言，不掉书袋，而能自出机杼，抒写怀抱，故其诗有个人面目。郑孝胥的诗，诗语工雅不俗，用典隶事切当得体，诗句活泼有生气，诗境清新，无怪乎能得到张之洞的爱重。其《海藏楼诗》中涉及到张之洞的诗作也不少，如有《记对南皮尚书语》《从广雅尚书登采石矶彭杨祠》《芜湖道署燕集上广雅尚书》《从广雅尚书登石钟山昭忠祠》《复从游武昌西山九曲亭至陶桓公祠》《六月三日大雨后诣局》《南皮制军六十生日二首》《南皮尚书急召入鄂雪中过芜湖》《广雅尚书招同姚园探梅》《偶占视石遗同年》《梁星海山长招陪广雅尚书两湖书院看桃花》《续杂诗》（其三）、《洪山登南皮尚书阅兵台》《广雅尚书生日以诗为寿》《广雅留饭谈诗》《金口至青山堤闸成贺广雅尚书》等三十余首③，可谓无一不工。

郑孝胥除工诗之外，亦擅书法，张之洞对此也是颇为喜欢的，郑孝胥光绪二十一年九月日记尝载："赴清河坊花巧林家，座有胡尔梅、王伯祺、郭荫生等。胡自言，于南皮座见余书屏苍劲，疑是老宿，今相见殊出意表。"④

郑孝胥的诗虽颇得张之洞赏识，但论诗类于陈三立等，认为逢此

---

① 《郑孝胥日记》第二册，第752页。《盟鸥榭》诗指《海藏楼诗》卷四之《营盟鸥榭既成以诗落之》。
② 《海藏楼诗集》，第565页。
③ 此外还有如《高楼侨居歇浦戊申小春适鼎湖耗至海上讹言腾沸出门怅惘中信步至张园夕阳黯淡风叶翻飞车马亦已阑珊逡巡间于尘辙中拾得残纸书啼血三首字迹敧斜语意诡痛盖攀髯堕弓小臣之辞也》《海藏楼杂诗》（其十九、二十、二十一）《题孙师郑吏部雄诗史阁图卷》《答樊云门冬雨剧谈之作》《汉江秋望图》《石遗示早睡早起二首》《刘聚卿属题文征明石湖画卷卷中有张文襄乙未十月题诗翁文恭庚子四月和文衡山三诗》《酬石遗题盟鸥榭诗》《四月二十七日孙师郑邀集翁文恭公生日分韵得荐字》《王雪澄八十诗》《士夫二首》《赠息存》《张一桐邀饮分韵得生字》《吴菊农七十寿诗》《与陈仁先傅治芗徐愈斋会饮》（其二）。
④ 《郑孝胥日记》第一册，第519页。

世事万变之际、家国危急存亡之秋，诗宜有愤激怨怒之气，不能以"清切"来束缚。他在《散原精舍诗集叙》中说：

> 往有巨公与余谈诗，务以清切为主，于当世诗流，每有张茂先我所不解之喻，其说甚正。然余窃疑诗之为道，殆有未能以清切限之者。世事万变纷扰于外，心绪百态腾沸于内，宫商不调而不能已于声，吐属不巧而不能已于辞，若是者，吾固知其有乖于清也。①

郑孝胥曾有自述，以示自己与张之洞诗学主张之不同："半生作诗多苦语，一见尚书便自许。弥天诗学几诗才，五百年间阙标举。寝唐馈宋各有取，挹杜拍韩定谁主。忽移天地入秋声，欲罢宫商行徵羽。"（《广雅留饭谈诗》）自言其诗多变调苦语，认为作诗宗唐宋，效杜韩，应各有所取，不该强求一致。同光体诗人以为诗乃变雅之音，而张之洞虽知国势艰危，但不认同变雅之识，故不喜同光体。汪辟疆尝论张诗："淹雅闳博，世推正声。然以力辟阴怪生涩之故，颇不满意于同光派之诗。尝云'诗贵清切，若专事钩棘，则非余所知矣'。"② 郑孝胥还曾在诗中多次直陈自己不同意张之洞的一些观点："南皮往论诗，颇亦执偏见。素轻王右丞，于诗乃尤讪。诗人陈子言，所学最矜炼。以余比摩诘，境静诗愈远。辋川有奇兴，真味不容乱。君其追裴迪，和我竹里馆。"③ 表达了自己对张之洞诗学主张的不满。

郑孝胥颇执着于诗文，陈衍曾说其为诗一成不变，郑孝胥亦说自己的诗是成则不改，"骨头有生所具，任其支离突兀"④。他评诗眼光极高，持论甚严，不轻许可，日记中常有对当时诗人的评判，但抑多扬少，如在日记中于多处有论："易实甫（注：易顺鼎）来访，投所

---

① 郑孝胥：《海藏楼诗集》（附录三），上海古籍出版社 2003 年版，第 545 页。
② 《近代诗派与地域》，《汪辟疆说近代诗》，第 30 页。
③ 《海藏楼杂诗》其二十一，郑孝胥《海藏楼诗集》，上海古籍出版社 2003 年版，第 193 页。
④ 陈衍：《石遗室诗话》，张寅彭《民国诗话丛编》第一册，第 24 页。

作诗刻二纸，皆七律也。其诗殊乏雅正处。"① "易（注：易顺鼎）作律诗八首，浮滑无味。"② "黄公度送诗二册，并借郑子尹（注：郑珍）诗。其诗骨俗才粗，非雅音也。"③ "伯初（陈书）留余读其诗卷，间有佳处。阅竟，戏题之曰'淘气集'，其伎俩可知矣。"④ "吴彦复送《吴昌硕印谱》及所著《缶庐诗》。诗浅俗，印尚可，然未尽典雅也。"⑤ "陈叔伊来信，属为谋出洋，又寄林暾谷（注：林旭）《晚翠轩诗》二本。暾谷年幼无知，叔伊张之，可笑。"⑥ 郑孝胥虽论诗颇严，但对《广雅堂诗》的评价还是颇高的。如《乘化》之三云："强庵有佳作，说诗乃未妙。颇求对偶工，场屋习难扫。抱冰气稍横，久官才转耗。愤忧入九原，吐语或深造。二翁当作者，世士岂易到。石遗与师曾，媚俗徒取闹。"⑦《偶占视石遗同年》云："一世诗中豪，用意常在小。永叔故可人，举头惊飞鸟。"自注："南皮举介甫语为问，余答之。"虽有微词，但终是肯定的。《答樊云门冬雨剧谈之作》其一也涉及了对张之洞本人及其诗歌的看法："南皮夙自负，通显足胜情。达官兼名士，此秘谁敢轻。晚节殊可哀，祈死如孤茕。其诗始抑郁，反似忧生平。吾疑卒不释，敢请樊山评。"⑧ 此说可谓知人论世。

（四）陈三立（1852—1937）

陈三立，字伯严，号散原，江西义宁州（今修水县）人。晚清大吏陈宝箴之子，清末四公子之一。光绪十五年（1889）进士，官吏部主事。其父任湖南巡抚期间，大力推行新政，陈三立参与其中。戊戌政变后，父子二人均遭罢黜，不再入仕。1937年，卢沟桥事变爆发，陈三立忧愤绝食，卒于北京。陈三立是近代同光体诗派中赣派的

---

① 《郑孝胥日记》第一册，第447页。
② 《郑孝胥日记》第一册，第502页。
③ 《郑孝胥日记》第一册，第507页。
④ 《郑孝胥日记》第一册，第518页。
⑤ 《郑孝胥日记》第一册，第525页。
⑥ 《郑孝胥日记》第一册，第580页。
⑦ 郑孝胥：《海藏楼诗集》，第479页。
⑧ 郑孝胥：《海藏楼诗集》，第228页。

首领人物，著有《散原精舍诗文集》，今人又将其早年未刊诗作等辑为《散原精舍诗文集补编》。生平事迹详见吴宗慈《陈三立传略》、宋慈抱《陈三立传》、胡迎建《一代宗师陈三立》等。

  陈三立还在湖南帮助父亲陈宝箴推行新政时，张之洞就对其颇为赞赏，后盛邀入其幕中。但陈三立在张幕的时间很短，只有一年左右。张之洞很是欣赏陈三立的才干，对其人品学问甚为推重，曾欲纳为门生，但心高气傲的陈三立却无此意，"（之洞）独赏散原，颇想修门生座主之礼，散原却佯装不知"①。但是即便如此，二人的关系却一直很紧密，陈三立即使不在张幕为宾，也常在其左右。张之洞署理两江总督后，聘请陈三立任三江优级师范学堂总教席，礼遇有加。陈三立也一直非常尊重、推崇张之洞。光绪二十三年（1897），张之洞七十大寿时，陈三立赋《抱冰宫保七十赐寿诗》为贺："其学浑无涯，百家撷精英。夙综汉宋说，抉剔益证明"，又"于世有砥柱，于国有干城。于民有袵席，于士有津梁。于古保纯粹，于今辟康庄。治鄂久尤习，江汉绕寝廊。山林启蓝缕，农战明管商。道器造俊秀，万厦叶笙簧。天下劲兵处，环货擅浩穰"②。高调赞誉了张之洞在政治、学术上的成就。在陈三立看来，张之洞是乱世里中流砥柱式的人物，能够力挽狂澜，救国于危难中。他对张之洞的诗也有冠冕的溢美之词，如"偶然吐雄句，甫愈汗且瞠"，但陈三立又不一味地颂扬，转而写道："公亦有所短，以拙守道常。人皆攘臂趋，退审敛锐铓"，明贬实褒，欲扬先抑，即充分地赞颂了张之洞，自己又不落媚言之病，足见散原驾驭言辞之高技。

  政治主张上，他们都提倡新政。陈三立与其父陈宝箴是讲求温和、稳健的改良派，都反对康梁等人极端过激的行为，这与张之洞的政治思想也是相一致的，故而可说是同道中人。陈三立的儿子陈寅恪对此专门做过分析：

---

① 黎仁凯：《张之洞督鄂期间的幕府》，《史学月刊》2003年第7期。
② 陈三立：《散原精舍诗文集》，上海古籍出版社2003年版，第198页。

> 当时（晚清）之言变法者，盖有不同之二源，未可混一论之也。咸丰之世，先祖……益知中国旧法之不可不变。后交湘阴郭绮仙侍郎嵩焘，极相倾服，许为孤忠闳识。先君亦从郭公论文论学。而郭公者，亦颂美西法，当时士大夫目为汉奸国贼，群欲得杀之而甘心者也。至南海康先生治今文公羊之学，附会孔子改制以言变法，其与历验世务欲借镜西国以变神州旧法者，本自不同。故先祖先君见义乌朱鼎甫先生一新《无邪堂答问》驳斥南海公羊春秋之说，深以为然。据是可知余家之主变法，其思想源流之所在矣。①

乱世之下，不少有识之士希望能有实干、稳健的重臣出来推行温良的新政，引领大家力挽狂澜，能救国家于危难之中，陈氏父子即是如此。而在他们心目中，张之洞便是这个能担此任的朝廷大员。

陈三立是同光体中闽赣派的领袖人物，万口推为今之苏黄，诗作流布最广，功力最深，对后世影响颇大。汪辟疆在《光宣诗坛点将录》中点之为"天魁星及时雨宋江"，称其是"双井风流谁得似，西江一脉此传薪"②。梁启超在《饮冰室诗话》中评曰："其诗不用新异之语，而境界自与时流异，醇深俊微，吾谓于唐宋人集中，罕见其比。"

张、陈二人在政治思想上引为同道，颇有共鸣，但在诗学主张上却背道而驰，差异极大。不同于张之洞的清真雅正，明白畅晓，陈三立为诗避俗避熟，取境奇奥，造句瘦硬，尤重锻字炼句，刻意运用奇字，追求用意深析，意味隽永，被陈衍列为"生涩奥衍"③派。《散原精舍诗》就极为张之洞所不喜，并有"张茂先我所不解"之喻。"张文襄（之洞），尝讥伯足诗无二字相连者。又尝诮陈伯严（三立）

---

① 《读吴其昌撰梁启超传书后》，《寒柳堂集》，生活·读书·新知三联书店2001年版，第167页。
② 张寅彭：《民国诗话丛编》第五册，第321页。
③ 陈衍：《石遗室诗话》，张寅彭：《民国诗话丛编》第一册，第48页。

第四章　张之洞与光宣诗坛的关系　163

诗为学伯足。"①"散原与南皮均学宋诗，而两人旨趣各别。……南皮诗虽力求沉着，而仍贵显豁。散原亦不乏文从字顺之作，而恒涉艰深。"②

　　陈三立早岁随父陈宝箴宦居湖湘，从王闿运等三湘才俊游，诗作多师法六朝，后虽经唐入宋，但一直很推重王闿运。而张之洞极恶六朝，前已述及。可见，无论是陈三立的早期少作，还是中年后收入《散原精舍诗》的作品，都不合张之洞的审美意趣。散原尝从香涛游武昌，作《九日从抱冰宫保至洪山宝通寺饯送梁节庵兵备》一首，句云："啸歌亭馆登临地，今日都成隔世寻。半壑松篁藏梵籁，十年心迹照秋阴。飘髯自冷山川气，伤足宁为卻曲吟。作健逢辰领元老，下窥城郭万鸦沉。"此诗在三立为最清切之作，而之洞诵之后哂曰："元老那能见领于人！"又称"逢辰"二字为不经（"逢辰"二字，陈师道、朱熹常用之），亦不解之一。此事虽说有张之洞的傲慢之病在其中，但也颇能说明张之洞不喜散原诗。而陈三立也不喜欢张之洞的诗，陈衍曾记录过陈三立的论诗之语："散原为诗，不肯作一习见语，于当代能诗巨公，尝云某也纱帽气，某也馆阁气。盖其恶熟恶俗者至也。"③"巨公"指的就是张之洞。不过在陈衍对张之洞的"纱帽气"进行解释后，陈三立也以之为然。

　　不过张、陈二人在诗歌旨趣上的分歧并没有妨碍他们的关系。张之洞督鄂时，尝聘三立校阅经心、两湖书院卷，先施往拜，备极礼敬。而散原亦称香涛之诗厚重宽博，在近代诸老之上。陈三立的儿子、当代著名历史学家陈寅恪对张之洞的态度，很能帮助我们了解张之洞和陈三立之间的渊源。1927 年，陈寅恪在给好友王国维写的挽诗中有这样的句子："当日英贤谁北斗？南皮太保方迂叟。忠顺勤劳矢素衷，中西体用资循诱。"在悼念友人的同时，也重新评价了晚清新政和张之洞的价值。陈寅恪在对待《广雅堂诗》的态度上与乃翁

---

①　夏敬观：《学山诗话》，张寅彭：《民国诗话丛编》第三册，第 40 页。
②　夏敬观：《学山诗话》，张寅彭：《民国诗话丛编》第三册，第 585 页。
③　陈衍：《近代诗钞》第二册，商务印书馆 1935 年版，第 984 页。

颇异其趣，他很欣赏张之洞的诗。1933年，陈寅恪的学生浦江清赴英、法留学，临别之际，他书《广雅堂诗》中《误尽》二首①以为赠别之物。诗后又写道："江清兄将有欧洲之行，谨录广雅句以为纪念。"（浦汉明《重温陈寅恪先生给先父的信》）浦汉明的文章中提到，陈先生感于国难日函，故录此两首。②此外，陈寅恪的《寒柳堂诗》也曾多次摘用《广雅堂诗》中诗句，《广雅堂诗有咏海王村句云曾闻醉汉称祥瑞何况千秋翰墨林昨闻客言琉璃厂之业旧书者悉改业新书矣》："迂叟当年感慨深，贞元醉汉托微吟。而今举国皆沉醉，何处千秋翰墨林。"③诗题中所说的是张之洞《过琉璃厂》中的后两句。另有《歌舞》句云："审音知政关兴废，此是师涓枕上声。"④《前题余秋室绘河东君访半野堂小影诗意有未尽更赋二律》句云："杨妃评泊然脂夜，流恨师涓枕上声。"⑤陈寅恪还这样总结自己："寅恪平生思想囿于咸丰同治之世，议论近乎曾湘乡、张南皮之间。"⑥

（五）沈曾植（1851—1922）

沈曾植，字子培，号乙庵，晚号寐史，浙江嘉兴人。光绪六年（1880）进士，官刑部主事，迁员外郎，后耀郎中，又任总理衙门章京。曾赞助康有为在京开设强学会。后历任江西按察使，安徽提学使，署布政使，护理巡抚，宣统二年辞官归里。清亡后，以遗老自居，流寓沪上。后曾参与张勋复辟。1922年因病卒于上海。著有《海日楼诗集》《海日楼札丛》等。生平事迹见《清史稿》、谢凤孙《学部尚书沈公墓志铭》、许全胜《沈曾植年谱长编》等。

光绪二十四年（1898）三月沈曾植丁母忧南归，五月，应时任湖广总督的张之洞之约，前往武昌，主两湖书院史席。光绪二十六年

---

① 《误尽》共四首，陈寅恪写的是第一首和第三首："伯厚多闻郑校雠，元金兴灭两无忧。文儒冗散姑消日，误尽才人到白头。""后主春寒弄玉笙，章宗秋月坐金明。词人不管兴亡事，重谱师涓枕上声。"
② 《万象》2009年第11期，第132页。参看祝伊湄《张之洞诗学及诗歌创作研究》。
③ 《陈寅恪集·诗集》，生活·读书·新知三联书店2001年版，第81页。
④ 《陈寅恪集·诗集》，生活·读书·新知三联书店2001年版，第69页。
⑤ 《陈寅恪集·诗集》，生活·读书·新知三联书店2001年版，第125页。
⑥ 陈寅恪：《金明馆丛稿二编》，上海古籍出版社1980年版，第252页。

(1900),义和团事起,八国联军侵华,朝野大乱。沈曾植与盛宣怀等,联合当时任两江总督的刘坤一、湖广总督的张之洞,定"东南互保"之策。光绪三十一年,沈曾植奏调入京,将随使海外考察宪政,北上之时,途径武昌,张之洞赋《送沈乙庵上节赴欧美两洲二首》送之。

沈曾植是近代著名学者,享誉国内外。他精于旧学,于经、子、音韵训诂、地理、元史、佛、道、医、版本目录、书画、乐律、古代刑律等方面有深入的研究。他还是近代同光体诗派中浙派的代表人物,汪辟疆在《光宣诗坛点将录》中点之为"天暗星青面兽杨志",评曰:"寐叟诗,初学涪皤。陈石遗在武昌,劝其诵法宛陵,诗境益拓。劬书嗜古,淹博绝伦。晚年出入杜、韩、梅、王、苏、黄间,不名一家,沈博深厚,斯其独到也。惟喜用僻典,间取佛书,使人知其宝而莫名其器。散原尝语予:'子培诗多不解,只恨无人作郑笺耳。'予谓并世能胜此任者,只有李证刚,散原为首肯者再。今《海日楼诗集》全稿尚庋证刚处。"①

沈曾植是近代合学人之诗与诗人之诗于一体的一代作手,其多方面的艺术修养和艺术成就,使得其诗歌作品在诗坛享有极高的地位,成为近代学人之诗、诗人之诗合一的典型,被陈衍、郑孝胥誉为"同光体"诗人的魁杰。(《石遗室文集·沈乙庵诗序》)陈衍尝言:"广雅相国见诗体稍近僻涩者,则归诸西江派,……其于伯严、子培及门人袁爽秋昶,皆在所不解之列。"张之洞即把沈曾植归属为江西诗派,并有诗云:"君诗宗派西江传,君学包罗北徼编"②,因此张之洞不会很喜欢沈曾植的诗是可想而知的。沈曾植在《与金潜庐太守论诗书》中提出了著名的"三关说",讲学诗需通过元裕、元和、元嘉三关,而重点又在元嘉一关,即要做到"活六朝"。而众所周知,张之洞是极恶六朝的。沈曾植还提出要能通经学、玄学、理学以为诗,即先成学人,再成诗人,认为只有这样才能真正做到"合学人之诗二而一

---

① 王培军:《光宣诗坛点将录笺证》,第170页。
② 《送沈乙庵上节赴欧美两洲二首》,庞坚《张之洞诗文集》,第181页。

之"。沈曾植在其诗歌创作中，基本上实践了此主张。沈曾植在学习谢灵运、韩愈、孟郊、李商隐、黄庭坚诸家，继承朱彝尊、钱载的"秀水派"传统的基础之上，并在龚自珍诗歌影响之下，形成其独具面目的学人之诗，其特点主要表现在"其诗的融通经学、玄学、佛学等思想内容以入诗，表现在腹笥便便、取材于经史百子、佛道二藏、西北地理、辽金史籍、医药、金石、篆刻的奥语奇词以入诗，从而形成了自己奥僻奇伟、沉郁盘硬的风格"①。与同时的江西派陈三立，闽派郑孝胥、陈衍的"同光体"大异其趣。沈曾植的诗和学密不可分，与袁昶引为同类，但和提倡"雅正"的张之洞多有不同。汪辟疆在《光宣诗坛点将录》沈曾植条的赞语里曾说："十八般武艺高强，有时误走黄泥岗。"又云："惟喜用僻典，间取佛书，使人知其宝而莫名其器。"②便是指沈曾植有时把诗歌当作炫耀学问的工具，致使其诗晦涩难懂。刘永翔先生也曾说："沈曾植则满口佛书，满纸僻典，今虽有钱仲联先生为之作注，读之仍觉味同嚼蜡。"③对于诗的学问与性灵，沈曾植过多地偏向了学的一边。张之洞组织的诗文酬唱活动中，也少有沈曾植的身影，这应当与其晦涩奥衍的诗风有关。

三 张之洞幕府中诗人们的诗文创作活动

汪辟疆在《近代诗派与地域》中，将以上张之洞幕府中的诸诗人，划为不同的流派，如樊增祥、易顺鼎划为湖湘派，袁昶归入闽赣派，杨锐列入西蜀派，黄绍箕并入河北派，等等。他们的诗歌创作宗趣或类或异，但都围绕在张之洞身边，或参加雅集相与酬唱，或互相切磋点评，频繁从事诗歌创作活动。易顺鼎就记载了在张之洞幕府时诗歌酬唱之情形：

> 余以乙巳五月去闽，濒行时，携姬人游鼓山，留诗与弢庵、

---

① 钱仲联：《沈曾植诗学蠡测》，《文学遗产》1996年第1期。
② 张寅彭：《民国诗话丛编》第五册，第331页。
③ 陈宝琛著，刘永翔、许全胜点校：《沧趣楼诗文集·前言》，上海古籍出版社2006年版，第10页。

木庵两诗老唱和。遂由沪还九江，旋至鄂中，假寓鲁髯之霭园山楼。……余居此楼，不出户庭，而已坐揽城郭江山之胜。于是复还九江省父，又携姬人游庐山，信宿琴志楼，然后返鄂。与鲁髯唱和甚多，是为霭园诗事之始。继而陶斋尚书来……余与节庵、伯严，又时时侍抱冰相国师游谳赓和，是为诗事极盛之时也。①

张之洞于当时诗人中对郑孝胥颇垂青眼，政事无论大小，常咨于郑，公务之余饮酒赏花、谈诗论文，也常常要叫上他，可谓宾主相得甚欢。郑孝胥也在诗中描述过在张幕时纵论诗文之景：

初日照廊霜后暖，烂漫秋花阶前满。抱冰堂上坐人豪，对酒论诗暂萧散。世难如山未易开，袖中短笔太清哀。黄图赤县看公在，乞取江湖放浪才。（《广雅留饭谈诗》其二）②

易宗夔在《新世说》中也有相关记载：

张香涛开府江汉，朝野人士既已云从，迨入枢府，都人士以一亲风采为荣。故退食之余，无日不有文讌诗会，即最促时间，亦必钩心斗角，作诗钟一二。故当日什刹海之会贤堂，宣武门外之畿辅先哲祠与松筠庵，皆为名流畅叙幽情之所。而寒山诗社，亦即起于是时。③

从这些记述与诗作中可见得张之洞好诗之性情和当时文宴之盛况。

端方在《张文襄公诗集序》中回忆了当时张幕中敲诗钟的情形：

---

① 易顺鼎：《霭园诗事·叙》，清光绪三十一年（1905）刻本。
② 郑孝胥：《海藏楼诗集》，第102页。
③ 庞坚：《张之洞诗文集》，第446页。

往在武昌宴间,见公拈两字为声偶之戏,节庵拈"文枣"二字,公应声答曰:"白首好文臣齿老,赤心如枣主恩深。"公之心盖造次颠沛必于是者,世岂能尽知公者哉。然世不知公,曷不于公之诗往复玩索之,不足窥公之全,亦庶几得公之万一乎!①

樊增祥作为张之洞的得意门生,与其座师往还甚密,唱和颇多,张之洞的很多诗作,樊增祥都有和作。如《奉和张孝达师官署草木诗十二首》和香涛之《湖北提学官署草木诗十二首》,樊增祥还将"奉和张少保师甲辰以后诗"结为一集,另有《二家试帖诗》是张、樊二人作品的合集。他还将自己与张之洞的唱和诗歌裒为一册,名为《二家咏古诗》,他在该诗集的序中,记载了在张之洞幕府时,师、弟二人论诗之事,并述及了张之洞的诗歌创作主张:

同治庚午,从孝达师于武昌试院,纵言至于诗。师曰:"诗非有事勿作,吾少时流连光景、雕绘风霞之什,大半轶去,独通籍后与同年数人作《咏古》诗,既熟史事,且觇学识。每一篇中必取材于本传之外,以为旁搜博识之验,凡数十首,今亦不存矣。"光绪乙丑,师由广州移节两湖,余在幕府与苏卿公子捡视书箧,得师手稿一册,起辛酉迄丁卯,都七十余首,而《咏史》诗在焉。自汉高至司马迁,得十四首,盖亦非其全矣。②

公事之余,张之洞对幕中门生的诗歌创作也多有关注,或点评,或作序。如光绪十九年(1893)五月,易顺鼎在武昌张之洞幕府时,以所作庐山诗呈张之洞,香涛点评并为之作序:

此卷诗环伟绝特,如神龙金翅,光彩飞腾。而复有深湛之

---

① 庞坚:《张之洞诗文集》,第429页。
② 庞坚:《张之洞诗文集》,第427页。

第四章　张之洞与光宣诗坛的关系　169

思。佛法所谓真实不虚而神通具足者也。有数首颇似杜、韩，亦或似苏。较作者以前诗境，益臻超诣，信乎才过万人者矣。光绪癸丑五月壶公自记。作者才思学力，无不沛然有余。紧要诀义，惟在割爱二字。若有割爱，二十年内海内言诗者，不复道着他人也。

凡卷中未加评识者，似可不存稿。在他人则金玉，在作者则土苴耳。何谓存之，以自掩其菁英哉？此时作者意未必以为然，十年后当味鄙言也。南皮。①

张之洞不仅品评幕僚门生的诗作，提出自己的观点、建议，也会以自己的诗作见示，师、弟间时有沟通，互有赏鉴。袁昶便在他为座师张之洞编辑的诗集《广雅碎金》中曾有过如下论述：

甲午仲冬客钟山下，一夕孝达督部师出诗三巨册枉示，讽肄之久，乃稍稍窥见要领。公诗简严得之《谷梁春秋》，深婉得之范《书》诸传赞，隶词引喻得之《吕览》《韩非》及荀之《成相·佹篇》，其文或繁或简，皆有法度，而谊亦有微有显。（王半山解诗从寺，古官廨，政治所出，谓之寺。寺者，有法度之地；诗者，有法度之言。）横空而来，尽意而止，纵横峻逸，不主故常。近体句律用义山为近，而去温三十六之纤秾，无宋初西昆诸公之板滞，二者之病，皆无从犯其笔端。昶对公言："此安石碎金，故当流传世间。"公笑曰："那得便尔，殆不过陶公木屑耳。"公于诙谐中出壮语，箭锋相直。今日回思，情事宛然。②

这些张之洞幕府中的诗弟子，于公余时常互有拜访，如梁鼎芬、易顺鼎、袁昶、郑孝胥、陈衍、沈曾植等人，在张幕中时便往来频繁，在诗歌创作上交流切磋、互相品评。郑孝胥在其日记中有相关记

---

① 刻于光绪三十四年（1908）戊申。
② 庞坚：《张之洞诗文集》，第426页。

载,如光绪二十年十一月初二日,"借梁星海诗稿来看"。初五日,"为梁星海评诗数十首"。初八日,"梁星海来坐,自言诗尚多,欲得余悉为阅之"。十二月初八日,"梁星海示七古数首及陈伯严、易实甫等所作《庐山诗录》"。光绪二十一年二月初六日,"夜,爽秋复来谈,出数诗示之。袁言,昔人称顾亭林无语不典,屈翁山无语不超,君诗在超与典之间矣"。初八日,"爱苍请斗诗"。十五日,"赴梁、杨之约,坐客十许人,作诗钟三唱"。十七日,"黄公度送诗来",等等。

陈衍在《石遗室诗话》中记载了当时在张之洞幕府论诗的情景:"又数年,戊戌客武昌张广雅督部所,子培、苏堪继至。夏秋多集两湖书院水亭、水陆街姚园、墩子湖安徽会馆,多言诗。"① 张之洞入奉调京后,这些诗人也都陆续各自散去,曾经繁荣的诗歌创作局面也落下帷幕。沈瑜庆在写给梁鼎芬的信中感慨道:"广雅内召,武昌坛坫,风流云散。江潭杨柳,摇落生悲。""武昌人文聚会,二十年于兹。南皮内调,公又挂冠,鲜庵长化。名士过江,税架无所,能无今昔之感乎?"②

综上可见,张之洞的幕府,集合了当时诗坛的诸多名将,以上所举诸人,几乎都在《光宣诗坛点将录》中占有席位,不同程度地影响了晚清诗歌的风气和走向。张之洞的幕府为香涛本人和这些幕僚诗人提供了更多的会面机会,也为这些诗人搭建了一个相互交流的平台。他们各有其诗歌渊源,师承多家,诗歌主张也各有特点,在学习和实践的过程中继承取舍,创造更新,继而形成自己的诗歌风格。不论是作为幕主的张之洞,还是作为幕僚的这些诗人,他们在诗歌创作和诗歌主张上有异有同,在诗文雅集和日常交往中常常交流诗作,并借此传情达意,讨论诗文,形成了张之洞幕府中别具一格的生动丰富的诗歌创作氛围和论诗环境,为晚清的诗歌、诗学发展做出了不小的贡献。

---

① 张寅彭:《民国诗话丛编》第一册,第18页。
② 沈瑜庆:《涛园集》,台北文海出版社1967年版,第283—286页。

第二节　张之洞与光宣诗坛中的诗人们

除去幕府中的诗人，张之洞还有较为广泛的文化交游圈子，这些交游对象从诗坛名流、清流名士到维新人士，从老辈到新人，可谓覆盖面颇广。现拟主要从以下三个方面分而论之。

一　张之洞与诗坛名流

（一）张之洞与王闿运

王闿运（1833—1916），湖南湘潭人。原名开运，字壬秋，又字壬父，号湘绮，或称湘绮先生。咸丰七年（1857）举人。先后主尊经书院、长沙思贤讲舍、衡州船山书院，转加侍读。一生著述颇丰，所刊行者如《湘绮楼全集》《湘绮楼别集》《湘绮楼日记》等。其生平事迹见《清史稿》、汪辟疆《王闿运传》、王代功《湘绮府君年谱》等。

王闿运在其日记中第一次谈到张之洞是在同治十年二月十三日，当时的张之洞于湖北学政任满返京不久，二人尚未谋面："黄冈林职方镛同年之从子字午山来访……谈久之，言张香涛视学湖北，立经心书院，以兴实学，曾聘莫子偲为院长。子偲不就，今为薛介伯，亦知名士。"① 由于要参加会试，王闿运于同年三月抵京，驻足四月余，直到七月离京，在此期间，二人往来频繁，根据王闿运的日记，张之洞登门拜访王湘绮6次，其中赠诗送银各2次，王闿运造访张之洞4次，赴张之洞招饮3次，二人与友朋一起聚饮3次，张之洞和王闿运诗1次。此时的王闿运对张之洞在诗文、学术、政事上是多有赞誉的，如有诗盛赞张之洞在湖北学政任上的成就："良史闳儒宗，流风被湖介。众鳞归云龙，潜虬感清咮。拊翼天衢旁，嘉期耦相对。陆荀

---

① 王闿运著，马积高主编，吴荣甫点校：《湘绮楼日记》，岳麓书社1997年版，第182、183页。

无凡言,襟契存倾盖。优贤意无终,依仁得所爱。"① 从王闿运日记中的记载来看,二人会面后一般皆久坐,相谈甚欢,如同治十年五月九日日记载:"雨中行将廿里,甚倦,因过香涛谈,观其《宴集诗》。"五月十八日日记载:"香涛赠诗,兼送银廿两,复书暂存彼处。"六月十三日日记载:"作《圆明园诗》成。……香涛和食瓜诗甚佳。"六月十五日日记载:"香涛亦遣信来,索《哀江南赋》稿,并还余所注书。"交流诗文作品,兴致颇高;又同治十年五月十九日日记载:"食时香涛来谈经,云常州有许子辛注《禹贡》多心得。"六月十九日日记载:"过叔鸿、香涛处,皆久谈。香涛处食瓜,谈《易》。又言旧祭天地日月,皆别有乐器。夷人入京,日坛器毁,所司不能制作,乃假月坛器用之,垂簾兆也。太常工人不知制度,竟未能制。……香涛自云喜高邮王氏之说,新而中理。"六月廿三日日记载:"香涛来,相见甚喜,客中破闷,致可乐也。谈《易·大壮》,当为'大戕','戕',伤也。"探讨学术,气氛融洽,意趣盎然。

　　京城一别后,王闿运有时也会怀想起在京师新识的友人张之洞和那段游宴时光,如作于光绪元年(1875)的《对芍药忆张孝达》云:"旧约丰台去,匆匆惜玉珂。断香邀价重,回枕掷春多。湘阁文犹绮,江津锦自波。不知乘传日,何似望銮坡。"自注:"十年春在京师,与孝达访丰台芍药,花农列畦植花,开则尽剪之。以十金留半日,然无亭馆置酒之处,不足留赏也。孝达今方督学四川,感别欢春,因题奉寄,亦使后之人知丰台故事尔。"怀昔抚今,追忆了当时的同游之乐;作于光绪六年(1880)的《峡山二首,时有边备,张孝达奏荐宿将,因以托讽》②,一以咏石泉:"茅屋春雨裛□烟,更无人问古松年。谁知灶下残余水,流作山头百丈泉。"一以咏雨:"脚底惊雷转石根,遥知下界雨翻盆。阿香费尽驱龙力,却被人吟四海昏。"其时

---

① 王闿运:《五月朔日,潘伯寅侍郎南房下直,同张香涛编修招陪耆彦十六人,宴集龙树寺。酒罢,赋赠潘、张各一篇。张新从湖北提学满归,故有良使之称》,王闿运著,马积高主编:《湘绮楼诗文集》,岳麓书社1996年版,第1395、1396页。

② 王闿运光绪六年三月五日日记存有"茅屋春雨"篇,云:"见民居厨下泉,流出为瀑布,感新招鲍超事,戏题一绝。"《湘绮楼诗文集》,第1721、1722页。

第四章　张之洞与光宣诗坛的关系　173

张之洞正关注并积极干预涉外事务中崇厚与俄人签订辱国的《中俄伊犁条约》事件，王闿运借此诗表达了自己对此事的想法，着实是朦胧晦涩。① 此外，王闿运光绪九年十二月十八日日记又有载："顾生至自京师……询豫、秦事，未甚通晓，唯言三晋枯焦，筼山郁郁不得意，孝达芒芒不得闲。"并作《华阳篇，喜顾生新归，因谈所过山川，有感而作》② 一诗。另据王闿运光绪二十年十二月八日、光绪二十年十二月十日、光绪二十九年三月十四、光绪二十九年三月二十日的日记载，张、王二人还有多次的会面。③ 综观王闿运的日记，两人的交往可以说算不得亲密，但是也一直保持着联系。在王闿运看来，他与张之洞只能说是泛泛之交，如其光绪十八年七月十二日日记中有如是记述："小时候笑高旭堂呓语不忘张石卿，今乃频梦孝达，其交情未能至此，盖亦督楚之力耶？""频梦"一个人，一般应该是关系极为亲密，然王闿运评价他们二人的关系其实是"交情未能至此"。与初识时对张之洞多有赞扬不同，光绪以后，王闿运对张之洞的诗文、学问、行事等方面都颇有微词，如其日记中载：

光绪十九年七月廿八日：看宋生颂文，极意揄扬，然未畅达，彼文派如此也。视孝达寿少泉，则两无愧矣。④

光绪廿五年八月廿日：得俞中丞书。孝达以"中丞"为不典，昨看《晋书》，（自注：《职官志》云："中丞，外督部刺史。"正今行省台衔。）乃知甚典，孝达不学故也。⑤

光绪廿六年七月庚子朔：始开课点名，殊有城阙之感。论读

---

① 杨钧《草堂之灵》卷九《记王笺》云："湘绮书札，喜用当时语，故读者多不能解。余尝约伯谅（指闿运长子代功）为湘绮楼诗文笺注，以非伯谅不能知也。而伯谅成《年谱》后，即作古人，余一人不能胜任，其不可解者，终不得解矣。"
② 诗题在王闿运光绪九年十二月十八日日记中亦名为《华阳篇，喜顾印伯久别忽归，因谈所至山川，有感而作》，诗有句云："我昔风尘事干谒，王门曳裾仍被褐。尔今四海不逢人，过晋岂知张孝达。"《湘绮楼诗文集》，第1527页。
③ 日记中所记详情参见下文，此不重复引用。
④ 《湘绮楼日记》，第1872页。
⑤ 《湘绮楼日记》，第2238页。

书致用，不读书如张之洞，陷篡杀而不自知，犹自以为读书多如王伟也。①

光绪廿七年正月廿五：讲《左传》"荆尸""追蕆"，皆无他证。士会谀楚，即今谀西学所本，宜张之洞之喜《左传》，惜不能设伏敖前耳。②

光绪三十三年七月廿七：谭生来，示张孝达立学奏议，全无精神，不及学部驳议也。③

宣统二年正月十七：看钱塘梁履绳《左通》，张孝达所师也，凡不通可笑之说皆引为典据矣。④

可说是处处讥讽张之洞"不学"。而在行为、处事上，王闿运对张之洞更多的也是调侃和批评，其日记中有载：

光绪二十年十二月七日：（到江宁）遣知会孝达，……总督大有师传，孝达请余休一夜，非礼也。礼，主人曰既拚以俟矣，宾曰俟闲。⑤

光绪二十年十二月八日：孝达遣迎，步至督署，绂、乔从，持帖，主人风帽出房，须大半白，身材似稍高，岂与官俱长耶？纵谈时事，心意开朗，似甚大进。顷之，彭楚汉来，……余欲并招彭来谈，孝达不肯。余出早饭，告以"今日不能来，亦不必回拜。曾文正不回拜，则不赴食，君不回拜，招食必来。平辈不闲简，前辈不可傲也。"⑥

光绪二十年十二月十日：访叶临公，杨生锐，顾生印愚在焉。……与两生夜游煦园，登三台乃还。久之，已二更，孝达乃

---

① 《湘绮楼日记》，第2313页。
② 《湘绮楼日记》，第2360页。
③ 《湘绮楼日记》，第2832页。
④ 《湘绮楼日记》，第3030页。
⑤ 《湘绮楼日记》，第1975页。
⑥ 《湘绮楼日记》，第1976页。

第四章　张之洞与光宣诗坛的关系　175

延客，则衣冠送酒，养源为宾，余小帽长袄，固辞不获，云不能多谈多饮食。已而絮絮源源，殊无止期。①

光绪廿五年十二月廿九日：得《京报》，用吴可读旧议，别封皇嗣，私忖久之，未知礼意，想孝达亦当悔其前奏。②

以上诸则日记，可谓是对张之洞的言、行、举止都有讥嘲，甚至还说出"身材似稍高，岂与官俱长耶"此般含有人身攻击意味的话来。而其中最后一则光绪二十五年的日记还提到光绪五年吴可读尸谏继统，而张之洞不顾友朋之期望，为了自己的仕途而站在慈禧一边的旧事，王闿运一句"想孝达亦当悔其前奏"，表达了对张之洞彼时此种行为的不满。

光绪廿六年八月六日：李傅相之余恩犹在天津，比桧贼故胜，孝达晚出，乃遗笑柄。③

光绪廿六年八月十七日：久不见五彝，与论国事，乃云西行的实，拳勇护驾，故可出也。颇言张孝达顾全大局，余言非疆臣之义，且亦不中情事，假令不保护，亦无事也。④

光绪廿六年九月十八日：张之洞以衡士敢轻洋人，檄捕邹松谷于狱，乘程举人不在城也。⑤

光绪廿七年九月朔：杨生言孝达欲送我行在，甚非美事。余云何以待之，岂先逃匿耶？⑥

光绪廿九年三月十四：督抚遣轿来迎，从角门入，至大堂将下轿，四人出曳入，径至客坐门，主人立待，不见又十年矣，须冉颇美。问其保举恽藩，（原注：祖翼。）力辨其非己意，且数其

---

① 《湘绮楼日记》，第 1977 页。
② 《湘绮楼日记》，第 2263 页。
③ 《湘绮楼日记》，第 2319 页。
④ 《湘绮楼日记》，第 2322 页。
⑤ 《湘绮楼日记》，第 2337 页。
⑥ 《湘绮楼日记》，第 2408 页。

短数千百言。①

这几则日记中也是满纸揶揄,其中最后光绪二十九年一则说的是光绪二十一年,张之洞所保荐的一批人才中有汉黄德道恽祖翼事。王闿运问之,以寻访、挑选、举荐优秀人才为己任的张之洞对此不仅"力辨其非己意",还"数其短数千百言",一副急于要给王闿运解释清楚之态。

> 光绪廿九年三月廿日:孝达来,请期午初,余允未初。待程儿来略谈,又再催矣,并以舁迎。从之往,……顷之孝达来,云已约雏菴,留别、饯行一局也。此为学务处姚氏花园,看牡丹,喫时鱼,评光、丰以来人物。问余能办事否,余云当中而立,无所不可。张、梁固问,不相许也。然孝达泥谈,眷眷不忍别,以其爽书院之约,乃遁而归。②
> 光绪三十二年十月四日:闻张督直言谭道不容唐守,事理实不然也。今制道不敌守,焉能去之,然存此之说,亦足夺谭之气。孝达议论往往似是而非,纯乎儒者。③
> 宣统元年九月朔:刘健之来高谈,大不以张文襄为然,而欲以我受三拳为"武襄",则失实矣。张乃竞争,我则和平,何文武之相反?④

以上的诸则日记中随处可见王氏对张之洞的轻蔑与嘲弄,无论是说张氏的"不学",读书少,还是行止的失仪、见识的浅陋,这其中应也是不乏文人相轻的偏颇之论的。同时,也不难看出,王闿运不喜欢张之洞的好谈多话是很明显的。但是,对张之洞在文化教育上的成就,王闿运还是认可的,如其光绪十九年七月二十四日的日记有云:

---

① 《湘绮楼日记》,第2536页。
② 《湘绮楼日记》,第2539页。
③ 《湘绮楼日记》,第2776页。
④ 《湘绮楼日记》,第2999页。

"看张生等刊《诗经》,签题'先生著',可谓陋也,蜀中必无此事。张孝达先导之力。"①

从这些材料中可以看出,张、王二人的关系并不能算作是朋友,更像是社交场上的交情,多是表面上的应酬,并非至交。且张之洞主古文经学,又有西学视野,王闿运主今文经学,二人虽因此而不相能,性情也不投契,但都知道对方有才、有学、有名望,因此也就在一定程度上敬礼对方。加之二人各有身份,性格上也都不是如李慈铭般不懂收敛,故虽有所差异,但是礼节上的普通交往还是顺利的。

王闿运是晚清诗坛老宿,享有盛名。他提倡模拟汉魏六朝诗,引领湖湘旧派。其《湘绮楼诗》辞采巨丽,用意精严,上可掩鲍谢,下可揖阴何。陈衍在《石遗室诗话》中评价说:"湘绮五言古沉酣于汉魏六朝者至深,杂之古人集中,直莫能辨。"汪辟疆《光宣诗坛点将录》将其点为"托塔天王晁盖",视之为"诗坛旧头领",评曰:"陶堂老去弥之死,晚主诗盟一世雄。得有斯人力复古,公然高咏启宗风。"② 又云:"湘绮老人,近代诗坛老宿,举世所推为湖湘派领袖也。享名六十余年……其诗致力于汉魏八代至深,初唐以后,若不甚措意者。学赡才高,一时无偶。门生遍湘蜀,而传其诗者甚寡。迄同光体兴,风斯微矣。"③ 不过这里需要指出的一点是,在汪辟疆对王闿运推崇备至的字面下,表达了这样一种意思:被点为托塔天王的王湘绮与被点为宋江的陈散原关系颇近,而散原学诗是从湘绮的汉魏六朝走向宋派,所以高调点出王闿运,正是为了引出陈三立。王闿运虽曾一时领袖诗坛,但却并非实质性的,后来继起的陈三立才是真领袖,这也正如《水浒传》中晁盖与宋江之关系。

王闿运强调诗、文有别,他在《论诗示黄缪》中说"诗与诸文不同","文有朝代,诗有家数。文取通行,故一代成一代之风;诗由心声,故一人有一人之派。论文而分班马,论诗而区唐宋,非知言

---

① 《湘绮楼日记》,第1872页。
② 陶堂指高心夔,弥之指邓辅纶,均为湖湘派宿将,卒于王闿运之先。
③ 汪辟疆:《汪辟疆说近代诗》,第50、51页。

也"。① 王闿运认为相对于诗，文更适合用来反映时代风貌，而诗则应是用以展现人的心灵、情感的，当以抒情为主。他认为对"文而分班马"，"诗而区唐宋"的做法是欠妥的，钱锺书便支持此观点，他在《谈艺录》开篇即说："唐诗、宋诗，亦非仅朝代之别，乃体格性分之殊。天下有两种人，斯分两种诗。"触及诗的本质，比简单的以朝代论诗要切中肯綮。

王闿运反对儒家加诸诗歌的功利文学观，不满于诗歌沦为政治教化的工具而失去其审美特性，反对"专为人作""正得失"的创作目的。他论诗主张"缘情"，认为"诗缘情而绮靡"，倡导学习六朝诗，尝言："诗贵以词掩意，使吾志曲隐而自达，非可快意骋词供世人喜怒也。"又《论诗文体式答陈复心问》云：

  宋、齐游宴，藻绘山川。梁、陈巧思，寓言闺闼，皆言情之作。情不可放，言不可肆，婉而多思，寓情于文，虽理不充周，犹可讽诵。唐人好变，以骚为雅，直指时事，多在歌行，览之无余，文犹足艳。韩、白不达，放弛其词。下逮宋人，遂成俳曲。近代儒生深讳绮靡，乃区分奇偶，轻诋六朝。不解缘情之言，疑为淫哇之语，其原出于毛、郑，其后成于里巷，故风雅之道息焉。②

他以为六朝诗歌"虽理不充周"，但"犹可讽诵"，对韩愈"文以载道"、白居易"诗补察时政"的儒家诗教观深感不满。《年谱》光绪二十一年下载："古之为文，词达而已。自'文以载道'之说起，而文成俳优。何也？欲人之称好也。八股名目虽自后起，观退之所作，下笔便有千古之意。愈自矜慎，愈求人知。夫俳优所以贱者，必悦人求知耳。"又《湘绮老人论诗册子》有云："诗不论理，文非载道，历代不误，故去之弥远。"由云龙《定庵诗话》亦云："壬秋

---

① 王闿运：《湘绮楼说诗》卷六，《湘绮楼诗文集》，岳麓书社1996年版，第248页。
② 王闿运：《湘绮楼诗文集》，岳麓书社1996年版，第544、545页。

固宗《选》诗，非汉魏以上诗不措意者也。"① 这些和张之洞那套具有典型儒家诗教观的诗歌主张显然是大异其趣的，且二人在京师初交时，张之洞就建议过王闿运摈弃汉魏六朝，转而学习秉承正统儒家诗学的韩诗，王闿运同治十年七月三日日记有载："香涛欲余习《左氏》学韩诗，仆病未能也。"总之，王闿运宗尚汉魏六朝，重在一己之兴致；张之洞抵斥六朝，恶其政教与文风有悖典雅；王闿运重性情之阐发，张之洞重思想之淳正；王闿运承扬了"诗缘情"的传统，张之洞则继承了正统儒家雅正诗教观。

王闿运在对唐代七言歌行的一段评论中，也体现出了他和张之洞诗学主张的异同：

> 李白始为叙情长篇，杜甫亟称之，而更扩之，然犹不入议论。韩愈入议论矣，苦无才思，不足运动，又往往凑韵，取妍钓奇，其品益卑，骎骎乎苏、黄矣。元、白歌行全是弹词，微之颇能开合，乐天不如也。今有一壮夫，击缶喧呼，口言忠孝。有一盲女，调弦曼声，搬演传奇。人将喜喧叫而屏弦索耶？抑姑退壮夫而进盲女也？韩、白之分，亦犹此矣。张籍、王建因元、白讽谏之意而述民风。卢仝、李贺去韩之粗犷而加恢诡。郑嵎、陆龟蒙等为之，而木讷纤俗。李商隐之流又嫌晦涩，其中如叙事抒情诸篇，不免辞费，犹不及元、白自然也。李东川诗歌十数篇，实兼诸家之长，而无其短，参之以高、岑、李之泽，运之以杜、元之意。则几之矣。②

王闿运反对追捧学宋诗，批评苏、黄学韩愈，诗中牵涉议论，有失诗之本心，诗格不高。王闿运也重视唐诗，但与张之洞不同的是，王氏重视的不是富有现实性和批判性的白居易讽喻诗，而是诗情绮靡、多涉宫怨的元稹诗，其壮夫、盲女之喻，即在此。但是，从他对

---

① 张寅彭：《民国诗话丛编》第三册，第551页。
② 王闿运：《湘绮楼诗文集》，第537、538页。

卢仝、李贺、李商隐等人的评价中可以看出，王闿运与张之洞也有一致之处，即也崇尚自然平易的风格，不喜晦涩。

张之洞与王闿运二人论诗旨趣虽然大不相同，但是在诗歌作品中却不乏交集。王闿运诗集中提及张之洞的诗作，如有《五月朔日潘伯寅侍郎南房下直同张香涛编修招陪耆彦十六人宴集龙树寺酒罢赋赠潘张各一篇张新从湖北提学满归故有良使之称》（王闿运日记同治十年五月一日载："伯寅来，旋约饮龙树寺，与香涛同为主人。……又作赠香涛"云云）、《董二兵备同年兄文涣饯集龙树寺温编修忠翰作蒹葭送别图张岳州德容周学士寿昌徐侍郎树铭张编修之洞及主人皆有赋赠，辄成长句赠董，兼别诸公》、《华阳篇 喜顾印伯久别忽归因谈所至山川有感而作》等；还有专为张之洞作的，如有《对芍药忆张孝达》《峡山二首时有边备张孝达奏荐宿将因以托讽》、作于光绪二十六年（1900）的《二月望日夏口大雪舟中寄孝达》（其二月三十日日记云："二月十五日汉口舟中大雪，作示张孝达，孝达本绝不通矣。既在相望，未忘旧好，不能公而忘私也"），作于光绪二十九年（1903）的《张督部鄂中饯席二首》和《舟过鹦鹉洲逢孝达渡江游琴台余至金口遇雨偶成奉忆》等。张之洞的诗集中也有与王闿运的唱和之作，如作于同治十年（1871）的《和王壬秋五月一日龙树寺集诗一首》，有句云："四学并甄综，六笔咸宏博。报罢意无闷，雅尚在述作。……高文如清风，俯仰成寄托。太息金门下，杨雄独寂寞。"[①]高度赞誉了王闿运的诗文成就。再如同年所作《和王壬秋孝廉食瓜诗三首》，王闿运尝在其日记中以之为佳构。

（二）张之洞与李慈铭

李慈铭（1830—1894），字㝱伯，号莼客，晚号越缦老人，浙江会稽人。同治九年（1870）举人，光绪六年（1880）中进士。先后补户部江南司郎中，山西道监察御史，转掌山西道。光绪二十年（1894）中日战事起，闻中国败讯，咳血而卒。李慈铭一生著作等身，有《孟晋斋古文内外篇》《湖塘林馆骈体文》《白华绛跗阁诗》

[①] 庞坚：《张之洞诗文集》，上海古籍出版社2008年版，第52页。

《霞川花隐词》《桃花圣解庵乐府》《越缦堂日记》等。生平事迹见《清史稿》、平步青《掌山西道监察御史督理街道李君莼客传》、孙宝瑄《会稽李慈铭传》、宋慈抱《会稽李慈铭传》等。

同治三年（1864），李慈铭会试遭抑未中，其九月初九日的日记载："是日顺天榜发，予又落解，盖南北八试矣。"后又有记："景荪来，言徐荫轩（桐）太史……言予学力在张香涛之上。张香涛者，名之洞，南皮人。去年一甲第三人进士，为北方学者之冠。壬戌科会试，亦以经策冠场，为主司所抑，仅取誊录者也。太史之言，自为可感。生平偃蹇场屋，所获知己亦仅太史一人。若张君壬戌经策，予曾见之，博赡实非予所能及。"① 这是李慈铭在日记中第一次提到张之洞。徐桐说李慈铭"学力在张香涛之上"，这让才高但多次落解，心中抑郁的李慈铭倍感宽慰。李慈铭盛赞张之洞为"北方学者之冠"，其经策之文是"博赡实非予所能及"也，这其中约是有他"己欲立而立人"，通过称扬张之洞而达到自誉目的的私心。而张之洞曾"经策冠场，为主司所抑"的经历，也让他找到了"同是天涯沦落人"的情感共鸣。

同年十二月初一，张、李二人正式会面。李氏在日记中载："孙子受检讨招晚饮，晡后诣之。同坐者潘伯寅副宪、杨宾石侍读，李芍农文田、张香涛之洞两编修。"这次会面无疑是愉快的，因为很快二人又相约会面，其二十三日日记载："张香涛编修来，久谈而去。编修为前署贵州巡抚昌黎韩南超溪弟子，幼传经济之学。"

同治六年（1867），张之洞充浙江副考官，这让将自己科场不顺的原因都归罪于主司不明的李慈铭十分欣喜："今年张香涛编修以名士来主浙试，可谓乡邦之幸。"② 在他看来，他是良才不遇，而张之洞正是他所抱憾未遇的能识得千里马的伯乐。出闱后，张之洞奉旨简放湖北学政，邀李慈铭随行，李慈铭以"家人为累"而有所推脱，但在朋友孙衣言、谭献的劝说下③，他还是接受了张之洞的邀请。李

---

① 《越缦堂日记》，同治三年九月二十五日日记。
② 《越缦堂日记》，同治六年八月初十日日记。
③ 事见《越缦堂日记》：同治六年九月二十七日，同治六年十月初一日，同治六年十月初二日。

慈铭在张之洞幕府中负责做文案工作，但一月后便辞馆返乡了，刘禺生说是因"酬少事多，大不高兴"①之故。与张之洞"士人博极群书，而无用于世，读书何为"②的观念一样，李慈铭也讲读书要经世致用，可一月的掌书记生活让李慈铭入楚时想有所作为的一腔抱负落空了，须知，狂傲的李慈铭，对自己的期许也是有些高过实际的。同治六年十二月二十七日，即李慈铭决定离开前的数日，他在日记中说：

>　　昨孝达馈百金，辞曰修脯。予以明正将归，谢之不受。今复送来，予生不妄受人一钱，亦不轻为人作文字。以与孝达问学相知，取非不义。且近日为草四十余书，虽甚不文，亦平生之破例。是即拜贶，亦非难安。惟提学之官，本非膏腴。孝达自奉清约，顷又尚未按部。予既将归，不遑裹校。枉此损惠，终觉伤廉。③

其中说得颇为隐曲，但那种屈志不伸的抑郁也是隐约浮于纸面了。再据另一则《日记》云："是日岁除矣。孤旅无聊，赋诗自遣，题曰《丁卯除夕》。云：'雪晴楚郭醅寒新，爆竹声中百感身。骨肉无多谁念远，年华如此尚依人。滔滔江汉尊前水，漠漠乡园梦里春。绝忆朝云今赁庑，凄凉分过一冬贫。'"④可见他当时满怀壮志未酬的郁闷。

同治十年（1871），张之洞湖北学政任满返京后，与李慈铭再度相见。他们与京师名流一起，或登高览胜，或品书赏画，宴饮无虚日。在李慈铭《日记》中便有大量相关记载，或互访长谈，或同赴集会，诗歌唱酬，往还甚密。由此可以看出，就算李慈铭在张之洞幕府中因为未能得到重用而心有不满，但在张之洞返京后的那段时间

---

① 刘禺生：《世载堂杂忆·龙树寺觞咏大会》，中华书局1960年版，第87页。
② 《书目答问·国朝著述诸家姓名略总目》"经济家"，《张之洞全集》，第9987页。
③ 《越缦堂日记》，广陵书社2004年版，第六册，第3953页。
④ 《越缦堂日记》，同治六年十二月三十日日记。

第四章　张之洞与光宣诗坛的关系　183

里，二人关系还是较为亲密的。但是，两人的关系随着张之洞的一路擢升和李慈铭的原地踏步而终究慢慢出现难再弥合的裂痕。李慈铭先后想出各种理由来解释为什么与自己学力相当的张之洞能在仕途平步青云，最终将其归结为两个主要原因，一为海外声名[1]，一为内有奥援[2]。

光绪七年（1881），张之洞奉旨外放山西巡抚，送别之时，李慈铭赠有书信一扎："积疢蠖居，罕通人事。长者车辙（原注：此用《史记·陈平传》语，长者谓达官贵人也），亦不相关。小人之言，中于肺腑。室迩人远，良以怃然。旌节将行，私衷难以。率成四韵，聊附言廿载交情，匪辞可罄，不宣。"[3] 并有赠别诗一首送之：

送张孝达阁学巡抚山西
主恩持节莅严关，暂辍承明凤阁班。
春动旌旗恒岳驿，花迎鼓角晋祠山。
北都雄镇青天上，内翰清名白水间。
荣遇儒臣推第一，待看经术起时艰。

可以看出，这送别的信函和诗更多的是一种有距离感的客气，都已没有先前的亲密。后来，李慈铭与张之洞的关系日渐不睦，李慈铭将此又归结为两个主要原因，一为小人陈逸山（即陈乔森）的挑拨[4]，一为不同的政治、文化理念。而其实后者才是更为重要的因素。这种不同主要表现在二人对外的交往态度和对内的施政措施上，比如对朝鲜使臣的来访一事，张之洞以大臣之风款待之，而李慈铭则以天朝上国之姿小视之[5]；又如张之洞在山西任上，开展实业，固

---

[1]《越缦堂日记》，光绪七年六月初三日日记中有记："日本游士有名竹添静一者，移书通商衙门，欲见侍郎殷兆镛及之洞。主者以闻，宫中知其人，故屡擢云。"第9061页。
[2]《越缦堂日记》，光绪八年正月二十四日日记中有记："张之洞以编修不及三年至巡抚，皆近世之仅见者，张有文学，以上疏受特知，然亦内有奥援。"第9318页。
[3]《越缦堂日记》，光绪七年十二月初八日日记。第十三册，第9266页。
[4] 事参《越缦堂日记》，光绪三年五月二十五日日记。
[5] 事参《越缦堂日记》，光绪九年一月初七日日记。

然立足经术,但为了起时艰,也采用了一些"末技",这是坚持只以传统经术施政的李慈铭不能认同的。再如张之洞投资西洋技术,费用不问多寡。而李慈铭认为修筑铁路、开办实业是破坏民生之举,不符圣贤之道。

此外,在张、李二人关系破裂的道路上,还有一事需提一下,即光绪四年(1878),李慈铭因为妻妾不能生育,在友人的敦劝之下,决定买妾。但因囊中羞涩,不得不向朋友借贷,李慈铭首先想到的就是张之洞。是年四月十六日日记载:"作书致香涛,乞贷三十金。"而此次借银的结果记于同月十九日的日记中:"得香涛书,并银十两。余两与之书,而借三得一,为此婢价,平生风节扫地尽矣。"这让清高重名节的李慈铭顿觉颜面扫地,心中之郁结愤懑可想而知,满腹的难堪和气恼为二人的关系蒙上了挥之不去的阴影。

随着二人官职、经历、眼界的变化,分歧进一步加剧。这种分歧在李慈铭的意气渲染之下,最终演变为朝堂之上的南北之争。李慈铭后来对张之洞的针对性攻击极为强烈,不管是张之洞荐员事件本身①,还是所举荐的人出了状况,李慈铭都要大做文章。如中法战争中张佩纶全军覆没,李慈铭闻讯后,马上把矛头指向张之洞,批评他荐员不当,任人唯亲。但对于李慈铭的诸多指责,张之洞未作过公开的回应。一方面是因为忙于政务,另一方面则是由于无心与文人相争,故而并不与之打笔墨官司,做口舌之争。他只在给张佩纶的信中提到过朝中人对他不满,但用语极有分寸,并未指名道姓。② 而李慈铭的狷介之性,则一览无遗。关于这次李、张冲突的本质,刘禺生分析得甚为透彻:

> 按两派之争,越缦殊郁郁不得志,科名远不如香涛,所以执

---

① 事参《越缦堂日记》,光绪八年五月初八日日记。
② 《张之洞全集》第十二册,光绪八年至十年《致张幼樵》部分书札中有相关内容,如"鄙人种种行径,自知大为贵人所不喜。(知则知矣,管则不管也)待罪而已,遑言矜乎?""前两月鄙人有一文字,称引当代人物数十辈,闻时议颇病其多,用人才时则嫌少,荐人才时则又嫌多,蒙窃感焉"等。

名流之牛耳者，不过本其经史百家诗文之学，号召同俦。至于体国经野，中外形势，国家大政，则所知有限，实一纯粹读书之儒，不能守其所长，乃以己见侈谈国事，宜香涛诸人不敢亲近。但越缦则自以为可以左右朝政，乃与邓承修诸御史主持弹章，声应气求，藉泄其愤。①

作者指出南北之争，完全是李慈铭不顾自己的学人身份，不考虑当时的时局，而以保守立场来意气用事地指责张之洞。李慈铭思想认识上的局限性，以及张之洞处理内外事务时的灵活和务实，其实都清楚地看在当时旁观者的眼中。

樊增祥回忆张、李两位老师一路走来的复杂关系时尝说道：

> 南派以李莼客为魁首，北派以张之洞为领袖，南派推尊潘伯寅，北派推尊李鸿藻，实则潘李二人，未居党首，不过李越缦与张之洞私见不相洽，附和者遇事生风，演成此种局面耳。越缦与予（原注：樊山自称）最善，予以翰林院庶吉士从彼受学，知予亦香涛门人，对予大起违言，由其满腹牢骚，逼仄所至，不知实有害于当时朝士之风气也。②

点出了李慈铭与张之洞的矛盾，在于"私见不洽"，而在南北之争中，李慈铭事实上并未真正进入到当时朝堂上的权力角逐中，所以，也只是借机发牢骚而已。

眼看二人关系已经破裂到不可挽回的局面，但是又在张之洞主动有意示好、李慈铭得御史后牢骚渐平的情况下，以及在他们共同的爱徒樊增祥的调节下，两人之关系看似柳暗花明起来。李慈铭对张之洞的论说也日渐缓和，他在光绪十六年十二月二十四日日记中写道："作复张香涛尚书书。……作书致云门，以致香涛书托转寄，得复。"

---

① 刘禺生：《世载堂杂忆》，第89页。
② 刘禺生：《世载堂杂忆》，第89页。

虽说紧张的关系有所缓和，但是却也难以抚平昔日巨大的裂痕，加上二人对西学的分歧和施政观念上的差别，故而也只能说是维持表面的和平，终究无法再如初见。

李慈铭性情虽简慢狂傲，好放言高论，但发为诗歌，却又辞旨安详，声希味永。其题咏金石书画之作，可称雅音。汪辟疆《光宣诗坛点将录》点之为"天富星扑天雕李应"，评曰："余事为诗竟不群，别才非学总难论。清词合配金风长，月转觚棱梦未温。"又云："越缦诗，在小长芦、春融堂之间，雅洁春容，且书卷外溢，尤熟史事。孙同康谓与两当并雄，推为正宗，誉过其实矣。"李慈铭作诗，也瓣香杜甫，对明七子也是多持肯定态度。

同治年间，在和张之洞的关系尚密切时，二人诗作往来，互为咏叹。李慈铭对张之洞的诗歌颇多好评，在日记中也有记录："得麇伯书，属题彭侍郎玉麐所赠墨梅。画幅中有香涛七古一首，极警峭深婉之致。"（同治十一年二月十九日）"得香涛书，为予题湖塘村居图长歌一首。……其情文婉转，音节啴舒，上可追香山、放翁，下不失梅村、初白。一时之秀出也。"（同治十一年五月二十八日）李慈铭还抄录全诗，可见对此甚为喜爱。"香涛送阅重九日所作七古，其诗甚佳。录之于此……"（同治十年九月十七日）李慈铭还几次请张之洞为其题诗："作书至孝达乞题萝庵黄叶团扇。……得香涛书，并题萝庵黄叶图五古一首，甚清瘦可喜。"（同治十一年五月二十七日）"作书致孝达，乞题沅江秋思图便面。……吴编修大澂所画有香涛七古一章，研樵、逸山五古各一章，皆佳。"（同治十一年三月二十日）李慈铭在《致孙子九汀州书》中称赏张之洞诗才："辇下称诗，香涛最胜，由其学有经法，志怀忼慨，本末洞达，真未曷才。"（同治十一年七月初二日）

李慈铭于同治十一年四月初六日的日记中还详细记载了张之洞对他的诗歌评价："前日香涛言，近日称诗家，楚南王壬秋之幽奥，与予之明秀，一时殆无伦比。然明秀二字，足尽予诗乎？盖予近与诸君倡和之作，皆仅取达意，不求高深。而香涛又未尝见予集，故有是言也。若王君之诗，予见其数首，则粗有腔拍。古人糟魄，尚未尽得者。其

第四章　张之洞与光宣诗坛的关系　187

人予两晤之，喜妄言，盖一江湖唇吻之士。而以与予并论，则予之诗，亦可知矣！香涛又尝言，壬秋之学六朝，不及徐青藤。夫六朝既非幽奥，青藤亦不学六朝。则其视予诗，亦并不如青藤矣。以二君之相爱，京师之才，亦无如二君者。香涛尤一时杰出，而尚为此言。真赏不逢，斯文将坠。予之录录，不可以休乎？逸山尝言，以王壬秋拟李叐伯，予终不服。都中知己，唯此君矣。此段议论，当持与晓湖语之。"① 从中可以看出，李慈铭对于张之洞的此番评价是颇不满意的，但又是颇为在意的。王赓亦有云："广雅官京曹时，颇重其诗，称为'明秀'。君极口不承，且有'真赏不逢，斯文将坠'之愤语。文人笃于自信，且喜相轻，亦结习使然也。"② 李慈铭强调张之洞所论之"明秀"，是他"仅取达意"的部分诗作的风格，不能一以概之，他追求杜诗之深沉，意境之高深，岂是"明秀"二字就能评价的。而张之洞将"唇吻之士"的王闿运与自己并称，也让李慈铭很是恼火。李慈铭自认为是老杜正宗，岂是宗尚六朝的王闿运能比的，而王闿运的今文之学，在李慈铭看来也不过是逞口舌之利而已。为了维护自己的诗名，李慈铭是一定要和张之洞阐明自己的诗歌旨趣和风格的。③ 于是：

> 作书致香涛，示以昨诗。得香涛复，言予诗雄、秀二字，皆造其极，真少陵适派。其火候在竹垞、阮亭之间。竹垞、阮亭七古，皆学杜也。此语殊误。阮亭七古平弱已极，无一完篇，岂足语少陵宗恉？竹垞亦仅规东坡耳。若予此诗，拟之空同、大复，则殆庶乎。……再作书致香涛，申言作诗宗派及李、杜、韩、白、王、孟、钱、刘、沈、宋、温、李诸家之优劣。（同治十一年四月十九日）④

---

① 《越缦堂日记》第八册，第5336、5337页。
② 王赓：《今传是楼诗话》，张寅彭《民国诗话丛编》第三册，第260页。
③ 参见张寅彭《越缦堂日记说诗全编·前言》，凤凰出版社2010年版；周容《论李慈铭与樊增祥的诗歌理论及其创作》，博士学位论文，上海大学，2009年。
④ 《越缦堂日记》第八册，第5351、5352页。

这次虽然仍旧不满于张之洞以朱彝尊等人来比拟自己，但是张之洞所评之"少陵适派"云云，还是颇合李慈铭胃口的，而这也正点出了李越缦诗学主张的核心所在。其实李慈铭日记中记载的这段张之洞对他和王闿运诗歌的评价，从一个侧面体现出了这三人在诗风诗观上的不同。前已述及，王闿运作为一个文人，其诗学观主张"缘情"，认为"诗缘情而绮靡"，只宗尚汉魏六朝诗。而张之洞身处高位，心系社稷，行为处事力求平正通达，反映在其作诗论文中，则表现为崇雅尚正，诗如洪钟大吕，气韵深厚。香涛因一心为公，诗多沉郁顿挫，罕有仅书写情性之作。而王闿运终生不遇，其诗多抒写自己求取进阶之心迹，进退之矛盾，诗中有股幽怨之气。张之洞评其诗"奥幽"，可称精准。此外，还需提及的是他对杜甫诗歌评价平平，且多有指摘，王湘绮曾云："杜甫歌行自称鲍、庾，加以时事，大作波澜，咫尺万里，非虚夸矣。五言惟《北征》学蔡女，足称雄杰。它盖平平，无异时贤。韩愈并推李、杜，而实专于杜，但袭粗迹，故成枯犷。"①认为杜甫歌行能"咫尺万里"，乃得益于鲍、庾，并辅以时事，而杜之五言则是"天骨开张，自然雄厚，然胸次时有叹老嗟卑之意，故专入时事，正其短处。如此登临诗而思及稻粮，何堪叫尧舜耶？"②认为杜甫诗仅有《北征》一首五言，因学蔡女体而可称杰作，而其七古则导致了韩愈七古过于粗犷之弊。至于老杜其他诸体，则是"它盖平平，无异时贤"了。与王闿运不同，李慈铭对杜甫是推崇备至的，他提倡老杜之"转益多师是汝师"的创作态度，反对一味拟古。他在同治十一年四月初六日日记中尝自叙其诗观："学诗之道，必不能专一家，限一代，凡规规摹拟者，必其才力薄弱，中无真诣，循墙摸壁，不可尺寸离也。……作诗者当汰其繁芜，取其深蕴，随物赋形，悉为我有。"李慈铭以杜甫诗歌为诸体诗之正宗，作诗瓣香老杜，他在日记中曾总结了自己十六岁到三十二岁这十多年的学诗历

---

① 王闿运：《湘绮楼诗文集》，第 533、534 页。
② 王闿运：《王闿运手批唐诗选》卷一，上海古籍出版社 1989 年版，第 117 页。评杜甫《同诸公登慈恩寺塔》诗。

第四章 张之洞与光宣诗坛的关系　189

程:"予自甲辰岁刻意为古诗歌,间亦抚拟老杜。尝作《观皇太后七旬万寿灯》七律,其中虚字全学少陵《西蜀樱桃》也。《自江》一首以呈先君子,弗善也。"① 又云:"(壬子年)落解后,洊臻忧患,一切感事伤时之作,近体颇骎骎日上。高者逼杜陵,次亦不失为中唐,而古诗终无所悟。癸丑,交子九,旋交叔子兄弟,结言社相切劘,为汉、魏、三谢、杜、韩之学。而诸子皆推予善学杜,遂悉致其学于古近体。腔拍太熟,真伪杂出,几为李于鳞、郑善夫追步后尘。然五古渐老成,七古亦大方,较往时远矣。"②《白华绛趺阁诗初集自序》中也有云:"所得意莫如诗。其为诗也,溯汉迄今,数千百家,源流正变,奇耦真伪,无不贯于胸中,而无不㝡其长而学之。而所致力莫如杜。"③

对于作诗专事绮语及以拟古为尚者,李慈铭颇为不满,他对董砚樵表述过相关看法:

> 作书致砚樵,极言作诗甘苦。以砚樵题予诗,谓"初学温、李,继规沈、宋。"予平生实未尝读此四家诗也。逸山七律有逼似少陵者,七绝尤为晚唐以后第一人,五律亦工,古体则全无骨力。飞卿亦有佳处,七绝尤警秀。惟其大恉在揉弄金粉,取悦闺襜,荡子艳词,胡为相拟? 至于沈、宋,唐之罪人耳,倾邪侧媚,附体佥壬。心术既殊,语言何择? 故其为诗,大率沿靡六朝,依托四杰,浮华襞积,略无真诣,间有一二雕琢巧语而已。云卿尚有"卢家少妇"一律,粗成章法。"近乡心更怯"十字,微见性情。延清奸险尤甚,诗直一无可取。盖不肖之徒,虽或有才华,皆是小慧,必不能抒扬理奥,讬兴风雅。其辞枝而不理,其气促而不举,纵有巧丽之句,必无完善之篇。砚樵溺志三唐,专务工语,故以此相品藻。予二十年前,已薄视淫靡丽制,惟谓

---

① 李慈铭:《越缦堂日记》,咸丰十年闰三月二十三日日记。
② 李慈铭:《越缦堂日记》,咸丰十年闰三月二十三日日记。
③ 李慈铭:《白华绛趺阁诗初集自序》,《越缦堂诗文集》,第 788 页。

此事，当以魄力气体补其性情，幽远清微传其哀乐。又必本之以经籍，密之以律法，不名一家，不专一代。疵其浮缛，二陆三潘亦所弃也；赏其情悟，梅村、樊榭亦所取也。至于感愤切挚之作，登临闲适之篇，集中所存，自谓虽苏、李复生，陶、谢可作，不能过也。砚樵之评，实深思之而不可解。以诗而论，世无仲尼，不当在弟子之列，而谓学温岐，规沈、宋乎？①

他提倡"真诣""性情""舒扬理奥""托兴风雅"，批评了温、李、沈、宋等诗人的"揉弄金粉，取悦闺襜，荡子艳词"，称自己"薄视淫靡丽制"，强调以本经籍，密律法，广诗径补救之，并重申了自己"不名一家，不专一代"的诗学取径。张之洞评其诗以"明秀"二字，自当不谬。李慈铭这番诗论与张之洞反对绮靡，讲求"清""真""雅""正"，平正通达的诗歌风格是相一致的。

（三）张之洞与王懿荣

王懿荣（1845—1900），字正儒，一字廉生、莲生，山东福山人。光绪六年（1880）进士，以翰林擢侍读，历官国子监祭酒、京师团练大臣等。率京师团练抗击八国联军，城破而携家人以身殉国。其人学问渊博，长于金石、收藏，性"笃好旧椠本书、古彝器、碑版图画之属"（《清史稿》），是近代著名的金石家。著有《王文敏公遗集》等。生平事迹见赵尔巽《清史稿》、孙葆田《皇清诰授荣禄大夫追赠侍郎衔赐谥文敏前团练大臣国子监祭酒王公神道碑铭》、陈代卿《清故团练大臣赠侍郎衔赐谥文敏国子监祭酒王公家传》、孙雄《庚子殉难五词臣死事纪略》、王崇焕《王文敏公年谱》等。

同治九年（1870），张之洞湖北学政任满还京，与王懿荣等京师名士结交。胡钧《年谱》载此事："十月，任满交卸，入京覆命，寓南横街"，"在京与潘文勤（祖荫）、王文敏（懿荣）、吴愙斋（大澂）、陈弢庵（宝琛）诸君订交"。② 张之洞与王懿荣作诗论文气类相

---

① 《越缦堂日记》，同治十一年四月六日日记，第八册，第5334、5335、5336页。
② 胡钧：《年谱》，第37、38页。

投，互相推重，很快便结为好友，过从甚密。在许多宴游雅集中，都有二人的身影，这在李慈铭、董文涣等当时的日记中可以找到相关的记载，如李慈铭日记中九月初九日所记同游慈仁寺事，董文涣日记中九月二十六日参加消寒集会事，等等。另外李慈铭于七月十一日日记中有记他致书张之洞，"属转从王莲生户部乞刻郝氏《尔雅义疏》一部"①。都可看出张、王二人关系颇近。张之洞亦有诗歌记录了当时情形，如《立秋后二日同谢麐伯朱肯甫吴清卿王廉生至石闸海上游泛舟坐渔家秦氏园日暮方归》《九日慈仁寺毗卢阁登高谢麐伯何铁生陈六舟朱肯甫董砚樵陈逸山王廉生同游》，而王懿荣集中也有一诗记九日慈仁寺之游，《九日慈仁寺毗卢阁登高同周杏谢麐伯何铁生，陈六舟朱肯甫张孝达董研樵陈逸山》。又张之洞的《潘少司农嗜郑学名其读书之室曰郑庵属张掞张君据高密汉人石刻画像摸写为图以同治十一年七月五日康成生日置酒展拜会者十一人因题小诗二首》，诗中虽未出现王氏，但据李慈铭记录此事的壬申初五日日记之记载："上午赴伯寅之招，麐伯、香涛、廉生、逸山……先后至。"可知王懿荣也是与会的。张之洞二度丧偶后又外放四川学政，王懿荣还写信询问其续弦之事，张之洞回复道："弟续弦事，并无暇议及，忙乱可知。"② 可谁也没有料到的是，几年后，张、王的关系更进一步，王懿荣由好友升任为张之洞的妻兄，二人成了姻亲。

张之洞居官京师期间，基于共同的爱好，同潘祖荫、吴大澂等私交甚笃，经常结伴到琉璃厂访古。张之洞曾和潘祖荫的《消夏六咏》，分别为《拓铭》《读碑》《品泉》《论印》《还砚》《检书》，都与金石相关，王懿荣亦有对此《消夏六咏》之和作。张之洞之《读碑》所说为《侯获碑》，但碑文中有部分内容模糊难辨，故张之洞在诗末自注曰："释者言从殊。余定为'孝廉菑邱乌垾张掞长'九字"，潘祖荫大为叹赏。据王颂蔚《写礼庼诗集》："潘少宰见示《消夏六咏》跋纸尾诗'沙南片石释者尠，安世默识论不颇'，自注'谓张君

---

① 参看李慈铭《越缦堂日记》、董文涣《研樵山房日记》、张桂丽《李慈铭年谱》。
② 《与王廉生》，《张之洞全集》第十二册，第 10123 页。

孝达'。"张之洞于此也算颇有天赋,有与潘祖荫书,详论《沙南侯获刻石》一篇,载于其集。但有人认为或许张之洞之好金石,乃是出于功利目的,即投人所好,借金石为敲门砖而与潘祖荫这样的大名士曲意结纳,以达到自己便于被提携援系的目的。并说"张之洞与金石学的关联恰好截止于他出任疆吏之前,说明学术只是敲门砖而已"①。其实,张之洞对此应是有真兴趣的,在他外放四川学政时,就曾给王懿荣写信说:

> 今有一快事,汉上庸长司马君台《神道》,曾见系释,后遂无闻。顷为弟访得之,拓本一纸奉鉴。又唐永徽二年《修学宫碑》,今亦求得之。此外,尚有唐刻数种。在执事,则以为不足重矣。②

而且,在光绪九年(1883)底,已成封疆大吏的张之洞,在太原致函在京师的王懿荣说:"附去三十金,敢恳过市时代求有风趣物事数品,以娱劳人新年,破书弃扇皆好。如价贵不足用,乞示知补寄,幸勿以'一无所遇'见覆也。"③ 所以,收藏研究古玩作为中国文人普遍的一种风雅趣味,张之洞也是真心喜爱的。

此外,张之洞的《论金石札》两卷,也可谓功力深厚。综上可见,张之洞之爱好古玩,与讨好权贵至少没有必然的因果关系,更多的是本人之真兴趣。之所以后来再罕有论说,主要是因为出任封疆之后,张之洞整日政务缠身,事必亲为,夙夜在公,不得休息,甚至连吟事都废,身体亦因过于劳累而患疾,还被政敌以"号令不时,起居无节"为由而弹劾。据其弟子樊增祥回忆,此一时期,张之洞一度吟事都废,就更不用说金石之学了。

光绪二十六年(1900),王懿荣临危受命,任京师团练大臣,率

---

① 王维江:《"清流"张之洞》,《社会科学》2008年第1期。
② 《与王廉生》,《张之洞全集》第十二册,书札一,第10124页。
③ 《与王廉生》,《张之洞全集》第十二册,书札一,第10126页。

团练奋勇抵抗八国联军的入侵，但寡难敌众，城破而无颜再生，遂书绝命词"主忧臣辱，主辱臣死。于止知其所止，此为近之"①，携家人自杀殉国，时年55岁。张之洞有五古一首《癸卯入都读王文敏公懿荣绝笔一纸慷慨从容敬仰悲叹非言所罄赋诗述哀》悼之："身为国子师，臣道自我存。诈穷到溃决，天脱青城屯。留守诸贵人，弃职争西奔。君独屹不去，阖门从灵均。楚毒备三死，所求臣志伸。绝笔卅八字，劫焰不敢焚。"述王懿荣当日死国情状。又有悼熙元、王懿荣二人的七绝一首《国子监拜熙文贞王文敏两公祠遂观石鼓》，高度评价了他们为国捐躯的爱国品行。

王懿荣虽笃嗜金石，自谓文笔非所长，但其诗作因学为之干，故专家或有未逮，也可堪讽咏。汪辟疆《光宣诗坛点将录》点之为"地英星天目将彭玘"，评曰："廉生笃嗜目录、金石，精于考订，自谓文笔非所长。然所作皆翔实典雅、坚重密栗，诗亦如之。盖知诗虽余事，不能舍学它求也。"② 汪辟疆将王懿荣归为河北派之羽翼，则诗作虽不出众，但亦具备河北派之特点，与张之洞亦为同道。

二 张之洞与清流健将

张之洞与张佩纶、黄体芳、陈宝琛、宝廷等为清流中的骨干分子，他们意气投合，直言敢谏，指陈施政，弹劾权贵，互相倚重，基于共同的政治理想而汇聚在一起，而其中二张的关系最为密切。从张佩纶《涧于日记》戊寅、己卯年日记可以看到，这些清流名士每隔数日必要会面，每逢有事，更是会相聚商榷。他们不仅是学者名士，亦为有清一代之大诗人，虽然吟咏作诗对他们来说都是余事，但有时也会以诗歌来交流情感、表达心声。

（一）张之洞与张佩纶

张佩纶（1848—1903），字幼樵，一字绳庵，号篑斋，直隶丰润（今属河北）人，同治十年（1871）进士，以编修擢侍讲，充日讲起

---

① 赵尔巽：《清史稿》第四十二册，中华书局1977年版，第12778页。
② 《汪辟疆说近代诗》，第73页。

居注官。后升任左都副御史，晋侍讲学士。马尾战败后革职遣戍。卒于金陵。其人"累疏陈经国大政"①，"内政外事皆所优为，论其志节才略，实为当代人才第一"②。著有《管子学》《涧于集》《涧于日记》等。生平事见赵尔巽《清史稿》、陈宝琛《张篑斋学士墓志铭》、劳乃宣《有清故通议大夫四五品京堂前翰林院侍讲张君墓表》等。

光绪三年（1877），刚从四川任满回到京城的张之洞看到张佩纶的奏折，钦叹其文学才华和敢言胆量，立即"造庐订交"③。张佩纶小张之洞11岁，早年仕途通达，27岁便官至从四品的翰林院侍讲之位，被视为是与张之洞一样的士林翘楚，科场才子。张之洞与张佩纶的交往，可从张佩纶的日记中找到痕迹。以光绪五年元月为例，两人一月之中会面19次，其中张之洞造访张佩纶8次，张佩纶拜访张之洞4次，两人约赴琉璃厂访古4次，一起参与名士雅集3次④，从中可以看出，二张过从甚密。

张佩纶心无城府、坦率爽直，直言无忌，所以得罪了不少人。陈宝琛曾说："君谓世患虽迫，事尚可为，感激知遇，惟失时是惧。"⑤对此，深受张佩纶敬重的张之洞也给他提过意见，对此，张佩纶的两则日记尝记：

> 孝达言余之为人如玉质间石，不加磨砻，未能成材。若抱质以游，必至无人相与款洽。其弊也，得无用之君子，有才之小人而已。闻之竦惕，他日得间，当求其痛加针砭，免为先人玷也。（光绪五年十一月十五日）
>
> 孝达前辈临别……曰："君之才气一时无两，但阅历尚浅，遇事可加一番讲求，加一番思索，然后出口，则完全无弊矣。"

---

① 《清史稿》第四十一册，第12455页。
② 《胪举贤才折并清单》，《张之洞全集》第一册，奏议四，第89页。
③ 胡钧：《年谱》，第46页。
④ 张佩纶：《涧于日记》第一册，台湾学生书局1966年版，第29—39页。
⑤ 陈宝琛：《张篑斋诗集序》，《沧趣楼诗文集》（上），上海古籍出版社2006年版，第306页。

第四章　张之洞与光宣诗坛的关系　195

（光绪六年二月初一日）

　　此时的张之洞已经因其敢言直谏和但陈时政，不涉博击而成为朝廷"广开言路"的受益者，不仅以正六品的国子监司业身份罕见地列席六部九卿会议，而且在四个月之内，连续三次加官跳级，终于开坊，在清流中崭露头角。扶摇直上的张之洞以不做"无用之君子"，与张佩纶共勉，并对张佩纶提出这样语重心长的意见，足见二人关系密切之程度。此外，光绪六年（1880），张佩纶更是收了张之洞之子为弟子，其日记载："二月初一，……孝达前辈命其子权及颋从余游。颋郎甫十二岁，余爱之，前辈因命长嗣执业。抗颜为师，殊自愧赧耳。"（《涧于日记·嘉禾乡人日记》）则关系愈近。

　　但二张的关系也曾出现过一些波澜，张佩纶后为慈禧所恶，善于审时度势的张之洞为了自己的仕途不受此牵累，便选择了疏远这位昔日亲密的好友。不过终究还是因感情深厚，且英雄相惜，最后两人友谊得以存续。黄濬在《花随人圣庵摭忆》中对此事之始末有记载："张陈各外简会办后被谪，绳庵偾师，负谤最甚。传闻丰润南皮，晚年颇有违言。南皮移督两江时，以绳庵适寓江宁，夙为西后所嫉，与之往还，惧失欢西朝，不与往还，又失故人之谊。乃阴讽绳庵移居苏州，绳庵大怒，谓我一失职闲居之人，何至并南京亦不许我住耶？其后闻南皮又使人先容，微服往访，至于相对痛哭。"[1]

　　张佩纶是一位颇有才华的诗人，汪辟疆《光宣诗坛点将录》点之为"地杰星丑郡马宣赞"，评曰："几年关塞忆累臣，热泪如潮意苦辛。堪笑平生王霸学，却从诗笔见轮囷。"又云："篑斋诗才力富健，使事稳切。获谴以后，凄婉之语，使人不欢，所谓愁苦之音易好也。"与张之洞同为河北派领袖的张佩纶，早年为了"用世"而有意疏懒于诗歌创作，陈宝琛尝云："君博涉顾志在用世，官京朝日，不甚致力于诗"[2]。在仕途遇挫，所学未施后，又满心郁结发诸吟咏。其诗

[1]　黄濬：《花随人圣庵摭忆》上册，中华书局2008年版，第99页。
[2]　《沧趣楼诗文集》（上），第306页。

才力富健，用事稳切。汪辟疆尝言："拟诸广雅，正堪骖靳。惟广雅早膺疆寄，晚值枢垣，虽中更忧患，而勋业烂然。箦斋则自获罪遣戍，遇事触景，动成凄惋，所谓愁苦之音易好也。"①

在二张的诗集中，都可以找到与对方相关的诗作。张之洞启程出任山西巡抚时，张佩纶有《送张孝达前辈巡抚山西》（《涧于诗集》卷二）一诗送之，诗云："公昔朝阳应鸣凤，居庐初解承明从。三载重来践后尘，太原又引双行鞚。"称赞了张之洞的同时对其未来也有期许。后来张佩纶被革职谪戍塞上时，正是张之洞荆天棘地极为繁忙之时，但他也不忘被谪的好友，据张佩纶日记载，香涛或遣人探望，带信捎物，或寄送物品②，如光绪丙戌十二月十九日日记："东坡生日，……以香涛所寄海南香及广橘蜜酒作供。"张佩纶作《孝达前辈致海南香雷州葛》二绝句谢之，但张之洞诗集中未见训答之作。张之洞集中有《偕张绳庵游潭柘寺看松月》《同张绳庵访僧心泉因与同游南洼》，记与张佩纶之赏游。张佩纶殁后，张之洞有《过张绳庵宅四首》怀之，王赓尝云：

> 广雅假节两江，绳庵方居白下，音问偶通，过从绝迹，最后一晤，痛谈尽日，歔欷往事，殊难为怀，而绳庵旋即不起矣。故广雅《过张绳庵宅》云："北望乡关海气昏，大招何日入修门。殡宫春尽棠梨谢，华屋山邱总泪痕。"（时殁已一年尚未归葬。）"箧中百疏吐虹霓，泛宅元真世外嬉。劫后何曾销水火，人间不信有平陂。""凭谁江国伴潜夫，对舞髯龙入画图。怜汝支离经六代，此心应为主人枯。"（宅有六朝桧两株。）"廿年奇气伏菰芦，虎豹当关气势粗。知有卫公精爽在，可能示梦儌令孤。"第四首"当关"云云，盖泛指同时执政旨趣各异者言。③

---

① 汪辟疆：《近代诗派与地域》，《汪辟疆说近代诗》，第31页。
② 参《涧于日记》光绪十二年六月三日、六月六日，光绪十三年六月六日日记，并有《孝达以蜜渍荔枝饷公瑕，公瑕分赠塞上，并寄墨荔画扇，谢孝达及见怀二律，次韵报之》一诗。
③ 《今传是楼诗话》，张寅彭《民国诗话丛编》第三册，第468页。

（二）张之洞与黄体芳

黄体芳（1832—1899），字漱兰，浙江瑞安人。同治二年（1863）进士，选庶吉士，授编修。累迁侍读学士，官至兵部左侍郎。其人"日探讨掌故，慨然有经世志"，"频上书言时政得失"，（《清史稿》）著有《漱兰诗葺》、《醉乡琐志》等。生平事见赵尔巽《清史稿》、叶尔恺《黄体芳传》、孙延钊《瑞安五黄先生系年合谱》等。

黄体芳是同光年间，清流中的重要成员之一，与张之洞、张佩纶、宝廷、陈宝琛等以敢言重气节而享誉政坛。他与张之洞是同榜进士，后又一起被选为庶吉士，授翰林院编修，两人都敢言直谏，弹劾权臣，指斥弊政，或携手共进，或遥相呼应。同治十一年（1872），黄绍箕在其父黄体芳的授意下，拜张之洞为师，可见此二人交情非同一般。光绪三年（1877），从四川学政任上返京的张之洞有时会替当朝大员撰写奏章，指陈施政，献计献策，常能取得不错的效果，而广获声名。但是光绪四年（1878），张之洞替黄体芳撰写的一篇奏劾户部尚书董恂的奏章，却为黄体芳惹来祸端。奏章中有云"今朝臣中之奸邪，如户部尚书董恂是已"。说其"漠视民命"，"加之以贪鄙欺罔，有心病国"，"其在总理衙门，言语猥琐，举止卑诡"，建议朝廷将其罢斥，"以清朝列"。但上谕却指责"以传闻无据之词，诋董恂为奸邪，措辞过当，著交部议处"①。黄体芳因此险些被降职。后来张之洞儿子新婚，黄体芳前往相贺，张之洞急忙为此事道歉。但是黄体芳说："是何伤？文章出君，气节属我。"② 陈宝琛见证了这一场景。光绪十年（1884），已做翰林的黄绍箕又成了张之洞之兄张之渊的女婿，现在所能见到的两封张之洞致黄体芳函，都以"亲家"相称③，如此，张、黄的关系又近一步。黄体芳六十岁寿辰时，张之洞

---

① 胡钧：《年谱》，第47页。
② 胡钧：《年谱》，第47页。
③ 俞天舒编：《黄体芳集》，上海社会科学院出版社2004年版，第389、403、363页。

专门写有《寿黄漱兰通政六十》四首诗相贺。在悼念黄体芳的挽联里，张之洞视黄体芳为"知己独厚"；对于黄体芳而言，时人以为是"知己惟张南皮一人"①。

黄体芳亦有诗名，汪辟疆《光宣诗坛点将录》评之为"地阴星母大虫顾大嫂"，评曰："芳兰竟体，大类女子。孰知为烧车之御史？"又曰："漱兰先生有'烧车御史'之风，节概炳然。晚主大梁书院，喜以诗歌自娱。风骨颇高，兼尚情韵，世固未知也。"

（三）张之洞与陈宝琛

陈宝琛（1848—1935），字伯潜，号弢庵，福建闽县人。同治七年（1868）进士。改庶吉士，授编修，后擢侍讲，充日讲起居注官，累官内阁学士。后办学堂、倡教育，贡献颇多。其人守正不阿，民国后以遗老自居，卒于北京。著有《沧趣楼诗集》《文存》《听水斋词》等。生平事迹见赵尔巽《清史稿》、陈懋复等《诰授光禄大夫晋赠太师特谥文忠太傅先府君行述》、陈三立《清故太傅赠太师陈文忠公墓志铭》、陈衍《陈宝琛传》、张允侨《闽县陈公宝琛年谱》等。

陈宝琛是张之洞在湖北学政任上誉满归京后结交的，后来二人又以文章气谊相推重，共为清流砥柱。陈宝琛在为张之洞写的墓志铭中这样回忆二人的相交："初，宝琛与公接膝京师，谬引同志。里居，一访公广州，前后契阔几三十年。前岁入都，见公道孤志厉，气郁虑煎，私用忾叹，孰图会遭而诀遽哉！公子权等将以宣统二十年十二月乙酉，葬公县西南原新阡，乞文纳圹。思公谁嗣，乃最其政绩，志事如右，而系以铭。"②

张、陈二人的交往在张佩纶的日记中有相关的记载，或是互访私宅的夜谈，或是名士友朋一起宴集聚饮，或是酬唱吟咏外出赏游。③据黄濬言，慈禧殁后，陈宝琛被重新启用为礼部侍郎，实为张之洞之

---

① 《黄体芳集》，第 373、379 页。另一联出自陈炜仪之手。
② 《清诰授光禄大夫体仁阁大学士赠太保张文襄公墓志铭》，《张之洞诗文集》，第 415 页。
③ 张佩纶：《涧于日记》第一册，台湾学生书局 1966 年版，第 123、124、137、138 页。

力。而张之洞临终遗折，亦为陈宝琛手定。① 光绪初年，"清流"建言渐成声势。其时，张、陈二人同官庶子，一起指陈时弊，上书建言，关系日益紧密。光绪七年（1881），张之洞率先从"清流"中脱颖而出，外放山西巡抚，从无实权的词臣一跃成为手握实权的封疆大吏。清流好友相送出都时，陈宝琛赋《送孝达前辈巡抚山西》诗相送，有句云："去岁送黄公（漱兰丈），今晨送张老。""经术公最深，万言气雄颢。远夷求识面，重译购疏稿。夜阑论边事，对烛首蓬葆。""更生副容台（竹坡新除礼右），掌故恣蒐讨。过从六丈已（簧斋），道义互灌溉。"② 离别之情中，满是对张之洞为人处世、经术能力的赞誉。诗中称张之洞为"前辈""张老"，可见陈宝琛对其的看重和推崇。这种尊崇，不仅是因为张之洞是前辈翰林，在年岁资历上占据高位，更是由于陈宝琛认为清流中属张之洞经术最深。张之洞一生主张"经世致用"，为了挽救国家于危难中，以较为开阔的视野和胸怀面对时世变迁，在"中体西用"的思想指导下多方探寻解决现实问题的策术，为中国的近代化进程作出了不小的贡献。则陈宝琛的此番赞誉，也确实是落到了实处。

陈宝琛为闽赣派领袖之一，在该派中行辈最尊，诗名最著。汪辟疆《光宣诗坛点将录》点之为"天机星智多星吴用"，评曰："弢庵诗，初学黄陈，后喜临川。晚以久更事变，深醇简远，不务奇险而绝非庸音。不事生造而绝无浅语。至于抚时感事，比物达情，神理自超，趣味弥永。余尝以和平中正质之，弢庵为首肯者再，以为伯严、节庵所未道也。"

陈宝琛受谴居家后，筑起沧趣楼、听水斋，与陈书等人往来酬唱，故其诗益工。陈宝琛诗体出临川，而兼具杜、韩、苏、黄之长，平生所作之诗，味永思深，心平气和，读之让人觉得心旷神怡。而陈宝琛对于诗歌创作态度严谨，尝言"诗必经数改，始可定稿"，这与

---

① 具体事见黄濬《花随人圣庵摭忆》上册，"张南皮热衷仕宦"，第90页；"怀陈弢庵"，第75页。
② 陈宝琛著，刘永翔等点校：《沧趣楼诗文集》（上），上海古籍出版社2006年版，第261页。

张之洞诗歌主张上的平正中和、作诗态度上的言不苟出之精神，都有共鸣之处。

（四）张之洞与宝廷

宝廷（1840—1890），字仲献，号竹坡，又号难斋，满洲镶蓝旗。同治七年（1868）进士。选庶吉士，授编修，累迁侍读。其人生性脱略行简，不拘小节。著有《偶斋诗草》《庭闻忆略》等。生平事见赵尔巽《清史稿》《清国史·宗室宝廷列传》、寿富《先考侍郎公年谱》等。

张之洞与宝廷同列"四谏"，关系自然不疏，二人现存的诗歌也可证他们的交情不浅。光绪七年（1881），在张之洞即将离京赴山西巡抚任时，宝廷赋《送张孝达前辈巡抚山西》一诗送别："性疏罹祸易，恩重全身难。久此共忧患，不乐君高迁。"该诗的重点显而易见不在抒发离情愁绪，而是诗人在念及自己"性疏罹祸易"时，担心朋友前方仕途上的艰险，故有"不乐君高迁"之语。在友人高升时，能说这样率真的话，可见关系不疏。还有《寄怀张香涛》一诗，有句云："登高西望路苍茫，千里云山隔太行。处事输君真慎密，不才如我太疏狂。"此诗写于张之洞抵晋后。宝廷登高西望，怀念远去的友人，将自己"太疏狂"的性情与张之洞"真慎密"的做事风格对举，分别时的担忧，转为对朋友在仕途征程上的良好祝愿。

张之洞的诗集中为宝廷而写的诗歌有《焦山观竹坡侍郎留带》三首，诗云："玉局开先继石淙，竹坡游戏作雷同。大廷今日求忠谏，魏笏终当纳禁中。""同姓怀忠楚屈原，湘潭摇落冷兰荪。诗魂长忆江南路，老卧修门是主恩。""故人宿草已三秋，江汉孤臣亦白头。我有倾河注海泪，顽山无语送寒流。"缅怀之情，流于字里行间。光绪之际，张之洞入枢府，得拜宝竹坡墓下，赋《拜宝竹坡墓》绝句二首，其一云："子政忠言日月光，清贫独少作金方。市楼一盏良乡酒，那得鱼头共此觞。"诗后有自注曰："君贫甚，官侍郎时，余尝凌晨访之，惟新熟良乡酒一瓶，与余对饮，更无鲑菜，咸齑一楪而已。""鱼头"用鲁宗道事，以咸荠款客，以良乡酒入诗，可谓是一旧京佳话。宝廷官京时，有直声，其人食贫励节，为人所难，故张之洞有此言。

宝廷以亲贵能诗,而历掌文衡。汪辟疆《光宣诗坛点将录》点之为"天贵星小旋风柴进",评曰:"亲贵中能诗者,前有红兰主人,近则推偶斋侍郎也。偶斋门人,多当代豪俊,郑苏庵、陈石遗、林畏庐、吴彦复、康步崖尤有名。"其诗和平冲淡,自写天机,兼有唐宋。被弹劾罢官后,虽贫乏不能自存,但是宝廷亦处之泰然,饮酒赏游,模山范水,胸怀淡泊,物我两忘,诗亦无攒眉苦吟之语。作为与河北派渊源可述的诗人,宝廷与张之洞在诗歌创作上的共同处也是不难发现的。

三 张之洞与维新人士

张之洞思想上主张"中体西用",学术上讲求"经世致用",实践上兴办洋务,推广新学,对内促进中国的近代化进程,对外积极抵抗外国侵略,保卫国家主权和领土的完整。本着保国保名教的目标,张之洞可谓是集思广益,殚精竭虑,成为当时许多有识之士热捧、追随的清廷大员,讲变法的夏曾佑、汪康年等先后入张之洞幕府,求新的刘光第也"时时想闻风采"[1],倡维新的梁启超称之为"今世之大贤",唐才常则谓之"直言敢谏不避权奸一时无两,凡有人心者无不敬之慕之"[2],严复认为其"极足有为",谭嗣同尝言"今之衮衮诸公,尤能力顾大局、不分畛域,又通权达变讲求实济者,要惟张香帅一人"[3],还曾请陈宝琛引荐他入张之洞幕府,远在美国的容闳也向其献策。基于都想以变法图强来拯救国家于危亡的大目标,张之洞顺应时代趋势,与维新派人士自然地合流了。合作之初,双方求同存异,将学术主张和一些行为方式上的差异暂时搁置一边,朝着共同的目标互相推重,携手共进。张之洞不仅主张学习西艺,甚至在如学校规则、财政、律例等制度方面也向西方学习,可以说,只要不触及根

---

[1] 《刘光第集》,中华书局1986年版,第67页。
[2] 唐才常著,王佩良点校:《唐才常集》,中华书局1980年版,第270页。
[3] 蔡尚思、方行编:《谭嗣同全集》,中华书局1981年版,第291页。

本的政治制度，张之洞都努力以开阔的胸怀和眼界来接受和看待。比如，在张之洞出资出力的帮助下，北京强学会于光绪二十一年（1895）成立，维新派推张之洞为会长。后来，康有为又与张之洞协商开办了上海强学会，二人"隔日一谈，每至深夜"，张之洞不仅在经费上予以支持，还调派幕僚亲信梁鼎芬、黄绍箕赴沪筹办此事，正如康有为所说，"共开强学，窃图同心"[①]。后来张之洞虽因"恐忤廷旨"而被迫解散了上海强学会，但仍积极支持筹办《时务报》，一方面拨派资金，一方面高度赞誉该报"实为中国创始第一种有益之报"，饬令湖北全省文武大小各衙门、各书院按期寄送一本，由官费报销。[②]《时务报》得以刊行，并畅销海内，很大程度上得益于张之洞等疆臣的支持和提倡。此外，张之洞还举荐了大量的人才，其中大多是思想开明、讲求西学的新派人物，如张謇、钱恂、蒯光典、黄遵宪、黎庶昌等。但是，张之洞毕竟是从传统儒家教育中走出来的封建官僚，思想上有不可磨灭的旧式烙印，加之其不喜极端的性情，故而对一些较为激烈的维新方式持有异调，此外，由于双方学术观点、思想体系和治学态度、身份地位等方面的差别，在日渐深入的合作交往以及复杂险峻的时局中也变得愈发清晰起来，这都为张之洞和维新派以后合作上的分歧埋下了伏笔。

故而，张之洞与维新人士的关系不能简单粗暴地评论为合作或敌对，而是有一个发展变化的过程。在此以张之洞与维新派代表人物康有为、梁启超的关系来看张之洞与维新派人士之间错综复杂的关系。

（一）张之洞与康有为

康有为（1858—1927），又名祖诒，字广厦，号长素，晚年别署天游化人，广东南海人，故又人称"康南海"。光绪十九年中举，后中进士，官授工部主事。出身于仕宦家庭，世代为儒，以理学传家。著有《新学伪经考》《孔子改制考》《大同书》《广艺舟双楫》《康南海先生诗集》《康南海文集》等。生平事见《康南海自编年谱》、康

---

① 中国近代史资料丛刊《戊戌变法》，神州国光社1953年版，第320页。
② 《谭嗣同全集》，第334页。

同璧《南海康先生年谱续编》、梁启超《南海康先生传》、夏敬观《康广厦传》、王树枏《南海康君墓表》、刘海粟《南海康君墓志铭》、张伯桢《南海康先生传》等。

北京强学会成立后，张之洞正式开始了与康有为等维新人士的交往、合作。此后又与康有为共商开办了上海强学会，康有为撰《上海强学会序》，署以张之洞之名，而《上海强学会后序》则署康有为自己之名。黎仁凯尝言，"如此先后得体、明暗默契的合作表明，他们之间的关系并非捧场做戏，实有心灵深处的共鸣。正如康有为所说的二人'共开强学、窃附同心'"①。章太炎也说："康有为七次上书之烈，内资同龢之力，外藉之洞之援，设强学、保国诸会以号召天下。"② 可见二人是朝着同一个政治大方向努力的同道中人。

后来张、康二人渐行渐远，究其原因，有学术上的分歧，也有思想认识、个性以及社会角色上的差异。欲说二人在学术上的分歧，就要先谈谈他们的学术源流。张之洞崇古文经，"为学兼师汉宋，去短取长，恶说经袭公羊文字"；康梁宗今文经，讲"微言大义"。康有为宣称儒学正统古文经系刘歆伪造，并说"凡今所争之汉学、宋学者，又皆歆之绪余支派也"。张、康间因此还曾有过一场关于今古文的辩争。学术派系的不同导致了学术观点上的分歧，这种矛盾集中体现在对"孔子改制说"的争论上。"平生学术最恶公羊学"的张之洞坚决反对康氏的孔子改制说，并力劝康有为放弃此论，但康有为却说："香涛不信孔子改制，频劝勿言此学，必供养。又使星海（鼎芬字）来言，吾告以'孔子改制，大道也，岂为一两江总督供养而易之哉！'"③ 可见对于张之洞的劝说和以提供经费为条件，康有为不仅颇为不屑，甚至还在《强学报》公然刊出孔子纪年说。出于政治安全的考虑，加上对康有为简慢的不满，最终张之洞以"逮用孔子纪年"为由解散了上海强学会。黎仁凯对此评

---

① 黎仁凯：《论张之洞与维新派之关系》，《文史哲》1991年第4期。
② 中国近代史资料丛刊《戊戌变法》第三册，神州国光社1953年版，第185页。
③ 中国近代史资料丛刊《戊戌变法》第四册，神州国光社1953年版，第135页。

论说:"赞成孔子改制与否,主要是学术问题,持异议应无可厚非。在帝党维新派中,反对孔子改制说的大有人在。翁同龢看了孔子改制一书后认为康有为'居心厄测'是人所共知的。孙家鼐说康有为'学术不端,所著《孔子改制考》最为悖谬'。陈宝箴也认为改制说'穿凿附会',奏请光绪下诏销毁该书版本。唐才常读孔子改制考,也认为宗旨不合而'不敢苟同',连梁启超也对乃师'以神秘性说孔子'不以为然。"①

而在思想意识上,张之洞主张能合汉宋中西之学,以达体用兼备之目的的"中体西用"思想;康梁学派则是"冥思枯索,欲以构成一种'不中不西、即中即西'之新学派"②。对"民权说"态度的不同,就是这种差异的体现。张之洞对在《时务报》和《湘学报》上刊登的一系列关于民权的文章很是不满,并大加干涉。针对康、梁人人有自主权一类的观点,他这样解释民权:"考外洋民权之说所由来,其意不过曰国有议院,民间可以发公论、达众情而已,但欲民伸其情,非欲民揽其权,译者变其文曰民权,误矣!"③

在性格上,张之洞为人有些好大喜功,且"抗颜前辈,不肯下人"④,但又常守中庸,强调"致用为要",尝言:"中立而不倚,论卑而易行,当病而止,而不为其太过;奉公而不为身谋,期有济而不求名,此则鄙人之学术也"⑤,亦有人评论他为人"重实际而戒空谈"⑥,大抵不谬;而康有为又是那种"万事纯任主观,自信力极强,而持之极毅。其对于客观的事实,或竟蔑视,或必欲强之以从我,其在事业上也有然,其在学问上也亦有然"⑦的强硬派。康梁学派热衷

---

① 黎仁凯:《论张之洞与维新派之关系》,《文史哲》1991年第4期。
② 梁启超:《清代学术概论》,《饮冰室合集》专集之三十四,中华书局1989年版,第71页。
③ 《劝学篇上·正权第六》,《张之洞全集》第十二册,第9722页。
④ 容闳:《西学东渐记》,中州古籍出版社1998年版,第21章。
⑤ 张继煦:《张文襄公治鄂记》,台湾开明书店1966年版,第64、65页。
⑥ 张继煦:《张文襄公治鄂记》,台湾开明书店1966年版,第64、65页。
⑦ 梁启超:《清代学术概论》,《饮冰室合集》专集之三十四,中华书局1989年版,第57页。

追求理想，重视理论创建，"发明一种新理想，自认为至善至美、然不愿其实现"，很少考虑其实际作用和如何实践，康氏更"以好博好异之故，往往不惜抹杀证据或曲解证据，以犯科学家之大忌"①。黎仁凯曾评论说，康有为"太有成见"，他同张之洞合作却丝毫不肯妥协，这已经使得张之洞对他心存不满，故而一直没有举荐他。但鉴于康氏居维新派首领地位，张之洞仍同他保持着政治上的合作。②此外，康、梁等人的过激行为，也让张之洞很头疼。对于《时务报》刊登的一些激烈抨击社会主流思想和官僚体系的文章，张之洞阅后认为言论"太悖谬。阅者人人惊骇，恐招大祸"③。张之洞作为身处统治集团内部的封建官僚，这样的反复自有其阶级立场，但是却也有其良善的考虑，据黎仁凯分析④：一是他担心维新报刊再蹈强学会之覆辙，寓有保全之意。"大约南皮公是鉴强学前车，恐若斯美举再遭中折"⑤。二是他怕过激的指摘在官僚群中干犯众怒，从而招灾引祸。梁启超说："张之洞且尝与余言，言废八股为变法第一事矣，而不闻其上折请废之者，盖恐触数百翰林、数千进士、数万举人、数十万秀才、数百万童生之怒，惧其合力以谤己而排挤己也。"⑥维新派皮锡瑞也知张之洞等人的忧惧，主张"报文勿太激烈。彼官府且不免畏首畏尾，况吾辈焉"（《师伏堂未刊日记》）。的确，张之洞担心的就是"太激烈"，辜鸿铭说张之洞的《劝学篇》是"反对康有为过激主义的宣言书"，可谓不失分寸而又切中要害。

社会角色和地位的不同，也是造成张之洞与康有为等维新派最后分道扬镳的一个重要原因。张之洞久在官场，身居要职，深谙世故，所以行为处事须得多方权衡和考量，对变法的态度极其审慎；

---

① 梁启超：《清代学术概论》，《饮冰室合集》专集之三十四，中华书局1989年版，第57页。
② 黎仁凯：《论张之洞与维新派之关系》，《文史哲》1991年第4期。
③ 《致长沙陈抚台、黄署臬台》，《张之洞全集》第九册，第7403页。
④ 黎仁凯：《论张之洞与维新派之关系》，《文史哲》1991年第4期。
⑤ 叶翰：《致汪康年书》，光绪二十二年八月十三日。
⑥ 梁启超：《戊戌政变记》，中华书局1954年版，第84页。

而康、梁诸人多是"一班鲁莽率真的新官"①或书生布衣，大多是无权无地位，唯有满腔赤子热诚，希望以变法迅速改变社会状况。双方这种巨大的社会地位的差别也决定了他们不同的心态及思维、行为方式。

由此可见，张之洞与康有为代表的维新派的关系，从合作走向决裂，其原因是多方面的，而究其本质，绝不能简单粗暴地判定为表面呈现的政治观点的分歧，还有更深的学术思想上的龃龉。梁启超亦尝言："张香涛纠率许多汉学、宋学先生们著许多书和我们争辩，学术上的新旧之斗，不久便牵连到政局。"②"政局"即戊戌政变。政变发生后，"嗣同死焉、启超亡命、才常等被逐，学堂解散，盖学术之争延为政争矣！"（《清代学术概论》）梁启超的论断是符合史实的。

梁启超尝言康有为虽不以诗名，但其诗发于真性情，于诗外常有人，非寻常作家能比。③汪辟疆《光宣诗坛点将录》点之为"天速星神行太保戴宗"，评曰："高言李杜伤摹拟，却小苏黄语近温。能以神行更奇绝，此诗应与世长存。"又云："今诗人尚意境者宗黄陈，主神韵者师大历。锤幽凿险，则韩孟启其宗风；范水模山，则谢柳标其高格。其纯脱然入乎古人出乎古人者，则南海康有为也。南海平生学术，不以诗鸣，徒以境遇之艰屯，足迹之广历，直有抉天心，探地肺之奇，不仅巨刃摩天也。'返虚入浑，积健为雄。'惟南海足以当之。"康有为也是自视甚高之人，对于汪辟疆尝论其诗伤在模拟，康有为反驳说："某平生经世学问，皆哥伦波觅新世界本领，汪君乃谓为模拟何耶？"又云："某经史学可谓前无古人，但作诗却未能忘情杜甫。"④据梁启超言，康有为能吟诵杜甫全集千余首诗，可见其对杜诗之喜爱程度，这与张之洞又属同道。汪辟疆以为"其《延香老屋诗》，面目虽力求新异，然神理结构，实近浣花

---

① 中国近代史资料丛刊《戊戌变法》第四册，神州国光社1953年版，第246页。
② 梁启超：《中国近三百年学术史》，人民出版社2008年版，第29页。
③ 参梁启超《饮冰室诗话》第二十六条，中华书局1988年版。
④ 王培军：《光宣诗坛点将录笺证》，第637页。

翁，未能脱化"（《汪辟疆文集》）。

(二) 张之洞与梁启超

梁启超（1873—1929），字卓如，号任公，又号沧江，饮冰室主人，广东新会人。光绪十五年己丑举人，入民国后官法部总长。戊戌变法领袖之一，倡导文体改良的"诗界革命"和"小说界革命"。梁启超于学术研究涉猎广泛，在哲学、文学、史学、经学、法学、宗教学等领域均有建树，其中以史学研究成绩最显著。著有《饮冰室文集》《中国近三百年学术史》《中国历史研究法》等。生平事见自撰《三十自述》、宋慈抱《梁启超传》、刘盼遂《梁任公先生传》、丁文江等《梁启超年谱长编》等。

小张之洞36岁的梁启超，自幼就对张之洞十分仰慕。他曾感慨自己早年求学时，幸"得张南皮之《輶轩语》《书目问答》，归而读之，始知天地间有所谓学问"（《饮冰室合集》，文集之一）。二人第一次见面，是在梁启超进京赶考时，路过武昌，老师康有为介绍他去拜见在湖广总督任上的张之洞。二人此次会面，据传闻还有一段趣事。抵达武昌后，梁启超请门人给张之洞呈上了康有为的介绍信。信中对梁启超的盛夸，让张之洞欲一试其才智高下。张之洞写了一副上联："四水江第一，四时夏第二，先生来江夏，谁是第一，谁是第二。"门人把联语传给在门外等候的梁启超。梁启超略加思索，便挥笔对之曰："三教儒在前，三才人在后，小子本儒人，不敬在前，不敢在后。"对得工整精妙，态度不卑不亢，张之洞心生喜爱，急忙相见。[①]

张之洞和梁启超最初互相倾慕，颇有交谊。张之洞很看重才智出众的梁启超，对其不仅大力举荐，还"屡招邀，欲置之幕府"[②]，并通过汪康年，聘请梁启超为《时务报》主笔，以宣传维新变法、救亡图存。张之洞于1897年8月17日便请梁启超"中秋前后来鄂

---

① 参魏咏柏《张之洞考梁启超妙对》，《民间对联故事》，《吾喜杂志》2003年第2期。
② 中国近代史资料丛刊《戊戌变法》第四册，神州国光社1953年版，第46页。

一游"①,梁启超后来到武昌拜访了张之洞。据王伯恭《蜷庐随笔》记载,此次张之洞本准备开中门及暖阁鸣礼炮迎接梁启超的到来,因下属提醒这不合礼数而作罢。虽不知此事是否属实,然张之洞对梁启超的厚待是有据的。而梁启超拜谒张之洞时,又恰逢张家侄辈娶亲,贺客盈门,张之洞竟然"撇下诸客延见,是夕即招饮……谈至二更乃散。渠相招之意,欲为两湖时务院长,并在署中办事,以千二百金相待,其辞甚殷勤"②。梁启超十分感激张之洞对自己的器重,对张之洞执弟子礼,慨叹"宁唯知己之感,实怀得师之幸",称赞张之洞"今海内大吏,求其博综中学精研体要者,尤莫吾师若"③。但还是以"沪上实不能离"而婉辞了张之洞的延聘。而后来梁启超主编《时务报》期间,发表了《变法通议》《论君政民政相遭之理》等一系列宣扬变法的文章,高调提出中国只有学习西方资本主义国家的政治制度和文化教育制度才能变法图强,引发热议。后又发表《知耻学会叙》一文,文辞犀利地批评统治阶层是"放巢流虺""求为小朝廷以乞旦夕之命",谴责清王朝丧权辱国。张之洞作为支持《时务报》的清王朝大吏,感到这类"干名犯义"之语过于激进,定会引发事端,于是便开始加以诸多的限制,并对梁启超加以掣肘。行事作风以及政治地位的大不同,使张梁之间的矛盾日渐升级,梁启超于光绪二十三年(1897)底离沪赴湘,赴湖南时务学堂接总教习任。

梁启超并不以诗名,尝自言:"余向不能为诗,自戊戌东徂以来,始强学耳。"(《饮冰室诗话》)陈衍论其诗曰:"任公诗如其文,天骨开张,精力弥满。"汪辟疆《光宣诗坛点将录》点之为"地辅星轰天雷凌振",评曰:"新会向不能诗,惟尝与谭浏阳、黄公度鼓吹诗界革命,著为论说,颇足易一时观听。返国以来,从赵尧生、陈石遗问诗法,乃窥唐宋门径。游台一集,颇多可采。惟才气横厉,不屑拘拘

---

① 吴剑杰:《张之洞年谱长编》下卷,上海交通大学出版社2009年版,第154页。
② 梁启超:《饮冰室合集》第一册,中华书局1989年版,第105页。
③ 上海图书馆编:《汪康年师友书札》第二册,上海古籍出版社1986年版,第1841页。

绳尺间耳。"汪氏又云："梁氏虽喜论诗，所作乃伤直率，未能副其所论。"(《近代诗派与地域》)

第三节 张之洞在光宣诗坛中的地位

张之洞是举世公认的晚清能诗的名臣，虽一生忙于事功，只能余事为诗，但造诣颇值得称道。其诗歌崇雅尚正，追求平正旨趣，且唐宋兼采，为当时诗坛之风雅领袖，因此也被汪辟疆举为河北一派之掌门。张之洞为官多年，但终生不改"书生习气"，爱好诗歌吟咏，并且好结交诗文名士。当时诗坛中的诸多诗人，或是其门生弟子，或充其幕下宾友。在张之洞的主导下，诗歌创作活动活跃兴盛。这也使得张之洞成为整个晚清诗坛中不可或缺的一个关系纽带。在张之洞所营造的浓郁的、开阔的诗文创作氛围中，其所交游的诸多诗人不同的地域风格和诗学观念异彩纷呈，百花齐放。由此亦见其在光宣诗坛中的核心地位。

一　广泛的交游对象

汪辟疆据"由诗以知俗，由俗以明诗"之理，尝将近代诗家以地域系之，分为六派，分别是：湖湘派、闽赣派、河北派、江左派、岭南派、西蜀派。依此，特将光宣诗人与张氏交往者的地缘关系作一番梳理，以见张氏交游之广泛。

汪辟疆在《近代诗派与地域》中，按照地域将当时诗坛中的诗人划分为六个诗歌派别，其中每一派别的人员构成及其诗歌特色，具体述如下：

湖湘派

湖湘派近代诗家，或有目为旧派者。其派以湘潭王闿运为领袖，而杨度、杨叔姬、谭延闿、曾广钧、程颂万、饶智元、陈锐、李希圣、敬安羽翼之。樊增祥、易顺鼎则别子也。

其湖外诗人之力追汉、魏、六朝、三唐与王氏作桴鼓之应者，亦不乏人。而湖口高心夔氏为尤著。稍后则文廷式、李瑞清、章炳麟、刘师培诸家，虽不出于王氏，然其卓然自立，心摹手追于六朝三唐之间，又所谓越世高谈自辟户牖者也。①

闽赣派

闽赣派或有迳称为江西派者，亦即《石遗室诗话》所谓同光派也。……此派以杜甫、韩愈、苏、黄为职志，而稍参以李白、王维、白居易、柳宗元、孟郊、梅尧臣、王安石、陈师道诸家。

闽赣派近代诗家，以闽县陈宝琛、郑孝胥、陈衍、义宁陈三立为领袖，而沈瑜庆、张元奇、林旭、李宣龚、叶大壮、何振岱、严复、江瀚、夏敬观、杨增荦、华焯、胡思敬、桂念祖、胡朝梁、陈衡恪羽翼之，袁昶、范当世、沈曾植、陈曾寿，则以他籍作桴鼓之应者也。②

河北派

近代河北诗家，以南皮张之洞、丰润张佩纶、胶州柯劭忞三家为领袖，而张祖继、纪钜维、王懿荣、李葆恂、李刚己、王树枏、严修、王守恂羽翼之。若吴观礼、黄绍基，则以与北派诸家师友习处之故，受其薰化者也。此派诗家，李崇雅正，瓣香浣花，时时出入于韩苏，自谓得诗家正法眼藏；颇与闽赣派宗趣相近。惟一则直溯杜甫，一则借径涪翁，斯其略异耳。③

江左派

江左派诗家著称于近代者，以德清俞樾、上元金和、会稽李慈铭、金坛冯煦为领袖，而翁同龢、陈豪、顾云、段朝端、朱铭盘、周家禄、方尔咸、屠寄、张謇、曹元忠、汪荣宝、吴用威羽翼之。若薛时雨、李士棻、周星誉、星诒、勒深之、王以慜、欧阳述诸家，则以他籍久居江左而同其风会者也。此派诗家，既不侈谈汉魏，亦不滥入宋元，高者自诩初盛，次亦不失长庆，迹其

---

① 《汪辟疆说近代诗》，第21页。
② 《汪辟疆说近代诗》，第24—26页。
③ 《汪辟疆说近代诗》，第30页。

造诣,乃在心摹手追钱、刘、温、李之间,故其诗风华典赡,韵味绵远,无所用其深湛之思,自有唱叹之韵。才情具备者,往往喜之;至斗险韵,铸伟辞,巨刃摩天者,则仆病未能也。①

岭南派

近代岭南派诗家,以南海朱次琦、康有为、嘉应黄遵宪、蕉岭丘逢甲为领袖,而谭宗浚、潘飞声、丁惠康、梁启超、麦孟华、何藻翔、邓方羽翼之,若夏曾佑、蒋智由、谭嗣同、狄葆贤、吴士鉴,则以它籍与岭外师友相习而同其风会者也。此派诗家,大抵怵于世变,思以经世之学易天下,及余事为诗,亦多咏叹古今,指陈得失。或直溯杜公,得其沈郁之境;或旁参白傅,效其讽谕之体。故比辞属事,非学养者不至,言情托物,亦诗人之本怀。②

西蜀派

蜀中近代诗家,以富顺刘光第、成都顾印愚、荣县赵熙、中江王乃征为领袖,而王秉恩、杨锐、宋育仁、傅增湘、邓镕、胡琳章、林思进、庞俊羽翼之。此派诗家,体在唐宋之间,格有绵远之韵,清而能腴,质而近绮。张广雅督学川中,以雅正导其先路,王湘绮讲学尊经,以绮靡振其宗风,风声所树,沾溉靡涯。惟蜀中诗派,自有其渊源可寻,广雅、湘绮虽启迪之,蜀人未能尽弃其所学而学之也。③

从以上所列举的六个诗歌派别中检出与张之洞相关的诗人,大致可以分为三类:为张之洞幕僚者,如陈宝箴、陈三立、陈宝琛、陈衍、李慈铭、梁鼎芬、郑孝胥、林旭、章炳麟等;为张之洞弟子门生者,如俞樾、宋育仁、梁启超等;与张之洞有交游者,如王闿运、王懿荣、张佩纶、翁同龢、康有为等。其中还有一些既是张之洞的门

---

① 《汪辟疆说近代诗》,第36页。
② 《汪辟疆说近代诗》,第40页。
③ 《汪辟疆说近代诗》,第46页。

生，又是其幕僚，如樊增祥、易顺鼎、杨锐、顾印愚等，此前文已论，不再赘述。

其中围绕在张之洞身边的诗人属闽赣派居多。而张之洞也与闽赣派之诗人关系最为纠结、复杂，如张之洞所说之"诗家当崇老杜，何必山谷？"以及"江西魔派不堪吟"等，都是针对同光体诗人而发。然同光体重要人物恰恰就在闽赣派中，如陈三立、陈衍、郑孝胥等。张之洞不喜欢陈三立的诗歌，尝云"张茂先我所不解"，而陈三立也并不喜欢张之洞的诗歌，尝言其诗是"纱帽气也"；再如张之洞诗集中没有与陈衍有关的诗，甚至他的诗都不让陈衍有和作。虽如此，陈衍却一直对张之洞推崇备至。

由此而言，从张之洞一人入手，就几乎能联系起整个晚清诗坛。

二 融通的诗学观念

今人钱仲联按诗学取径，在《近代诗评》中将晚清诗人划分为宋诗派、汉魏六朝派、唐宋兼采派和诗界维新派。张之洞则被称为唐宋兼采派的领袖人物："无分唐宋，并咀英华，要以敷腴为宗，不以苦僻为尚。抱冰一老，领袖群贤；樊易承之，拓为宏丽，此一派也。"[①]他还对张之洞的诗坛地位、诗歌成就有进一步的论说："同光体以外，其他主要的学古诗派和诗人还有以王闿运、邓辅纶为代表的提倡汉魏六朝和盛唐的湖湘派，有以张之洞、樊增祥、易顺鼎为代表的兼采唐宋的一派，有以李希圣、曾广钧、曹元忠、汪荣宝、张鸿、孙景贤为代表的宗尚李商隐的西昆派。又有不以派称、自称大家的李慈铭，专宗唐人的刘光第、杨圻等等。张之洞，是晚清官僚中能诗的巨匠，他提出了融'宋意入唐格'的主张，为诗宏肆典雅，古体诗才力雄富，在江西、湖湘诗派外另开一宗。林庚白曾将他和江苏张謇并举，称'同光诗人十九无真感，惟二张为能自道其艰苦与怀抱'（《丽白楼诗话》）。他的作品也确能抒发真情实感，表现了这位朝廷重臣在清王朝濒临灭亡之际，面对世事的动荡、朝廷的昏愦，所生的满腔忧愤和

[①]《梦苕庵诗文集》，第511页。

感慨。樊增祥、易顺鼎,均出张之洞门下"①。

张之洞以其重臣的政治身份,平正的品性修养,通达的诗学旨趣,把一大群的诗人团结在自己的周围。他海纳百川、兼收并蓄式的开放姿态,包容了多种诗学观念和创作风格,并提供了一个平台,使得这些诗人互为沟通,切磋交流。这正是如王闿运、李慈铭辈所不能及的。

胡先骕曾赞誉张之洞是:"独以国家之柱石,而以诗领袖群英,颉颃湖湘、西江两派之首领王壬秋、陈伯严,而别开雍容雅缓之格局,此所以难能而足称也。"② 故而,厘清张之洞与晚清诗坛中诗人们的关系,是了解晚清诗坛面貌的必要途径。对于整个光宣诗坛而言,张之洞这"风雅领袖"之称号,可以说实则是凭借了他的政治地位、人品气质、诗学宗尚诸多方面的因素,而无论是他与诗坛中诸多诗人的关系,还是他对诗坛的影响,也都是与此相关。胡先骕曾有过这样的相关评价和总结,颇有意义:"自宣统帝嗣位,不但曾国藩已故,即何子贞、郑子尹、莫子偲、张佩纶、盛昱、文廷式诸名家亦均先后逝世,其时居高位而足以领导诗人者只有张之洞一人,故欲论北京四十年来之旧诗,必认张之洞为其前导。盖太平天国后,政局已呈外重内轻之势,张以名督开府武昌,在戊戌政变以后,厉行新政,为中外所仰望。其幕僚多一时贤隽,而尤多诗人。晚年入枢府,慈禧后极优礼之,庚子以后之新政,皆其所主张,故实为清末之一贤相。而其优礼文士,网罗贤俊,对于当时之诗教,亦有莫大之影响也。"③ 又:"当其督鄂督粤时,幕府中网罗之盛,可拟曾文正。其最著者如陈伯严、郑太夷、杨惺吾、郑伯更、梁节庵,其弟子则有樊樊山、易实甫、袁爽秋、杨叔峤、顾印伯,皆一时俊彦。方之苏门之盛,不多让焉。至其少年交游,则有李莼客、宝竹坡、张幼樵、黄漱兰诸名

---

① 钱仲联:《近代诗坛鸟瞰》,《社会科学战线》1988 年第 1 期。
② 胡先骕:《胡先骕文存》卷上《读张文襄广雅堂诗》,庞坚《张之洞诗文集》,第 495 页。
③ 胡先骕:《胡先骕文存》卷上《四十年来北京之旧诗人》,庞坚《张之洞诗文集》,第 493、494 页。

流。即不以功业论,晚清三十年文物之盛,殆与公有形声影响之密矣。"①

所以,无论是汪辟疆以地域划分出的河北派,还是钱仲联以诗学取径区别出的唐宋兼采派,张之洞都是其中的灵魂人物。他对这些诗歌派系的形成、发展,以及诗学特色,都有着极其重要的作用和影响。不管是张之洞个人,还是他所引领的诗歌派别,都是晚清诗坛中不可或缺的重要构成部分,在不同的层面和程度上影响着整个诗坛。

---

① 胡先骕:《胡先骕文存》卷上《读张文襄广雅堂诗》,庞坚《张之洞诗文集》,第495页。

第五章　张之洞与曾国藩在文化层面的比较

张之洞与曾国藩都是晚清极为重要的名臣能吏，二人在文化修养、个人质素、价值取向、行为特点等方面都有较大的可比性，如他们都是颇有理学造诣的"经世派"人物，都有深厚的学养，属于正统的封建士大夫。但是二人又因性格、旨趣等因素之不同，而表现出具有个人特色的差异性，比如诗学主张上，倔强的曾国藩倡导了宋诗运动，推崇黄山谷，而平正的张之洞虽也尚宋诗，讲求宋意唐格，但是却极其厌恶江西诗派。又如家乡观念极重的曾国藩，其幕府便以地缘和血缘为特点，而一生倾心于教育的张之洞，其幕府则以学缘为特点。因而，张之洞与曾国藩这两大名臣以及他们所建立的两大幕府，在很大的相似性中又存在着显著的独特性，通过对张、曾二人在文化层面的比较，可以使得晚清诗文地图表现得更加全面、细致。

第一节　张之洞与曾国藩之间的比较

一　张之洞与曾国藩的文化观

张之洞出生在一个以传统儒家立身的官宦家庭，自幼便师从何养源、韩超等硕学名儒，又尝请业于胡林翼此般名家，并推崇宋代理学集大成者朱熹，是典型的学者型官僚。虽居官数十年，但不改"书生习气"，仍具"清流遗风"，当官而不失学者风范。他为学主张"兼师汉宋，去短取长"①，不限于门户之见；从政讲究"中体西用"，力求融会中西，达到体用兼备；论诗主张"宋意唐格"，兼收并蓄，不囿于一隅，这都充分体现出他为人处世平正中庸之特点。但在他全力保存名教维护道学时，又能推广新学，创办新式学堂，积极派遣留学生学习西学西技，培养并招揽适应时代需要的中外新式人才，这又体现出其在保护旧学的同时，还能求变求新的特点。其幕府中人员也是新旧杂糅，中西并用，体现了他一以贯之的"中体西用"之主张。考察其幕僚，可以发现其中既有思想较守旧者如：梁鼎芬、罗振玉、纪钜维等，又有思想趋新者如：汪康年、郑孝胥、黄遵宪、杨锐、章太炎等；既有缪荃孙、沈曾植、蒯光典、陈衍等研究旧学的专精学者，又有詹天佑、华蘅芳、徐建寅等精习科技的新式人才。张之洞还大力引进西方科技和人才，先后聘请了大批外籍人员在一些局、厂、学堂和军队工作，同时引进具有世界先进水平的设备，大力推进中国近代化进程。但张之洞作为恪守封建名教纲常的"儒臣"，所做的这一切都是建立在"中体"的基础上的。故时人评论他："用人则新旧杂糅，而以老成人为典型；设学则中西并贯，而以十三经为根柢。"②

曾国藩出生于一个半耕半读的家庭，自幼聪慧好学，一路科举登进，除了两次进士会试落地，基本是很顺利的。道光二十七年（1847），37岁的曾国藩已是内阁学士兼礼部侍郎，这段位高职闲的京师生涯，为曾国藩潜心做学问提供了良好的条件。曾国藩于生活上对自己要求十分严格，励志于探求学问，悉心研究司马迁、韩愈、欧阳修、杜甫等名家作品，喜好桐城古文，并因此后来构筑了湖湘派的文化特色，被称为"曾门四子"的吴汝纶、张裕钊、黎庶昌、薛福成就是其中典型代表。又尝向当时理学大师唐鉴、倭仁求教，更是著名理学家穆彰阿的得意弟子，学习"检身之要，读书之法"。他还笃信程朱理学，并将读书与修身结合起来。其论学主张调和汉宋，不拘于门户之见，搜罗通晓西学之士，招揽了许多文人学者。作为理学

---

① 闵尔昌：《碑传集补》，上海古籍出版社1987年版，第10页。
② 《张文襄公事略》，《清代野史》第6辑，巴蜀书社1987年版，第106页。

家,他崇奉儒教,终身以捍卫封建道统为己任。无论文章学术,还是道德修养,曾国藩在士林中都享有美誉。

曾、张二人有相似的读书仕进经历,都深受传统儒学熏染,又为人处世都讲求务实,故而在文化观上颇有相似。

二 张之洞与曾国藩的人才观

张之洞对人才极为看重,认为"学术造人才,人才维国势"[①],主张"任人者治""凡百政事,皆须得人"。自出任学官起,张之洞就一直致力于延访、选拔、培养、推荐人才。选拔科举人才时,他"平日衡文不主一格,凡有一艺之长,无不甄录,而尤注重于经史根柢之学"[②],"所录专看根柢、性情、才识,不拘于文字格式,其不合场规文律而取录者极多"[③]。如袁昶、许景澄、孙诒让、廖平等这些在近代史上享有声名的学者名人,均为张之洞所录。因此,张之洞赢得了社会和士人的赞誉,曾国藩也赞扬其督学之功。初任疆吏,为了改变"三晋表里山河,风气未开"之弊,他"延访习知西事,通达体用诸人,……但有涉于洋务,一律广募,或则众美兼备,或则一艺名家,果肯闻风而来,无不量材委用。"[④] 此外,还兴建或改建书院,如经心书院、尊经书院、令德书院、广雅书院、两湖书院等,又创办新式学堂,如水陆师学堂、方言商务学堂、自强学堂、武备学堂、农务学堂等,以培养现实所需的人才。张之洞举荐人才也手笔颇大,如光绪八年(1882)所上之《胪举贤才折》,一下就举荐59人,"疏入,枢垣惊诧"[⑤]。

张之洞广为延揽各方名士,如朱一新、吴兆泰、梁鼎芬、蒯光典、周树模、周锡恩、屠寄、杨锐、郑孝胥、黄绍箕、沈曾植、曹光弼等先后入其幕府。张之洞用人还不拘一格,如擅长书法的张曾畴,

---

① 《劝学篇·内篇·同心第一》,《张之洞全集》第十二册,第9708页。
② 赵尔巽奏折,见《张之洞全集》卷首上。
③ 《抱冰堂弟子记》,《张之洞全集》第十二册,第10613页。
④ 《札司局设局讲习洋务》,《张之洞全集》第四册,公牍四,第2399页。
⑤ 胡钧:《年谱》,第59页。

被人称为"两个算命先生"的长于测算的华蘅芳与曾纪亭师徒,不修边幅,言行乖戾的"狂生""怪杰"辜鸿铭,操行文章怪异无常的"神龙"易顺鼎等,都在其幕下。张之洞还主张用人宜破格,提出"勿计年资,勿泥成例,奇杰之才,不拘文武,艰巨之任,不限疏戚"①。对于青年才俊,尤其奖掖有加,寄予厚望。在两湖任内,对洋务人才更是格外礼遇。

曾国藩也非常重视人才,认为人才的多寡、好坏直接关系到国家的兴衰,"国家之强,以得人为强",认为人才兴旺可以转移社会风气,"治世之道,专以致贤养民为本",风气正否,则"推于一己之身与心"。曾国藩也很重视人才的德行操守,认为德、才需要兼备,不可偏重,且要以德为本。"譬之如水,德在润下,才即其载物溉田之用;譬之如木,德在曲直,才即其舟楫栋梁之用。"②曾国藩根据德、才、短、长,将人又区别为近于愚人者和近于小人者,尝言:"德而无才以辅之,则近于愚人;才而无德以主之,则近于小人。""二者既不可兼,与其无德而近于小人,毋宁无才而近于愚人。自修之方,观人之术,皆以此为衡可矣。"③在重人才德行的同时,曾国藩也很重视学术素养,对于有真才实学者,即便是没有多好的功名在身,也会予以重用,如薛福成虽只是一介秀才,但曾国藩发现他是个饱读经世之作,胸怀家国天下之人,于是便盛邀入幕,而薛福成也不负所望,成为那个时代中流砥柱式的人物。曾国藩对人才也是采取物尽其用的方针,对于在学术方面有天赋之才,多令之在采访忠义局、编书局或书院工作,不分派具体事务,以保证他们有充裕的时间进行学术研究和讲学。如张裕钊入幕后,曾国藩令其专治古文,相从数十年,以治文讲学为事。

张之洞和曾国藩具有相似的人才观,任用幕僚的首要标准都是重人品、气节。有才无德之人,都不在张、曾二人的挑选范围之内。而

---

① 《张之洞全集》第一册,第42页。
② 《曾文正公全集·杂书》卷4,湖南传忠书局光绪二年刊,第31页。
③ 《曾文正公全集·杂书》卷4,湖南传忠书局光绪二年刊,第31页。

且用人都不拘一格，不限于其科举出身。他们之所以会有如此的用人观，一来是二人品性学养之故，二来也有时局现实之由。

三 张之洞与曾国藩的诗学主张

张之洞的诗学主张前已有论，此不赘述，这里主要简要对比曾国藩的诗学主张与张之洞的异同。

面对式微国运，深受经世学风熏染的曾国藩，很重视文学的现实功能和社会意义，主张其经世之功用，反对只把诗文视为脱离现实的吟风弄月、自诩博雅之举，在桐城家法之外，又加入"经济"之学，强调诗文匡弊救时之功效。张之洞与曾国藩都是传统儒家思想教育出的士子，学养深厚，又都是朝廷大员，身兼要职，在"学而优则仕"的人生理想中建功立业，故而在大的文学观上，二人是可以引为同类的。

但是，曾国藩于诗是继承了姚鼐"喜为山谷诗"之遗绪，而"开清末西江一派"[1]。钱基博也认为曾国藩是"诗自昌黎、山谷入杜，实衍桐城姚鼐一脉"[2]。"桐城自海峰以诗学开宗，……惜抱承之，参以黄涪翁之生崭，开阖动荡，尚风力而杜妍靡，遂开曾湘乡以来诗派，而所谓同光体者之自出也。"[3] 曾国藩尝有诗称赞黄庭坚："涪叟差可人，风骚通肸蛮。造意追无垠，琢辞辨倔强。伸文揉作缩，直气摧为枉。自仆宗涪公，时流颇忻向。"[4] 故陈衍也指出："道咸以来，何子贞、祁春圃、魏默深、曾涤生……诸老始喜言宋诗。……湘乡诗文字皆私淑江西。洞庭以南，言声韵之学者稍改故步"[5]，"山谷则江西宗派外，千百年寂寂无颂声，湘乡出，而诗学皆宗涪翁"[6]。

---

[1] 钱仲联：《梦苕庵诗话》，齐鲁书社1986年版，第85页。
[2] 钱基博：《现代中国文学史》，中国人民大学出版社2004年版，第21页。
[3] 《陈世益先生八十寿序》，《陈石遗集》，福建人民出版社2001年版，第2168、2169页。
[4] 王澧华点校：《曾国藩诗文集·题彭旭诗集后即送其南归之二》，上海古籍出版社2005年版，第80页。
[5] 陈衍：《石遗室诗话》，张寅彭《民国诗话丛编》第一册，第18页。
[6] 《陈衍诗论合集·近代诗钞述评》，福建人民出版社1999年版，第82页。

这与张之洞所认为的"江西魔派不堪听"和"黄诗多槎枒"显然是大异其趣。但是,曾国藩由山谷入杜的门径和推黄时并以杜为楷模,又使张、曾二人的诗学主张有了共同点。

曾国藩心胸开阔,眼界高远,故而其诗论也不囿于一隅,如其编选的《十八家诗钞》即体现了他后来唐宋兼采的一种诗歌取向,而且作为好以文为诗的宋诗运动的倡导者和祧唐祢宋的典型代表,他对宋诗派普遍排斥的以浅白为尚的白居易也有别样看法,不仅将白氏之《新乐府》收入其《十八家诗钞》,还说道:"白香山诗务令老妪皆解,而细求之,皆雅饬而不失之率。"并认为:"奏疏能如白诗之浅,则远近易于传播,而君上亦易感动。"[①] 不仅表现出他对诗歌发展的宏观把握以及兼采唐宋的诗学趋向,还展示了他注重诗歌"救济人病,裨补时阙"的经世功用。这与张之洞又有了相通处。

此外,曾国藩倡导了宋诗运动,而张之洞对一些宋诗派诗人如郑孝胥的欣赏,激发了其幕府中诗人对宋诗的创作热情,使得其幕府成为清末宋诗运动的主要阵地,宋诗派中的健将如郑孝胥、陈三立、陈衍、沈瑜庆、沈曾植等都云集于此,而著名的"同光体"之说就是陈衍和郑孝胥在张之洞幕府中时论诗的结果。在此需要提及的一点是,张之洞虽然影响了当时的一些诗人和诗坛风气,但是并未形成众人步趋的风潮,其诗学立场只能保障他本人的诗"正宗"而已。张之洞虽然一直坚守自己的诗学主张,不过他为人平正,在坚持自己宗旨的同时,又能包容其幕府中诸多诗人在诗学旨趣上与他的不同,使幕府中呈现出百花齐放的诗歌创作盛况,所以,从某种程度上来说,他实是以政治地位和人格"领袖"了一方诗坛。

因此,曾国藩和张之洞二人的诗学观是同中有异,异中有同,出于个人兴趣爱好而造成的诗学旨趣之不同,又会因二人的品性学养、政治身份而呈现出相似的诗学宗尚。

---

① 曾国藩:《曾国藩全集》第十四册,岳麓书社2011年版,第547页。

四　张之洞与曾国藩诗歌创作比较

与曾国藩所掀起的诗歌风潮以及他的诗学主张相比较，曾湘乡的诗歌创作实践还是显得有些不够的。从数量上来说，《曾国藩全集》中收有诗文一册，其中诗词、联语共计389首，诗272首，词2首，联语115首。① 曾国藩诗作虽不多，但也是字斟句酌，用心勤苦，文风古朴清雅，充分体现出了一个精于古文的词章家的功底和风格。其诗作以咸丰二年为界，前期作品意气恢宏，后期遣词老到。前期诗歌如《太学石鼓歌》，乃学韩诗，古奥典雅，气势强劲。后段诗歌虽在遣词用句上胜于前期，但在思想内容上却有所不及，意气人情也有所减弱，如作于咸丰五年秋的《会和诗一首赠刘孟容郭伯琛》有句云：

> 东风吹片云，嘉客来千里。喘如竹筒吹，腐公跫然喜。
> 朋僚杂近笑，吾亦倒吾屣。各自极其魂，告曰某在此。
> 倾衿语晨夜，烂漫不知止。上言离别长，岁月弦脱矢。
> 下言兵事殷，成败真梦耳。江汉天下雄，三年宅蛇豕。

本诗是写他兵困南康（今江西星子县），刘蓉、郭嵩焘率师前来救急之事。于此危机时刻，故友前来救于水火，该是激动感慨的，但是曾国藩在诗中却是提不起精神，了无气象。

再来看张之洞，他现存诗共计698首，词7首，试帖25首，联语49首。前已述及，随着年龄、阅历的增长，张之洞的诗歌创作状态渐入佳境，愈发的沉稳厚重，独特的诗歌风貌也趋为成熟，诗歌作品更可称道。其弟子樊增祥曾这样评价张之洞后期的诗歌："识益练，气益苍，力益厚，境地亦愈高愈深，……至光绪癸卯《朝天》以后诸作，则杜陵徙夔、坡仙渡海，有神无迹，纯任自然，技也神乎，叹观止矣。"所以，不同于曾国藩，张之洞可以说是官愈大诗

---

① 据梁绍辉《曾国藩评传》所统计数据。

愈好。

胡先骕曾对曾国藩和张之洞这两位疆吏的诗歌创作作过这样的评价:"曾文正以古文中兴,诗亦规模杜、韩,能自树立。然究为功业所分心,不能尽其所能诣。"[①] 相较之曾国藩,张之洞的诗歌成就则较高,胡先骕又说:"实则《广雅堂诗》在有清一代,可谓首屈一指,为曾国藩所不及。"[②]

第二节　张之洞与曾国藩两个幕府间的比较

张之洞幕府是继曾国藩幕府之后晚清又一重要幕府,与李鸿章、袁世凯的幕府一起并称为晚清四大幕府。比起其他两大幕主,曾国藩和张之洞都是学者型的官员,前已述及,曾、张二人不仅在文化素养和道德修养上,都有较高的水准,还都很重视招揽文人名士入幕,所以这两个幕府中的学术氛围颇为浓厚。和张之洞同时的李鸿章,虽也是"少年科第",为曾国藩昔日的门生幕僚,但他本人并不以文采见长,且多着眼于事功;袁世凯投机发迹,时人尝评之为不学有术,就更不必论了。所以晚清继曾国藩之后的朝廷重臣中,以风雅领袖之姿打造了文化型幕府的,是张之洞。胡先骕也尝云:"张文襄独以国家之柱石,而以诗领袖群英,颉颃湖湘、西江两派之首领王壬秋、陈伯严,而别开雍容缓雅之格局,此所以难能而足称也。当其督鄂督粤时,幕府中网罗之盛,可拟曾文正。"[③] 作为两个都以浓厚的文化氛围而著称的幕府,由于幕主的不同,在共性中也表现出个性来。

幕府的文化特点受幕主个人喜好和品性的影响很大,所以,张之

[①] 胡先骕:《胡先骕文存》卷上《读张文襄广雅堂诗》,庞坚《张之洞诗文集》,第495页。

[②] 胡先骕:《胡先骕文存》卷上《四十年来北京之旧诗人》,庞坚《张之洞诗文集》,第494页。

[③] 胡先骕:《胡先骕文存》卷上《读张文襄广雅堂诗》,庞坚《张之洞诗文集》,第495页。

第五章 张之洞与曾国藩在文化层面的比较 223

洞与曾国藩在个人品性、爱好以及文化观等方面的差别和共性，投射到他们所建立的幕府中，便表现出既有共通之处，也有各自的特色和风格，在此只做简单的比较。

一 幕府人员特色

张之洞和曾国藩都是属于官僚兼学者的人物，当官而不失学者风范。这种特质反映到幕府中便是对学者的尊重与厚爱。因而，张、曾两幕府中都网罗了大批学者和重要文化人士，这些人云集在幕府中，大大提升了幕府的档次和文化氛围，成为与其他幕府不同的具有张、曾风格的幕府特色。

张之洞幕府中，有姓名可考的华员398人，外籍人员239人，共计637人。[①] 华员中可考的进士出身者41人，举人34人，贡监生等22人，新学生员14人[②]，留学生14人，共计125人，占幕僚中华员总数的31.4%。幕中之如陈宝琛、朱一新、缪荃孙、杨守敬、梁鼎芬、易顺鼎、陈三立、马贞榆、章太炎、樊增祥、周锡恩、郑孝胥、沈曾植、林旭、邹代钧、陈衍等均为当世学者名士。他们在张幕时，多在书院、学堂或一些文化机构如广雅书局、舆图局、译书局等中担任职务。这些学人文士云集在张之洞幕府中，大大提升了幕府的文化品位。而值得注意的一点是，张之洞幕府中的这些文人名士，大多都是在当时诗坛占据一席之地者，具有诗人身份。如汪辟疆在《光宣诗坛点将录》中所罗列的诗人，张之洞幕府中就有近三十人，其中如陈三立、郑孝胥、陈衍、袁昶、林旭、樊增祥、沈曾植、沈瑜庆、梁鼎芬等，更是在诗坛中举足轻重的人物。以汪辟疆在《近代诗派与地域》中列出的六个诗歌派别来看，张之洞幕府中的诗人也是遍及每个流派，或领导之，或羽翼之。胡先骕也说过："其幕僚多一时贤俊，而尤多诗人。"[③]

---

① 据黎仁凯在《张之洞幕府》中的统计数据。
② 其中有4人后又赴外国留学。
③ 胡先骕：《胡先骕文存》卷上《四十年来北京之旧诗人》，转引自庞坚《张之洞诗文集》，第494页。

曾国藩青年时便以道德文章名满京师,赢得士人尊敬,湖湘俊才纷纷投于曾国藩幕府下,"一时思自效者,无不投趋辕门",可谓"幕府宾僚尤极一时之盛",宿学名儒荟萃,据统计,曾国藩幕府的近500位幕僚中,进士出身者74人,举人73人,贡监生员154人,共计301人,占幕僚总人数的60%。其中如俞樾、莫友芝、陈宝箴、王闿运、高心夔、薛福成、杜文澜、李鸿章、左宗棠、彭玉麟、容闳、史念祖等约70人有著述。时人称曾国藩"幕中有三圣七贤之目,皆一时宋学宿儒,文正震其名,悉罗致之,然第给以厚糈,不假以事权"①。薛福成在《叙曾文正公幕府宾僚》中曾记载曾国藩幕府中"以宿学客戎幕,从容讽议,往来不常,或招致书局,并不责以公事者"有吴敏树、罗汝怀、吴嘉宾、莫友芝、俞樾、王闿运、李善兰、方宗诚等二十六人。②

由此可以看出这两大幕府的人员构成特点是:张之洞幕府中多诗人,而曾国藩幕府中多学者。

二 幕府文化特色

黎仁凯在《张之洞幕府》一书中说张之洞幕府以学缘为重要特征,而曾国藩的幕府以血缘、地缘为特色。③ 张之洞不管是出任学官,还是封疆大吏,所到之处,都要大兴教育,为他赢得了治学美名,成为晚清大员中难以被超越的兴学育才典范。曾国藩在致友人许仙屏信中谈及各地学官时说:"往时祁文端、张海门视学吾乡,最得士心,近张香涛在湖北亦惬众望。"④ 在张之洞所选取的士子中,就有一部分后来加入了其幕府。他的幕僚刘禺生曾说:"张之洞自两广总督移节两湖,朝士趋赴者,分为数类,之洞乃以广大风雅之度,尽量招纳,以书院、学堂为收容之根据,以诗文讲学为名流之冠冕。"⑤ 而

---

① 徐珂:《清稗类钞》第三册,中华书局1984年版,第1389页。
② 丁凤麟:《薛福成选集》,上海人民出版社1987年版,第214、215页。
③ 参看黎仁凯《张之洞幕府》。
④ 胡钧:《年谱》,第35页。
⑤ 刘禺生:《世载堂杂忆》,中华书局1960年版,第81页。

且对于才和德来说,张之洞更重德,故而尝有人说:"'馆中宾客钦张载,天下英雄向本初。'盖纪实也。观此诗,可知文襄所重在德不在才,故其幕友多由文学之交进于道义之交,鲜有中途叛之者。"①此外,张之洞虽系直隶南皮人,但他从小生长在贵州,入仕后在异乡数省为官多年,家乡观念较淡薄,尝称自己是"无湘无淮,无台无阁",其幕僚不仅来自全国十多个省,还有许多外国洋员,其直隶同乡只有纪钜维、王树楠、赵祖铭等。与他有亲缘关系的仅有侄儿张榛、侄孙张小帆、侄女婿黄绍箕等几人。所以,张之洞的幕府以学缘为重要特征。此外,张之洞幕府还有一大特色,就是利用文化学术为纽带,增进幕主与幕僚间的情感,如胡治熙在《琐谈张之洞》中提到过,"之洞的馆阁体大字写得极好,在鄂时对僚属多半送过对联,任各县教谕者必每人得其一联"②。

较之张之洞,曾国藩的家乡观念很重。太平天国事起,曾国藩奉命在家乡办团练创办湘军,本就极富地域特色。后曾国藩因军功而执掌大权,湘人同时成为督抚的就有十五人之多。曾国藩幕府中亦多用湘人,据考其幕中有籍贯可查的近二百人中,籍贯为湖南者就有六十余人,比例高达30%多,居各省之冠。而其中的重要幕僚,如郭嵩焘、左宗棠、彭玉麟、罗泽南、李元度等,都是曾国藩的同乡,可以说,曾国藩的幕府有较明显的血缘、地缘特色。

辜鸿铭曾在《张文襄公幕府纪闻》中这样比较过张之洞和曾国藩二人:"或问余曰:'张文襄比曾文正何如?'余曰:'张文襄,儒臣也;曾文正,大臣也,非儒臣也。三公论道,此儒臣事也;计天下之安危,论行政之得失,此大臣事也。国无大臣则无政,国无儒臣则无教。政之有无,关国家之兴亡;教之有无,关人伦之存灭。且无教之政,终必至于无政也。'"③ 如此同中有异的两个人,打造了如此的两个幕府,正如哲学上所说,共性存在于个性之中。

---

① 龙藏本《广雅堂诗集》愚公评语。转引自庞坚《张之洞诗文集》,第526页。
② 《张之洞遗事》,《武汉文史资料》1986年第1辑。
③ 辜鸿铭:《张文襄公幕府纪闻》,《辜鸿铭作品精选》,长江文艺出版社2004年版,第159页。

主要参考文献

一 著作

宝廷著，聂世美点校：《偶斋诗草》，上海古籍出版社2006年版。
蔡冠洛编著：《清代七百名人传》，中国书店1984年版。
陈宝琛著，刘永翔、许全胜点校：《沧趣楼诗文集》，上海古籍出版社2006年版。
陈伯海主编：《近四百年中国文学思想史》，东方出版中心1997年版。
陈三立著，李开军点校：《散原精舍诗文集》，上海古籍出版社2003年版。
陈声聪著：《兼于阁诗话》，上海古籍出版社1985年版。
陈衍撰，陈步编：《陈石遗集》，福建人民出版社2001年版。
陈寅恪：《金明馆丛稿二编》，上海古籍出版社1980年版。
陈曾寿著，张寅彭师、王培军点校：《苍虬阁诗集》，上海古籍出版社2009年版。
程俊英：《中国大教育家》，教育科学出版社2008年版。
董文焕著，李豫等校点：《砚樵山房诗稿》，山西古籍出版社2007年版。
杜甫著，（清）仇兆鳌注：《杜诗详注》，中华书局1979年版。
樊增祥著，涂晓马、陈宇俊点校：《樊樊山诗集》，上海古籍出版社2004年版。

冯天瑜、何晓明：《张之洞评传》，南京大学出版社1991年版。
阂尔昌：《碑传集补》，明文书局1985年版。
胡思敬：《国闻备乘》，中华书局2007年版。
胡先骕：《胡先骕文存》，江西高教出版社1995年版。
黄濬：《花随人圣庵摭忆》，中华书局2008年版。
黄霖：《近代文学批评史》，上海古籍出版社1993年版。
黄庭坚，刘尚荣点校：《黄庭坚诗集注》，中华书局2003年版。
蒋寅：《清诗话考》，中华书局2005年版。
金梁：《近世人物志》，北京图书馆出版社2007年版。
柯愈春：《清人诗文集总目提要》，北京古籍出版社2001年版。
黎仁凯：《张之洞幕府》，中国广播电视出版社2005年版。
李慈铭著，刘再华点校：《越鳗堂诗文集》，上海古籍出版社2008年版。
李建强：《曾国藩幕府》，中国广播电视出版社2005年版。
梁启超：《饮冰室合集》，中华书局1988年版。
梁启超：《中国近三百年学术史》，中国书店1985年版。
刘世南：《清诗流派史》，人民文学出版社2003年版。
刘禺生：《世载堂杂忆》，中华书局1960年版。
马东玉：《张之洞大传》，辽宁人民出版社1989年版。
马卫中：《光宣诗坛流派发展史论》，苏州大学出版社2000年版。
缪荃孙：《续碑传集》，明文书局1985年版。
木斋：《苏东坡研究》，广西师范大学出版社1998年版。
钱基博：《现代中国文学史》，上海古籍出版社2004年版。
钱穆：《中国近三百年学术史》，商务印书馆1997年版。
钱仪吉：《碑传集》，明文书局1985年版。
钱锺书：《谈艺录》，生活·读书·新知三联书店2001年版。
钱仲联编校：《陈衍诗论合集》，福建人民出版社1999年版。
钱仲联：《近代诗钞》，江苏古籍出版社1993年版。
钱仲联：《梦苕庵清代文学论集》，齐鲁书社1983年版。
钱仲联：《清诗纪事》，凤凰出版社2004年版。

钱仲联：《清诗精华录》，齐鲁书社1987年版。
钱仲联：《中国近代文学大系·诗词卷》，上海书店1991年版。
清史编委会编：《清代人物传稿》，中华书局1984年版。
沈云龙主编：《近代中国史料丛刊》，台北文海出版社1967年版。
沈云龙主编：《续近代中国史料丛刊》，台北文海出版社1981年版。
沈曾植：《海日楼札丛·海日楼题跋》，辽宁教育出版社1998年版。
沈曾植著，钱仲联校注：《沈曾植集校注》，中华书局2001年版。
苏轼著，冯应榴辑注：《苏轼诗集合注》，上海古籍出版社2001年版。
汪辟疆：《汪辟疆说近代诗》，上海古籍出版社2001年版。
汪辟疆：《汪辟疆文集》，上海古籍出版社1988年版。
王闿运著，马积高主编，吴容甫点校：《湘绮楼日记》，岳麓书社1997年版。
王闿运著，马积高主编：《湘绮楼诗文集》，岳麓书社1996年版。
王培军：《光宣诗坛点将录笺证》，中华书局2008年版。
王云五主编，胡钧重编：《清张文襄公之洞年谱》，台湾商务印书馆1979年年版。
翁同龢著，陈义杰整理：《翁同龢日记》，中华书局2006年版。
沃邱仲子：《当代名人小传》，中国书店1988年版。
吴剑杰：《张之洞年谱长编》，上海交通大学出版社2009年版。
夏丹、孙木犁选编：《辜鸿铭作品精选》，长江文艺出版社2004年版。
萧艾：《王湘绮评传》，岳麓书社1997年版。
萧华荣：《中国诗学思想史》，华东师范大学出版社1996年版。
徐珂：《清稗类钞》，中华书局1984年版。
徐临江：《郑孝胥前半生评传》，学林出版社2003年版。
徐凌霄、徐一士：《凌霄一士随笔》，《近代中国史料丛刊续编》，台北文海出版社1984年版。
徐世昌编选：《晚晴簃诗汇》，中国书店1989年版。
徐一士：《一士类稿一士谈荟》，书目文献出版社1984年版。

许全胜：《沈曾植年谱长编》，中华书局2007年版。

许同莘：《张文襄公年谱》，1939年舍利函斋错印本。

严迪昌：《清诗史》，浙江古籍出版社2002年版。

严修：《严范孙先生注广雅堂诗手稿》，1930年北平影印本。

易顺鼎著，王腾校点：《琴志楼诗集》，上海古籍出版社2004年版。

袁行云主编：《清人诗集叙录》，文化艺术出版社1994年版。

苑书义、孙华峰、李秉新：《张之洞全集》，河北人民出版社1998年版。

曾国藩著，王澄华点校：《曾国藩诗文集》，上海古籍出版社2005年版。

张建安：《张之洞传奇》，中国人民大学出版社2003年版。

张健：《清代诗学研究》，北京大学出版社1999年版。

张寅彭：《民国诗话丛编》，上海书店出版社2002年版。

张寅彭：《新订清人诗学书目》，上海古籍出版社2003年版。

张之洞：《广雅碎金》，丛书集成初编本1936年版。

张之洞著，庞坚点校：《张之洞诗文集》，上海古籍出版社2009年版。

张之洞著，赵德馨主编：《张之洞全集》，武汉出版社2009年版。

赵尔巽：《清史稿》，中华书局1977年版。

郑孝胥著，黄珅、杨晓波点校：《海藏楼诗集》，上海古籍出版社2003年版。

郑孝胥撰，劳祖德整理：《郑孝胥日记》，中华书局1993年版。

朱则杰：《清诗史》，江苏古籍出版社1992年版。

庄练：《中国近代史上的关键人物》，中华书局1988年版。

二　论文

何晓明：《张之洞学术思想论》，《学术研究》1993年第4期。

胡迎建：《论张之洞的诗学主张及其诗作》，《学术研究》2008年第9期。

黎仁凯：《论张之洞与维新派之关系》，《文史哲》1991 年第 4 期。
黎仁凯、王向英：《曾国藩与张之洞幕府之比较》，《河北学刊》2006 年第 3 期。
黎仁凯：《张之洞督鄂期间的幕府》，《史学月刊》2003 年第 7 期。
李君：《郑孝胥与张之洞关系考述》，《福建师范大学学报》2010 年第 3 期。
秦进才、戴藏云：《张之洞著述编撰特点初探》，《河北师范大学学报》1998 年第 2 期。
王维江：《"清流"张之洞》，《社会科学》2008 年第 1 期。
杨萌芽：《张之洞幕府与清末民初的宋诗运动》，《齐鲁学刊》2007 年第 2 期。
张修龄、马卫中：《新旧交替社会中的复古诗家——评晚清诗人张之洞》，《苏州大学学报》（哲学社会科学版）1992 年第 2 期。
潘宏恩：《易顺鼎传论及年谱》，硕士学位论文，苏州大学，2009 年。
夏秀华：《张之洞其人其诗》，硕士学位论文，苏州大学，2007 年。
祝伊湄：《张之洞诗学及其诗歌创作研究》，博士学位论文，华东师范大学，2010 年。